D1727884

СТОУНЕР

John Williams
STONER

Джон Уильямс

СТОУНЕР

роман

Перевод с английского
Леонида Мотылева

издательство **аст**

Москва

УДК 821.111-31(73)
ББК 84(7Сое)-44
У36

Публикуется с разрешения автора и Frances Collin Literary Agency (США)
при содействии Агентства Александра Корженевского (Россия)

Художественное оформление и макет АНДРЕЯ БОНДАРЕНКО

Уильямс, Джон.

У36 Стоунер : роман / Джон Уильямс ; пер. с англ. Л. МОТЫЛЕВА. — Москва :
Издательство АСТ : CORPUS, 2016. — 352 с.

ISBN 978-5-17-090823-3

Поэт и прозаик Джон Уильямс (1922–1994), лауреат Национальной книжной пре-
мии США, выпустил всего четыре романа, и один из них — знаменитый "Стоунер",
книга с необычной и счастливой судьбой. Впервые увидев свет пятьдесят лет назад,
она неожиданно обрела вторую жизнь в XXI веке. Переиздание вызвало в Америке
колоссальный резонанс. Знаменитая на весь мир Анна Гавальда взялась за французский перевод, и "Стоунер" с надписью на обложке "Прочла, полюбила и перевела
Анна Гавальда" покорил Францию. Вскоре последовали переводы на другие языки,
и к автору пришла посмертная слава.

Крестьянский парень Уильям Стоунер неожиданно для себя увлекся текстами
Шекспира. Отказавшись возвращаться после колледжа на родительскую ферму, он
остается в университете продолжать учебу, а затем и преподавать. Все его решения,
поступки, отношения с семьей, с любимой женщиной, и, в конечном счете, всю его
судьбу определяет страстная любовь к литературе. Отсюда и удивительное на первый взгляд признание Анны Гавальды: "Стоунер — это я".

УДК 821.111-31(73)
ББК 84(7Сое)-44

Посвящаю эту книгу своим друзьям и бывшим коллегам по кафедре английского языка университета Миссури. Они сразу поймут, что она — плод художественного вымысла: ни один из персонажей не имеет реального прототипа из числа живых или умерших, ни одно из событий в ней не основано на том, что в действительности происходило в университете Миссури. Они увидят еще, что я вольно обошелся как с физическими реалиями университета, так и с его историей, поэтому место действия романа, по существу, тоже можно считать вымышленным.

Глава I

Уильям Стоунер поступил на первый курс университета Миссури в 1910 году, когда ему было девятнадцать. Восемь лет спустя, когда шла Первая мировая, он получил степень доктора философии и преподавательскую должность в этом университете, где он учил студентов до самой своей смерти в 1956 году. Он не поднялся выше доцента и мало кому из студентов, у которых вел занятия, хорошо запомнился. Когда он умер, коллеги в память о нем приобрели и подарили университетской библиотеке средневековый манускрипт. Этот манускрипт и сейчас можно найти там в отделе редких книг; он снабжен надписью: "Передано в дар библиотеке университета Миссури в память об Уильяме Стоунере, преподавателе кафедры английского языка. От его коллег".

Студент, случайно натолкнувшись на это имя, может вяло поинтересоваться, кто такой был этот Уильям Стоунер, но вряд ли его любопытство пойдет дальше вопроса, заданного мимоходом. Преподаватели, не особенно ценившие Стоунера при жизни, сейчас редко о нем говорят; пожилым его имя напоминает о конце, который их всех ждет, для более молодых это всего-навсего имя, звук, не пробуждающий воспоминаний и не вызывающий из небытия личность, с которой они могли бы ассоциировать себя или свою карьеру.

Он родился в 1891 году на маленькой ферме недалеко от поселка Бунвилл посреди штата Миссури, примерно в сорока милях от города Колумбии, где находится университет. Хотя его родители, когда он появился на свет, были молоды — отцу исполнилось двадцать пять, матери всего двадцать, — Стоунер даже в детстве думал о них как о стариках. В тридцать отец выглядел на все пятьдесят; сутулый от трудов, он безнадежными глазами смотрел на участок засушливой земли, который позволял семье кое-как перебиваться от года к году. Для матери вся ее жизнь, казалось, была долгим промежутком, который надо перетерпеть. Морщинки вокруг ее бледных отуманенных глаз были тем более заметны, что тонкие прямые седеющие волосы она зачесывала назад и стягивала на затылке в пучок.

С самых ранних лет, какие Уильям Стоунер помнил, у него были обязанности по хозяйству. В шесть лет он доил костлявых коров, задавал корм свиньям в свинарнике рядом с домом и собирал мелкие яйца, которые несли тщедушные куры. И даже когда он стал ходить в сельскую школу в восьми милях от дома, весь остальной день от темна до темна был у него наполнен всевозможной работой. Под ее тяжестью в семнадцать его спина уже начинала сутулиться.

На этой одинокой ферме он был единственным ребенком, и необходимость труда сплачивала семью. Вечерами все трое сидели в маленькой кухне, освещенной одной керосиновой лампой, и смотрели на желтое пламя; нередко за час, отделявший ужин от сна, там не раздавалось никаких звуков, кроме скрипа стула от перемещения усталого туловища да еле слышного потрескивания потихоньку проседающих деревянных стен.

Дом был квадратный в плане, и некрашеные бревна на крыльца и вокруг дверей покосились. С годами дом приобрел цвет сухой земли, серо-коричневый, с белыми прожилками. На одной его стороне была общая комната, продолговатая и скупо обставленная: стулья с прямыми спинками, грубые столы; рядом — кухня, где семья проводила большую часть того малого времени, что могла проводить вместе. Другую половину дома составляли две спальни, в каждой — железная кровать, выкрашенная белой эмалью, один прямой стул и стол с лампой и тазом для мытья. Полы были щелястые, из некрашеных, трескающихся от старости досок, и пыль, которая поднималась сквозь щели, мать каждый день заметала обратно.

Школьные задания он выполнял так, словно это были такие же дела, как на ферме, разве лишь несколько менее утомительные. Когда он весной 1910 года окончил школу, он ожидал, что на него теперь ляжет больше полевой работы; отец за последние месяцы стал на вид более уставшим и каким-то медлительным.

Но однажды вечером в конце весны, после того как они вдвоем весь день окучивали кукурузу, отец, поужинав на кухне и подождав, пока мать заберет со стола тарелки, заговорил с ним:

— На той неделе сельхозконсультант заходил.

Уильям поднял на него глаза от круглого кухонного стола, покрытого клеенкой в красно-белую клетку. Он ничего не сказал.

— Говорит, в университете в Колумбии открыли новый колледж. Сельскохозяйственный. Говорит, тебе бы там поучиться. Это четыре года.

— Четыре года, — повторил Уильям. — И не бесплатно же.

— Жилье и питание можешь оплачивать работой, — сказал отец. — У твоей матери там двоюродный брат поблизости живет. Книги и прочее — это купишь. Я буду присылать в месяц доллара два-три.

Уильям положил ладони на клеенку, которая тускло отсвечивала под лампой. Дальше Бунвилла, до которого было пятнадцать миль, он еще ни разу из дому не отлучался. Он сглотнул, чтобы голос звучал ровно.

— Думаешь, сможешь сам тут управиться? — спросил он.

— Управимся, я и мама твоя. Верхние двадцать буду пшеницей засевать, ручной работы станет меньше.

Уильям посмотрел на мать.

— Ма? — спросил он.

Она ответила бесцветным тоном:

— Делай, как папа говорит.

— Вы правда хотите, чтобы я поехал? — спросил он, точно наполовину надеялся на отрицательный ответ. — Правда хотите?

Отец изменил положение тела на стуле. Посмотрел на свои толстые мозолистые пальцы —

в их складки земля въелась глубоко, несмываемо. Сплетя пальцы, поднял руки со стола движением, похожим на молитвенное.

— Я вот мало чему учился, — сказал он, глядя на свои руки. — После шестого класса бросил школу, стал работать на ферме. В молодости никогда учебу высоко не ставил. Но сейчас не знаю. Земля с каждым годом суше, работать все тяжелей; я мальчиком был — на ней лучше все росло. Консультант говорит, сейчас есть новые способы, как вести хозяйство, в университете, мол, этому учат. Может, он и прав. Иногда работаю в поле, и мысли приходят… — Он замолчал. Сплетенные пальцы сжались туже, и он уронил руки на стол. — Мысли приходят… — Он покачал головой, хмуро глядя на свои руки. — Давай-ка двигай туда по осени. А мы с мамой управимся.

Это был первый раз, когда отец при нем говорил так долго. Осенью Уильям отправился в Колумбию и записался на первый курс сельскохозяйственного колледжа.

Он прибыл в Колумбию с новым черным шерстяным костюмом, заказанным по каталогу в "Сирсе и Робаке" и оплаченным скопленной за годы материнской выручкой за куриные яйца и прочее, с поношенным отцовским пальто, в синих сержевых брюках, которые в Бунвилле он раз в месяц надевал в методистскую церковь, с двумя белыми рубашками, с двумя комплектами рабочей одежды и с двадцатью пятью долларами наличных денег, которые отец занял у соседа под осенний урожай пшеницы. Из Бунвилла, куда родители рано утром привезли его на своей запряженной мулом телеге без бортов, он двинулся дальше пешком.

Стоял жаркий осенний день, и на дороге из Бунвилла в Колумбию было пыльно; он шел почти час, потом с ним поравнялся грузовой фургон, и возница предложил его подвезти. Он кивнул и сел к нему. Сержевые брюки были до колен красные от пыли, загорелое обветренное лицо покрылось пылью, смешанной с потом. Всю долгую дорогу Уильям неуклюже вытряхивал пыль из брюк и приглаживал прямые песочного цвета волосы, которые никак не хотели лежать ровно.

До Колумбии добрались под вечер. Возница высадил Стоунера на окраине городка и показал на группу зданий под высокими вязами:

— Вон он, твой университет. Там будешь учиться.

Несколько минут после того, как фургон поехал дальше, Стоунер стоял неподвижно, глядя на университетский комплекс. Никогда раньше он не видел ничего столь впечатляющего. Красные кирпичные здания окружала обширная зеленая лужайка с купами деревьев и каменными дорожками. Стоунер испытывал благоговение, но под ним, под этим священным трепетом вдруг возникла безмятежность, неведомое прежде чувство безопасности. Было довольно поздно, но он долго ходил вокруг кампуса, ходил и смотрел издали, словно не имел права приблизиться.

Уже почти стемнело, когда он спросил у прохожего, как выйти на Эшленд-Грэвел — на дорогу, ведущую к ферме Джима Фута, двоюродного брата его матери, на которого он должен был работать. К белому каркасному двухэтажному дому, где ему предстояло жить, он подошел в темноте. Футов он ни разу до той поры не видел, и ему было не по себе из-за того, что он явился так поздно.

Они встретили его кивками и испытующими взглядами. Несколько неловких секунд он простоял в двери, а затем Джим Фут жестом позвал его в маленькую, слабо освещенную общую комнату, заставленную мягкой мебелью, с посудой и безделушками на тускло поблескивающих столах. Садиться Стоунер не стал.

— Ужинал? — спросил Фут.

— Нет, сэр, — ответил Стоунер.

Миссис Фут поманила его за собой пальцем. Стоунер последовал за ней через несколько комнат на кухню, где она показала ему на стул, стоявший у стола. Поставила перед ним кувшин с молоком и положила несколько ломтей холодного кукурузного хлеба. Молока он выпил, но хлеб жевать не мог, до того пересохло во рту от волнения.

Фут вошел в кухню и встал подле жены. Он был коротышка, всего каких-нибудь пять футов три дюйма, с худым лицом и острым носом. Жена была выше его на полголовы и дородная; под очками без оправы толком не разглядишь глаз, тонкие губы сжаты. Оба, пока Стоунер пил молоко, смотрели на него очень пристально.

— Кормить и поить скотину, задавать с утра корм свиньям, — быстро проговорил Фут.

— Что? — переспросил Стоунер, взглянув на него рассеянными глазами.

— Это твои утренние дела, — сказал Фут, — до занятий в колледже. Вечером опять же поить и кормить, собирать яйца, доить коров. Колоть дрова, когда будет время. В выходные подсоблять мне в чем понадобится.

— Да, сэр.

Фут изучающе смотрел на него еще несколько секунд.

— Колледж, надо же, — сказал он и покачал головой.

Так что девять месяцев он за кров и стол делал все, что было перечислено. Вдобавок пахал и боронил, корчевал пни (зимой пробиваясь сквозь три дюйма мерзлой земли) и сбивал масло для миссис Фут, которая покачивала головой с сумрачным одобрением, наблюдая за тем, как деревянная маслобойка с хлюпаньем ходит вверх-вниз.

Его поселили на втором этаже в бывшей кладовке; из мебели там имелись чугунная продавленная кровать с тонким перьевым матрасом, сломанный столик с керосиновой лампой, шаткий стул и большой сундук, служивший ему письменным столом. Зимой все тепло, что он получал, просачивалось к нему сквозь пол с первого этажа; он заворачивался в обтрепанные одеяла и покрывала, которыми его снабдили, и, читая книги, дул на онемелые пальцы, чтобы не рвать страниц.

Он выполнял свою учебную работу так же, как работу на ферме: тщательно, добросовестно, не испытывая ни удовольствия, ни подавленности. К концу первого курса средняя оценка у него была чуть ниже чем "хорошо"; он был доволен, что его результаты не хуже, и его не огорчало, что они не лучше. Он понимал, что узнал то, чего не знал раньше, но это значило для него одно: на втором курсе он, вероятно, сможет учиться так же неплохо, как на первом.

На летние каникулы он вернулся к родителям на ферму и помогал отцу с полевыми работами. Отец спросил его раз, как ему нравится в колледже, и он ответил, что очень нравится. Отец кивнул и больше ни о чем не спрашивал.

Только на втором курсе Уильям Стоунер понял, ради чего он учится.

Ко второму курсу он стал в кампусе довольно заметной фигурой. В любую погоду носил один и тот же черный шерстяной костюм с белой рубашкой и галстуком-ленточкой; из рукавов пиджака торчали запястья, брюки сидели на нем странно — можно было подумать, он обрядился в униформу с чужого плеча.

Футы перекладывали на него все больше работы, а вечерами он подолгу сидел за учебными заданиями; он шел по программе сельскохозяйственного колледжа, которая обещала ему диплом бакалавра, и в первом семестре второго курса у него было две главные дисциплины: химия почв, которую преподавал его колледж, и полугодовой обзорный курс английской литературы, который довольно-таки формально обязывали пройти всех студентов университета.

С естественно-научными предметами он после первых недель стал справляться без особого труда: просто надо было сделать то-то и то-то, запомнить то-то и то-то. Химия почв заинтересовала его в общем плане; до той поры ему не приходило в голову, что бурые комья, с которыми он всю жизнь имел дело, — не только то, чем они кажутся, и он смутно предполагал теперь, что познания по части почв могут ему пригодиться, когда он вернется на отцовскую ферму. А вот обязательный курс английской литературы обеспокоил его, вывел из равновесия так, как ничто раньше не выводило.

Преподавателю было немного за пятьдесят; звали его Арчер Слоун, и в его манере вести занятия проглядывало что-то презрительное, как будто между своими познаниями и тем, что учащиеся могли воспринять, он видел такую пропасть, что преодолеть ее нечего было и думать. Студенты в большинстве своем боялись и не любили его, а он платил им за это иронически-отчужденным высокомерием. Это был человек среднего роста с продолговатым лицом, чисто выбритым и изрезанным глубокими морщинами; он то и дело привычным жестом запускал пальцы в копну седеющих курчавых волос. Голос у него был сухой, невыразительный, слова сходили с еле движущихся губ лишенные красок и интонации, но длинные тонкие пальцы при этом двигались грациозно, убедительно, словно придавая словам форму, какой не мог придать голос.

Вне учебных аудиторий, работая на ферме Футов или моргая при тусклом свете лампы за домашними занятиями в своей чердачной каморке без окон, Стоунер часто ловил себя на том, что перед мысленным взором вставала фигура этого человека. Уильяму не так-то просто было вообразить себе лицо кого бы то ни было из других преподавателей или вспомнить что-нибудь особенное о занятиях с ними; между тем образ Арчера Слоуна постоянно маячил на пороге сознания, в ушах то и дело звучал его сухой презрительный голос, которым он небрежно характеризовал то или иное место в "Беовульфе" или двустишие Чосера.

Стоунер обнаружил, что не может справляться с этим курсом так же, как с другими. Хотя он помнил авторов, произведения, даты и кто на кого повлиял, он едва не завалил первый экзамен; второй он сдал ненамного лучше. Он читал и перечитывал то, что задавали по литературе, так усердно, что начали страдать другие дисциплины; и все равно слова, которые он читал, оставались словами на странице и он не видел пользы в том, чем занимался.

В аудитории он вдумывался в слова, которые произносил Арчер Слоун, словно бы ища под их плоским, сухим смыслом путеводную нить, способную привести куда надо; он горбился над столом, за которым плохо помещался, и так стискивал его края, что под коричневой загрубелой кожей пальцев белели костяшки; он хмурился от сосредоточенности, он кусал нижнюю губу. Но чем отчаянней старались Стоунер и его однокурсники на занятиях Арчера Слоуна, тем прочней делалась броня его презрения. И однажды это презрение переросло в злость — в злость, направленную на Уильяма Стоунера лично.

Группа прочла две пьесы Шекспира и заканчивала неделю его сонетами. Студенты нервничали, были озадачены и в какой-то мере даже напуганы тем напряжением, что нарастало между ними и сутулой фигурой за преподавательской кафедрой. Слоун прочел им вслух семьдесят третий сонет; его глаза кружили по аудитории, сомкнутые губы кривились в саркастической улыбке.

— И что же этот сонет означает? — отрывисто спросил он и оглядел всех с мрачной безнадежностью, в которой сквозило некое удовлетворение. — Мистер Уилбер?

Нет ответа.

— Мистер Шмидт?

Кто-то кашлянул. Слоун уставился темными блестящими глазами на Стоунера.

— Мистер Стоунер, что означает этот сонет?

Стоунер сглотнул и попытался открыть рот.

— Это сонет, мистер Стоунер, — сухо проговорил Слоун, — поэтическое произведение из четырнадцати строк с определенной схемой рифмовки, которую, я уверен, вы помните. Он написан на английском языке, на котором вы, полагаю, некое количество лет изъясняетесь. Его автор — Уильям Шекспир, поэт давно умерший, но занимающий, несмотря на это, немаловажное место в иных из умов.

Он смотрел на Стоунера еще несколько секунд, а затем взгляд его затуманился и невидяще устремился за пределы аудитории. Не глядя в книгу, он прочел стихотворение еще раз; его голос смягчился и обрел глубину, как будто на короткое время этот человек слился со словами, со звуками, с ритмом:

То время года видишь ты во мне,
Когда один-другой багряный лист
От холода трепещет в вышине —
На хорах, где умолк веселый свист.

Во мне ты видишь тот вечерний час,
Когда поблек на западе закат

И купол неба, отнятый у нас,
Подобьем смерти — сумраком объят.

Во мне ты видишь блеск того огня,
Который гаснет в пепле прошлых дней,
И то, что жизнью было для меня,
Могилою становится моей.

Ты видишь всё. Но близостью конца
Теснее наши связаны сердца![1]

Он умолк; кто-то откашлялся. Слоун повторил последнее двустишие — его голос опять стал обычным, плоским:

Ты видишь всё. Но близостью конца
Теснее наши связаны сердца.

Вновь уставив взгляд на Уильяма Стоунера, Слоун сухо произнес:

— Мистер Шекспир обращается к вам через три столетия. Вы его слышите, мистер Стоунер?

Уильям Стоунер почувствовал, что, вдохнув некоторое время назад, он так и сидит с полной грудью. Он осторожно выдохнул, отчетливо ощущая, как перемещается по телу одежда. Оглядел комнату, отведя глаза от Слоуна. Солнечный свет, косо проходя через окна, падал на лица студентов так, что они, казалось, светились изнутри в окружающем сумраке; один моргнул, и по щеке, где на юношеском пушке

1 Перевод С. Маршака. (*Здесь и далее — прим. перев.*)

играло солнце, пробежала легкая тень. Стоунер вдруг понял, что его пальцы уже не сжимают так сильно крышку стола. Глядя на свои руки, он медленно повернул их; он подивился тому, какие смуглые у него ладони с тыльной стороны, как затейливо вправлены ногти в округлые кончики пальцев; ему казалось, он чувствует, как незримо движется кровь по крохотным венам и артериям, как она, беззащитно и нежно пульсируя, проходит от пальцев во все уголки тела.

Слоун снова заговорил:

— Что он вам сообщает, мистер Стоунер? Что означает его сонет?

Стоунер медленно, неохотно поднял взгляд.

— Он означает… — произнес он и чуть приподнял руки со стола; ища глазами фигуру Арчера Слоуна, он почувствовал, что их чем-то заволакивает. — Он означает… — повторил Стоунер, но окончить фразу не смог.

Слоун посмотрел на него с любопытством. Потом коротко кивнул и бросил: "Занятие окончено". Ни на кого не глядя, повернулся и вышел из аудитории.

Студенты, тихо ворча, переговариваясь и шаркая, потянулись в коридор, но Уильям Стоунер не обращал на них внимания. Оставшись один, он несколько минут сидел неподвижно и смотрел перед собой на узкие дощечки пола; лак с них был напрочь стерт беспокойными подошвами студентов прошлых лет, студентов, которых ему не суждено было ни увидеть, ни узнать. Сидя, он заставил свои собственные подошвы проехать по полу, услыхал сухой шорох кожи о дерево, почувствовал сквозь нее неровность настила. Потом встал и медленно вышел на улицу следом за остальными.

Холодок поздней осени давал себя знать, проникая сквозь одежду. Он огляделся вокруг, посмотрел на оголенные деревья, на изломы их сучьев на фоне бледного неба. Студенты, торопливо идя через кампус на занятия, задевали его локтями; он слышал их голоса и стук их каблуков по плитам дорожек, видел их лица, румяные от холода и немного опущенные из-за встречного ветра. Он глядел на них с любопытством, как в первый раз, и чувствовал себя очень далеким от них и в то же время очень близким. Он держал это чувство при себе, пока торопился на следующее занятие, и держал его при себе всю лекцию по химии почв, слушая монотонный голос профессора и записывая за ним в тетрадку то, что надлежало потом вызубрить, хотя зубрежка уже в те минуты становилась ему чужда.

Во втором семестре второго курса Уильям Стоунер отказался от базовых научных курсов и прекратил учебу в сельскохозяйственном колледже; вместо этого он записался на вводные курсы философии и древней истории и на два курса английской литературы. Летом, когда он опять вернулся на ферму помогать отцу, он о своих университетских делах помалкивал.

Когда он стал намного старше, он вспоминал последние свои два года перед получением диплома бакалавра как нереальное время, словно принадлежавшее кому-то другому, как время, которое не шло плавно, к чему он привык, а то едва тянулось, то стремительно неслось. Один его отрезок накладывался на другой, не сливаясь с ним при этом, а оставаясь отъединенным, и у Стоунера возникало ощущение, будто он изъят из времени и смотрит, как оно движется перед ним подобно громадной, неравномерно вращаемой диораме.

Он стал обращать на себя внимание так, как никогда не обращал раньше. Иногда смотрел на себя в зеркало, на длинное лицо с копной сухих темно-русых волос, и трогал свои острые скулы; смотрел на худые запястья, далеко выступавшие из рукавов, и думал, так ли он нелеп на взгляд посторонних, как на свой собственный.

У него не было планов на будущее, и он ни с кем не говорил о своей неуверенности. Продолжал работать на Футов за кров и стол, но уже не так много, как в первые два года. На три часа каждый будний день после обеда и на полдня в выходные он отдавал себя в распоряжение Джиму и Серине Фут; остальное же время считал своим собственным.

Часть этого времени Стоунер проводил в своей каморке под крышей у Футов, но при любой возможности он после учебных занятий и после того, как выполнял дневную работу у хозяев, возвращался в университет. Иногда вечерами бродил по длинному открытому прямоугольнику кампуса среди гуляющих и тихо переговаривающихся парочек; хотя он ни с кем из встречных не был знаком и ни с кем не перекидывался даже словом, он ощущал с ними родство. Порой стоял посреди университетской территории, глядя на пять громадных колонн, поднимавшихся в темное небо из прохладной травы перед Джесси-Холлом; он знал, что эти колонны остались от прежнего главного здания университета, много лет назад уничтоженного пожаром. Гладкие и чистые, отсвечивающие под луной тусклым серебром, они казались ему воплощением жизненного пути, который он выбрал, как храм может служить воплощением веры.

В университетской библиотеке он ходил среди стеллажей, где стояли тысячи книг, и вдыхал, как волнующий аромат курений, затхлый запах кожи, коленкора и старой бумаги. Иногда останавливался, снимал с полки том и держал какое-то время, чувствуя легкий трепет в больших руках, еще не вполне привычных к корешкам, обложкам и податливым страницам. Потом листал книгу, читал абзац тут, абзац там, осторожно переворачивая страницы загрубелыми непослушными пальцами, словно боясь порвать, повредить то, до чего стоило таких трудов добраться.

Друзей у него не было, и впервые в жизни он осознал, что одинок. Порой, сидя поздно вечером у себя в комнате, он поднимал глаза от книги и переводил взгляд в темный угол, где тусклый мигающий свет керосиновой лампы боролся с тенью. Если он смотрел долго, пристально, то мрак начинал светиться изнутри, и свечение это принимало призрачную форму того, о чем он читал. И, как в тот день в аудитории, когда к нему обратился Арчер Слоун, он чувствовал, что находится вне времени. Прошлое, сгущаясь, выступало из тьмы, где оно до поры таилось, умершие оживали у него на глазах; прошлое и умершие наплывали на настоящее, на мир живых, и на недолгую, но яркую минуту у него возникало видение — видение и ощущение некой богатой, плотной среды, куда он помещен и которую не может и не хочет покинуть. Перед ним шествовали Тристан и Изольда; в пылающем мраке кружились Паоло и Франческа; из мглы появлялись Елена и красавец Парис, в их лицах сквозила горечь, ибо они знали, чем все кончилось. И он соприкасался с ними так, как не мог соприкасаться с однокашниками, сидевшими с ним в аудиториях большого университета в Колумбии, штат Миссури, дышавшими, не обращая ни на что внимания, воздухом Среднего Запада.

За год он достаточно освоил греческий и латынь, чтобы читать простые тексты; часто его глаза были красны и воспалены от напряжения и недосыпания. Бывало, он вспоминал себя, каким он был несколько лет назад, и его поражала эта странная фигура, тусклая и инертная, как земля, что произвела ее на свет. Он думал о родителях, и они казались ему почти такими же странными, как их сын; он испытывал к ним жалость, смешанную с отдаленной любовью.

Однажды после занятий примерно в середине четвертого курса Арчер Слоун остановил его и попросил заглянуть к нему в кабинет.

Дело было зимой, и над кампусом, как часто бывает на Среднем Западе, плыл промозглый стелющийся туман. Даже сейчас, поздним утром, на тонких ветвях кизила блестел иней, и черные стебли ползучих растений, поднимавшиеся вдоль огромных колонн перед Джесси-Холлом, были сплошь в радужных кристаллах, вспыхивавших на фоне серости. Пальто у Стоунера было такое дряхлое и поношенное, что он, собираясь к Слоуну, решил его не надевать, несмотря на мороз. Он дрожал, торопливо идя по дорожке и поднимаясь по широкой каменной лестнице к дверям Джесси-Холла.

После наружного холода ему показалось внутри очень жарко. Серый уличный свет, проходя через окна и стеклянные двери по обе стороны вестибюля, падал на желтые плитки пола, делая их ярче всего вокруг; в полумгле тускло поблескивали большие дубовые колонны и обшитые панелями стены. По вестибюлю разносилось шарканье обуви, людские голоса приглушались его обширностью; неясно видимые фигуры перемещались медленно, сближались и расходились; в душном воздухе чувствовался запах олифы от стен и сырой запах шерстяной верхней одежды. Стоунер поднялся по гладкой мраморной лестнице на второй этаж, где находился кабинет Арчера Слоуна. Он постучал в закрытую дверь, услышал голос и вошел.

Кабинет был длинный и узкий, свет в него поступал через единственное окно в дальней стене. Полки, тесно заставленные книгами, доходили до высокого потолка. У окна был втиснут письменный стол, и за ним вполоборота, являя взору темный силуэт на фоне окна, сидел Арчер Слоун.

— Добрый день, мистер Стоунер, — сухо проговорил Слоун, привстав и показывая на обтянутый кожей стул перед ним.

Стоунер сел.

— Я проглядел ваши учебные результаты. — Сделав паузу, Слоун приподнял со стола папку и посмотрел на нее с отрешенной иронией. — Надеюсь, вы не будете мне пенять на мою любознательность.

Стоунер облизнул пересохшие губы и поерзал на стуле. Постарался сделать свои большие ладони как можно менее заметными.

— Нет, сэр, — сказал он хрипло.

Слоун кивнул:

— Хорошо. Я замечаю, что вначале вы специализировались по сельскому хозяйству, а на втором курсе переключились на литературу. Это так?

— Да, сэр, — подтвердил Стоунер.

Слоун откинулся на стуле и перевел взгляд на высокий светлый прямоугольник узкого окна. Он постучал пальцами о пальцы и опять повернулся к молодому человеку, сидевшему перед ним в напряженной позе.

— Формальная цель нашей сегодняшней встречи — сообщить вам, что вы должны подать официальное заявление о замене одной учебной программы на другую. Зайдите к секретарю, это дело пяти минут. Зайдете?

— Да, сэр.

— Но возможно, вы догадались, что настоящая причина моего приглашения иная. Вы не против, если я немного поинтересуюсь вашими планами на будущее?

— Нет, сэр, — сказал Стоунер. Он смотрел на свои руки, на крепко сплетенные пальцы.

Слоун дотронулся до папки, которая лежала на столе.

— Когда вы поступили в университет, вы были несколько старше, чем большинство первокурсников. Двадцать лет без малого, если я не ошибаюсь.

— Да, сэр, — подтвердил Стоунер.

— И в то время вы намеревались пройти программу, предлагаемую сельскохозяйственным колледжем?

— Да, сэр.

Слоун откинулся на спинку стула и уставил взор в высокий тусклый потолок. Потом внезапно спросил:

— А какие у вас планы сейчас?

Стоунер молчал. Он не строил планов, не хотел строить. Наконец произнес с ноткой недовольства в голосе:

— Не знаю. Я мало об этом думал.

— Вы хотите поскорей дожить до того дня, когда покинете эти монастырские стены и выйдете в так называемый широкий мир?

Стоунер усмехнулся, несмотря на замешательство.

— Нет, сэр.

Слоун похлопал папкой по столу.

— Из этих бумаг явствует, что вы родились в сельской местности. Ваши родители — фермеры?

Стоунер кивнул.

— И вы, когда получите диплом бакалавра, намереваетесь вернуться к ним на ферму?

— Нет, сэр, — сказал Стоунер, удивив самого себя категоричностью тона. Он был поражен решением, которое только что внезапно принял.

Слоун кивнул.

— Вполне естественно, что серьезный студент, изучающий литературу, *может* счесть свои навыки не вполне подходящими для аграрных трудов.

— Я туда не вернусь, — проговорил Стоунер, точно не слышал собеседника. — Не знаю точно, что буду делать. — Посмотрел на свои руки и сказал, обращаясь к ним: — Я не совсем еще осознал, что так скоро кончаю, что в конце года выйду из университета.

— Но абсолютной необходимости, чтобы вы покинули университет, конечно же нет. У вас, как я понимаю, нет независимых средств к существованию?

Стоунер покачал головой.

— Ваши учебные дела обстоят просто превосходно. За исключением… — Слоун поднял брови и улыбнулся. — За исключением обзорного курса английской литературы на втором году обучения, у вас "отлично" по всем предметам, связанным с английским, и не ниже чем "хорошо" по всем остальным. Если бы вы, получив диплом бакалавра, смогли содержать себя еще примерно год, вы, я уверен, сделали бы все необходимое, чтобы стать магистром гуманитарных наук, после чего, по всей вероятности, смогли бы зарабатывать преподаванием и готовиться к защите докторской диссертации. Если, конечно, такой путь вас прельщает.

Стоунер подался назад.

— Что вы имеете в виду? — спросил он и услышал в собственном голосе нечто похожее на страх.

Слоун наклонился к нему так, что их лица сблизились; Стоунер увидел, что морщины на его длинном худом лице немного разгладились, а в голосе пожилого человека, когда он заговорил, вместо сухой насмешливости послышалась ласковая, незащищенная искренность.

— Разве вы не понимаете сами, мистер Стоунер? — спросил Слоун. — Еще не разобрались в себе? Ведь вам прямой путь в преподаватели.

Внезапно Слоун точно отъехал куда-то, и стены его кабинета тоже отдалились. Стоунеру показалось, что он висит в пустоте, и он услышал свой вопрос:

— Вы уверены?

— Уверен, — мягко сказал Слоун.

— Откуда это видно? Как вы можете быть уверены?

— Это любовь, мистер Стоунер, — лучезарно сообщил ему Слоун. — Я вижу любовь. Вот как просто все объясняется.

Да, все объяснялось просто. Краем сознания он отметил, что кивнул Слоуну и сказал что-то малосущественное. Потом он вышел из кабинета. Его губы подрагивали, кончики пальцев онемели; он шел как во сне, но при этом чутко воспринимал окружающее. Случайно коснулся полированной деревянной стены в коридоре и мельком отметил, что успел почувствовать тепло дерева и его возраст; медленно спускаясь по лестнице, он с интересом смотрел вниз, на холодный гладкий мрамор с прожилками, на котором, чудилось ему, ногам было чуть-чуть скользко. В вестибюле голоса студентов звучали поверх общего приглушенного гула отчетливо и отдельно, их лица подплывали близко, они были чужими и вместе с тем знакомыми. Он вышел из Джесси-Холла все тем же поздним утром, но серость, казалось, больше не давила на кампус; она побуждала глаза смотреть вдаль и ввысь, в небо, словно заключавшее в себе новые возможности, для которых он не мог подобрать слов.

В первые дни июня 1914 года Уильям Стоунер, наряду с другими шестьюдесятью молодыми людьми и несколькими молодыми женщинами, получил диплом бакалавра гуманитарных наук в университете штата Миссури.

Чтобы присутствовать на церемонии, его родители в одолженной соседями двухместной коляске, которую везла их старая мышастая кобыла, отправились в путь накануне вечером и, проделав сорок с лишним миль, подъехали к дому Футов вскоре после рассвета, оцепеневшие от бессонной ночи. Стоунер спустился во двор встретить их. Они стояли бок о бок, озаренные бодрящим утренним светом, и ждали, когда он подойдет.

Стоунер и его отец подали друг другу руки и коротко тряхнули один раз, не глядя друг на друга.

— Ну, здравствуй, — сказал отец.

Мать кивнула:

— Вот приехали поглядеть, как тебя выпускают.

Несколько секунд сын молчал. Потом сказал:

— Зайдите в дом, позавтракайте.

В кухне они были одни: после того, как Стоунер поселился у Футов, хозяева завели привычку спать допоздна. Но ни за завтраком, ни когда родители покончили с едой, он не мог заставить себя сказать им, что его планы изменились, что он не собирается возвращаться к ним на ферму. Пару раз открывал было рот, но осекался, глядя на обветренные смуглые лица, которые новая одежда делала какими-то беззащитными, и помня о долгом пути, что мать и отец проделали ночью, и о годах, что они прожили одни, ожидая его возвращения. Он напряженно сидел с ними, пока они не допили кофе и в кухню не пришли проснувшиеся Футы. Тогда он сказал родителям, что ему надо в университет заранее и что увидеться можно будет позже, на выпускном акте.

Он бродил по кампусу, нося с собой черную мантию и шапочку, взятые напрокат; носить было тяжело и неудобно, но оставить было негде. Он думал, что скажет родителям, и, впервые осознав всю бесповоротность своего решения, чуть ли не пожалел о нем. Он сомневался, что справится с задачей, которую так безрассудно себе поставил, и ощущал притяжение мира, с которым собирался распрощаться. Он горевал о своей утрате и об утрате, которую будут переживать родители, но, даже горюя, чувствовал, что отдаляется от них.

Это ощущение утраты он пронес через выпускную церемонию; когда выкликнули его имя и он, пройдя по возвышению, взял свиток из рук человека, у которого большая часть лица была скрыта за мягкой седой бородой, ему показалось, что это происходит не с ним, а с кем-то другим, и полученный пергаментный свиток не имел для него никакого смысла. На уме у него были только мать и отец, смущенно и скованно сидящие в зале среди многолюдья.

После церемонии он вернулся с ними к Футам, у которых они должны были переночевать, чтобы с рассветом отправиться домой.

Был поздний вечер, они сидели у Футов в общей комнате. Джим и Серина побыли с гостями сколько-то времени. Джим и мать Стоунера подолгу молчали, изредка вспоминали какого-нибудь общего родственника. Отец сидел на стуле расставив ноги, он чуть наклонился вперед и обхватил широкими ладонями коленные чашечки. Наконец Футы переглянулись, зевнули и сказали, что время позднее. Они отправились в спальню, и сын остался наедине с родителями.

Опять стало тихо. Родители смотрели прямо перед собой, в ту же сторону, куда ложились тени от их тел, и лишь время от времени поглядывали на сына, как будто не хотели тревожить его в новом качестве.

Спустя минуту-другую Уильям Стоунер подался вперед и заговорил громче и с большим нажимом, чем намеревался.

— Мне надо было раньше дать вам знать. Прошлым летом или хотя бы сегодня утром.

Освещенные лампой, неподвижные лица матери и отца ничего не выражали.

— Я вот что хочу сказать: я не вернусь с вами на ферму.

Родители не пошевелились. Отец проговорил:

— Тебе дела тут надо доделать, так мы утром уедем, а ты приезжай, когда сможешь.

Стоунер потер лицо ладонью.

— Нет, ты меня не понял. Я хотел вам сказать, что не вернусь на ферму совсем.

Отец крепче сжал свои колени и откинулся назад.

— Ты в какую-то историю здесь попал? — спросил он.

Стоунер улыбнулся:

— Да нет, что ты. Я собираюсь еще год здесь учиться, а может быть, два или три.

Отец непонимающе покачал головой.

— Ты же все получил сегодня. А мне тогда консультант говорил, в сельскохозяйственном учатся четыре года.

Стоунер попытался объяснить отцу, какие у него планы, попытался пробудить в нем его собственное представление о цели, о жизненном предназначении. Говоря, он слушал свои слова так, будто они шли из уст другого человека, и смотрел на лицо отца, которое под воздействием этих слов походило на камень под ударами кулака. Кончив, он сидел, стиснув ладони между колен и склонив голову. Он слушал тишину, стоявшую в комнате.

Наконец отец пошевелился на стуле. Стоунер поднял глаза. Лица родителей были обращены к нему; он готов был закричать, взмолиться.

— Не знаю, — сказал отец. Голос был хриплый, усталый. — Я и думать не думал, что так повернется. Посылал тебя сюда, хотел для тебя как лучше. Мы с твоей матерью всегда думали, как сделать, чтоб тебе лучше было.

— Я это знаю, — сказал Стоунер. Он не мог больше на них смотреть. — Вы справитесь без меня? Я приеду попозже этим летом, помогу. Я...

— Если ты решил, что тебе надо дальше тут учить твои науки, оставайся и учи. Мы с мамой управимся.

Мать сидела к нему лицом, но не видела его. Ее глаза были зажмурены; она тяжело дышала, лицо перекосило точно от боли, стиснутые кулаки были прижаты к щекам. С изумлением Стоунер понял, что она плачет, плачет горько и беззвучно, испытывая неловкость и стыд человека, редко позволяющего себе раскисать. Он смотрел на нее несколько секунд, потом с усилием встал со стула и вышел из комнаты. Поднялся по узкой лесенке в свою каморку и долго лежал на кровати с открытыми глазами, глядя в темный потолок.

Глава II

Через две недели после того, как Стоунер получил диплом бакалавра гуманитарных наук, сербский националист убил в Сараеве эрцгерцога Франца Фердинанда, и не успело пройти лето, как вся Европа уже воевала. Для аспирантов и студентов постарше эта тема представляла постоянный и немалый интерес; они задавались вопросом, какую роль в событиях суждено сыграть Америке, и нервы приятно щекотала неясность их собственного будущего.

Но Уильяму Стоунеру его будущее рисовалось ясным, определенным и неизменным. Рисовалось не потоком событий, перемен и возможностей, а раскинувшейся перед ним территорией, ожидающей его исследовательского внимания. Он представлял его себе как огромную университетскую библиотеку; к ней там или тут могут пристроить новое крыло, ее могут пополнить новыми книгами, из нее могут изъять некоторые старые, но ее суть, ее природа остается при этом той же, какой была. Он связывал свое будущее с учебным заве-

дением, которому вверил себя и которое пока еще
не слишком хорошо понимал; он предвидел, что это
будущее его изменит, притом само будущее в его
воображении представало инструментом перемен,
а не их объектом.

В конце лета, перед самым началом осеннего семестра, он побывал у родителей. Хотел помочь с летними работами, но оказалось, что отец нанял батра-
ка-негра, который трудился с безмолвным, сосредо-
точенным неистовством, успевая в одиночку за день
почти столько же, сколько Уильям и его отец успева-
ли в прошлом вдвоем. Родители были рады сыну и,
похоже, не держали на него обиды из-за его решения.
Но он увидел, что ему нечего им сказать; он понял,
что мать с отцом уже становятся чужими ему людьми, и почувствовал, что из-за этого любит их сильнее. Он вернулся в Колумбию на неделю раньше,
чем намеревался.

Он стал досадовать на то, что приходится тратить время на работу у Футов. Начав учебу поздно,
он испытывал настоятельную потребность учиться
быстрее. Иногда на него, погруженного в книги, накатывало сознание, что он почти ничего не знает, почти ничего не читал; и путь к желанному покою пре-
граждала мысль, что у него слишком мало времени
в жизни на все это чтение и на всю эту учебу.

К весне 1915 года он вчерне окончил магистер-
скую диссертацию и за лето отшлифовал ее. Это было просодическое исследование одного из "Кентер-
берийских рассказов" Чосера. Еще до конца лета Футы сказали ему, что его услуги на ферме им больше
не нужны.

Он ожидал этого и в каком-то смысле был этому рад; но в первый момент испытал приступ паники. Словно последняя нить, связывавшая его с прежней жизнью, была разорвана. Последние летние недели он прожил на отцовской ферме, дорабатывая диссертацию. Арчер Слоун устроил ему преподавание английского с осени в двух группах первокурсников, и одновременно с этим он должен был начать работу над докторской диссертацией. Годовое жалованье — четыреста долларов. Он забрал свои вещи из крохотной каморки под крышей у Футов, где прожил пять лет, и снял еще более тесную комнатушку недалеко от университета.

Хотя ему предстояло преподавать всего-навсего основы грамматики и письменной практики рядовым новичкам, задача вызвала в нем прилив энтузиазма; он остро ощущал важность этой работы. Последнюю неделю перед осенним семестром он посвятил планированию курса, и перед ним открылись те возможности, что открываются в результате сосредоточенных усилий, в борьбе с материалом; он почувствовал логику грамматики и начал понимать, как она развивалась, пронизывая собой язык и поддерживая человеческую мысль. Разрабатывая для студентов простые задания по написанию связных текстов, он видел в них начатки прозы со всеми ее красотами, и он надеялся, что сможет заразить студентов своим воодушевлением.

Но на первых занятиях, когда он после рутинных перекличек и сообщений об учебных планах обращался к предмету как таковому, оказывалось, что он не может передать студентам свое ощущение чуда, что оно остается запертым внутри него. Порой, когда он говорил в аудитории, у него возникало чувство, что он стоит вне собственного тела и видит незнакомца, выступающего перед группой людей, собранных против их воли; он слышал свой собственный безжизненный голос, излагающий подготовленный материал, и ничто из его энтузиазма сквозь это словоговорение не пробивалось.

Иное дело на аспирантских занятиях, где он сам был учащимся: там он обретал себя, расправлял крылья. Там он был способен снова испытать ощущение открытия, как в тот день, когда к нему в аудитории обратился Арчер Слоун и он в одно мгновение стал другим человеком. Когда он прилагал к материалу умственные усилия, когда он, изучая литературные произведения и стараясь вникнуть в их суть, пытался тягаться с мощью словесности, он чувствовал, что все время меняется внутренне; и, чувствуя это, он переходил в уме от себя к окружающему миру и проникался мыслью, что прочитанная им вещь — стихотворение Мильтона, эссе Бэкона или пьеса Бена Джонсона — изменила мир, давший автору тему и основу для творчества, изменила благодаря своей взаимозависимости с миром. Он редко говорил на этих занятиях, и его письменные работы редко его удовлетворяли. Как и лекции, которые он читал первокурсникам, они не передавали того, что он знал в глубине души.

У него возникли приятельские отношения с несколькими аспирантами, которые, подобно ему, преподавали на временной основе. С двумя из них — с Дэвидом Мастерсом и Гордоном Финчем — он подружился.

Мастерс был худощавый темноволосый молодой человек с острым языком и мягким взглядом. Как и Стоунер, который был на год старше, он только начал учиться в аспирантуре. Среди преподавателей и коллег-аспирантов он слыл человеком заносчивым и нахальным, и все сходились на том, что у него будут трудности с получением докторской степени. Стоунер тем не менее считал его самой яркой личностью из всех, кого он знал, и уступал ему первенство без зависти и обид.

Гордон Финч, рослый блондин, в свои двадцать три года уже проявлял склонность к полноте. Диплом бакалавра он получил в коммерческом колледже в Сент-Луисе, а здесь, в университете Миссури, сделал несколько попыток повысить свой академический статус на разных кафедрах: экономики, истории, инженерного дела. По литературе он решил специализироваться главным образом потому, что в последнюю минуту сумел заполучить небольшую преподавательскую нагрузку на кафедре английского языка. Он быстро показал себя наименее заинтересованным из всех аспирантов кафедры. Но он нравился первокурсникам и хорошо ладил как с опытными преподавателями, так и с администрацией.

Стоунер, Мастерс и Финч завели привычку по пятницам вечерами сидеть втроем в маленьком кабачке в центре города, пить пиво из высоких стаканов и разговаривать допоздна. Хотя эти вечера были для Стоунера единственным временем, когда он общался с людьми просто удовольствия ради, его нередко посещали недоуменные мысли по поводу этой дружбы. Совсем уж близкой ее нельзя было назвать; три молодых человека хорошо ладили между собой, но сокровенными мыслями не делились и, кроме этих еженедельных вечеров, виделись редко.

Ни один из них ни разу не заводил разговора об их отношениях. Стоунер знал, что Гордону Финчу это и в голову не приходило, но подозревал, что Дэвид Мастерс задавался кое-какими вопросами на этот счет. Как-то раз поздним вечером они сидели за столом в самой глубине тускло освещенного кабачка; Стоунер и Мастерс рассуждали о своем преподавании и учебе с неловкой шутливостью, свойственной очень серьезным людям. Посреди беседы Мастерс, держа очищенное крутое яйцо из бесплатного университетского ланча на весу, как хрустальный шар ясновидящего, вдруг спросил:

— Господа, вы размышляли когда-нибудь о том, какова истинная суть университета? Мистер Стоунер? Мистер Финч?

Улыбаясь, оба покачали головой.

— Конечно же не размышляли. Наш Стоунер, мне думается, видит в нем огромное хранилище, подобное библиотеке или публичному дому, куда люди приходят по своему желанию за тем, чего им недостает, где все трудятся сообща, как пчелы в улье. Истина, Добро, Красота. Все это тут, за углом, в следующем проходе; все это найдется в следующей книге, в той, что ты еще не прочел, или на следующем стеллаже, до которого ты еще не добрался. Но доберешься в один прекрасный день. И когда это случится... когда это случится...

Он смотрел на яйцо еще секунду-другую, а потом откусил от него большой кусок и повернулся к Стоунеру, энергично жуя и блестя темными глазами.

Стоунер смущенно улыбнулся, а Финч громко расхохотался и хлопнул рукой по столу:

— Как он тебя, Билл, а? Как он тебя!

Мастерс пожевал еще чуть-чуть, проглотил и перевел взгляд на Финча.

— А ты, Финч? Какая у тебя идея? — Он поднял руку. — Ты, конечно, скажешь, что не думал об этом. Но ты думал, думал. Под этой маской грубоватой сердечности таится простой практический ум. Ты смотришь на университет как на источник пользы. Пользы для мира в целом, конечно, но, по счастливой случайности, и для тебя лично. Ты смотришь на него как на этакий духовный рыбий жир, который ты прописываешь маленьким сволочам каждую осень, чтобы провести их через очередную зиму; ты добродушный старый доктор, который гладит их по головке и не забывает класть в карман плату за визит.

Финч снова расхохотался и покачал головой:

— Ну, Дэйв, сегодня ты в ударе…

Мастерс положил в рот остаток яйца, удовлетворенно его сжевал и запил большим глотком пива.

— Но вы оба ошибаетесь, — сказал он. — Это ни то ни другое, это приют или — как теперь говорят? — пансионат. Для немощных, престарелых, неудовлетворенных, для всяческих недотеп. Если взглянуть на нашу троицу — *мы* и есть университет. Чужой человек не сообразит, что между нами общего, но *мы-то* знаем, разве не так? Хорошо знаем.

— Что, Дэйв? — со смехом спросил Финч.

Увлекшись тем, о чем завел разговор, Мастерс с энтузиазмом подался вперед над столом.

— Для начала возьмем тебя, Финч. При всем моем к тебе уважении скажу, что ты недотепа. Как ты понимаешь сам, ты не великого ума человек, но дело скорей не в этом.

— Да ладно тебе, — сказал Финч, все еще смеясь.

— Ты достаточно умен — *как раз настолько* умен, — чтобы понимать, чтó произошло бы с тобой в большом мире. Там у тебя не было бы шансов, и ты это знаешь. Хотя ты способен быть сукиным сыном, ты не так безжалостен, чтобы быть им последовательно. Хотя ты не самый честный человек, какого я видел в жизни, тебя не назовешь образцом героической бесчестности. С одной стороны, ты способен к труду, но при этом ленив как раз настолько, чтобы у тебя не получалось трудиться так, как требует мир. Однако, с другой стороны, ты недостаточно ленив, чтобы навязать миру ощущение твоей важности. И ты не везунчик, по большому счету. Тебя не окружает никакая аура, и физиономия у тебя озадаченная. В большом мире ты раз за разом оказывался бы на подступах к успеху и раз за разом терпел бы крах. Так что ты, считай, избран, помилован; провидение, чье чувство юмора всегда меня забавляло, вырвало тебя из пасти жестокого мира и поместило здесь, в безопасности, среди твоих собратьев.

По-прежнему улыбаясь шутейно-зловредной улыбкой, он повернулся к Стоунеру.

— Не думай, что я тебя пощажу, мой друг. Никоим образом. Кто ты такой? Простодушный сын земли, коим себя считаешь? Ничего подобного. Ты тоже у нас из немощных: мечтатель, безумец в мире, который еще безумней тебя, ты наш Дон Кихот, скачущий под голубым небом Среднего Запада, правда, без своего Санчо. Ума у тебя хватает — во всяком случае, ты умней, чем наш общий друг. Но в тебе есть изъян, скрытая немощь. Тебе кажется, *здесь* у нас есть что-то ценное, что стоит поискать. Большой мир тебя довольно быстро образумил бы. Там у тебя, как и у нашего друга, не было бы шансов; да ты и не стал бы сражаться с миром. Ты дал бы ему разжевать тебя и выплюнуть, а потом лежал бы и недоумевал, из-за чего так получилось. Потому что ты всегда ожидал бы от мира чего-то несбыточного, такого, чем он вовсе не желает становиться. В хлопчатнике живет долгоносик, в фасоли червяк, на кукурузе гусеница. Ты ни мириться не мог бы со всем этим, ни воевать; потому что ты слишком слаб и слишком силен. В большом мире тебе некуда было бы податься.

— А ты-то сам, — сказал Финч. — Про себя расскажи.

— Я-то… — Мастерс откинулся назад. — Я такой же, как вы. Хуже, если на то пошло. Я слишком умен для мира и не умею держать язык за зубами, а это болезнь, от которой нет лекарства. Поэтому я должен быть заперт в таком месте, где моя безответственность никому не повредит. — Он опять наклонился к ним и улыбнулся. — Каждый из нас — бедный Том, которому холодно.

— Из "Короля Лира", — вдумчиво заметил Стоунер.

— Акт третий, сцена четвертая, — уточнил Мастерс. — И вот провидение, или общество, или судьба, как хотите, так и назовите, предоставило нам этот шалаш, чтобы мы могли укрыться в бурю. Это для нас построен университет, для обездоленных мира сего; он существует не ради студентов, не ради бескорыстного поиска знаний, не ради всего того, о чем говорят. Мы творим доводы, оправдывающие его существование, и некоторые из них, какие попроще, какие понятны большому миру, берем на вооружение; но это всего лишь защитная окраска. Как церковь в Средние века, которая ни в грош не ставила мирян и даже Господа Бога, мы притворяемся, чтобы выжить. И мы выживем — как же иначе-то?

Финч восхищенно покачал головой:

— В каком свете ты нас выставляешь, Дэйв...

— В неважном, — сказал Мастерс. — Но, как бы плохи мы ни были, мы все-таки лучше тех, кто барахтается снаружи, в мирской грязи, лучше всей этой несчастной сволочи. Мы никому не причиняем вреда, мы говорим, что хотим, и получаем за это плату; если это не триумф основополагающих добродетелей, то нечто, черт возьми, довольно близкое к нему.

Мастерс снова откинулся на спинку стула, уже безразличный на вид к только что высказанному. Гордон Финч откашлялся.

— Ну, в общем... — заговорил он серьезным тоном. — Может, в твоих словах что-то и есть, Дэйв. Но по-моему, ты слишком далеко заходишь. Слишком далеко.

Стоунер и Мастерс улыбнулись друг другу, и больше в тот вечер на эту тему разговор не шел. Но Стоунер потом годы и годы нет-нет да вспоминал услышанное от Мастерса; и хотя нельзя сказать, что Дэйв открыл ему глаза на университет, с которым Стоунер связал свою жизнь, прозвучавшее прояснило ему кое-что в его отношениях с двумя друзьями и дало ему почувствовать, сколько разъедающей невинной горечи может содержать в себе молодая душа.

Седьмого мая 1915 года немецкая подводная лодка потопила британский лайнер "Лузитания", в числе пассажиров которого было сто четырнадцать американцев; к концу 1916 года Германия уже вовсю вела подводную войну, и отношения между ней и Соединенными Штатами неуклонно ухудшались. В феврале 1917 года президент Вильсон разорвал дипломатические отношения. Шестого апреля Конгресс объявил, что Соединенные Штаты находятся с Германией в состоянии войны.

И сразу тысячи молодых людей по всей стране, словно испытывая облегчение от того, что период неизвестности кончился, принялись осаждать вербовочные пункты, наскоро оборудованные несколькими неделями раньше. А до них сотни их сверстников, не в силах дожидаться американского вмешательства, уже в 1915 году записались в Королевские канадские вооруженные силы или влились в европейские союзнические армии в качестве водителей санитарных машин. Так поступили несколько старшекурсников университета Миссури, и хотя Уильям Стоунер ни с кем из них знаком не был, он все чаще слышал их легендарные имена в последние месяцы и недели перед тем днем, что неизбежно, как все понимали, должен был наступить.

Войну объявили в пятницу, и хотя занятия на следующей неделе никто не отменял, мало кто из студентов и преподавателей приходил в аудитории даже ради проформы. Люди толклись в вестибюлях и коридорах, собирались небольшими группами, переговаривались вполголоса. Напряженная тишина нет-нет да сменялась буйством, граничившим с насилием; два раза вспыхивали общие антигерманские демонстрации, когда студенты бессвязно кричали и размахивали американскими флагами. А одна короткая демонстрация была направлена против определенного лица — бородатого старого профессора-германиста, который родился в Мюнхене и учился в Берлинском университете. Когда к профессору подступила кучка злых раскрасневшихся юнцов, он, ошеломленно моргая, протянул к ним тонкие дрожащие руки — и они разошлись в хмуром смятении.

Стоунер в те первые дни после объявления войны тоже испытывал смятение, но смятение совсем иного свойства, чем большая часть кампуса. Сколько он в годы войны ни разговаривал о ней с аспирантами и преподавателями, он так и не поверил в нее до конца; и сейчас, когда она явилась к нему, явилась ко всем, он обнаружил внутри себя обширный пласт безразличия. Он досадовал на то расстройство, что война внесла в жизнь университета, но он не находил в себе пылких патриотических чувств и не мог возбудить в себе ненависти к немцам.

А вокруг него эта ненависть разгоралась. Однажды Стоунер, идя по коридору, увидел Гордона Финча в обществе преподавателей постарше; лицо Финча перекосилось, и он назвал немцев "гуннами" с такой гримасой, словно плюнул на пол. Позднее, когда он подошел к Стоунеру в большой рабочей комнате, которую делили между собой полдюжины молодых педагогов, настроение Финча уже было другим; лихорадочно веселый, он хлопнул Стоунера по плечу.

— Чтобы я остался в стороне, чтобы не всыпал им самолично? — быстро проговорил он. Его круглое лицо покрывала маслянистая пленка пота, светлые жидкие волосы лежали на черепе длинными прядями. — Нет, сэр. Я записываюсь. Уже поговорил со стариком Слоуном, и он сказал: действуй. Завтра еду в Сент-Луис вербоваться. — На мгновение он сумел соорудить на лице подобие суровой серьезности. — Каждый из нас должен внести свой вклад. — Потом он улыбнулся и опять хлопнул Стоунера по плечу. — Давай и ты со мной, Билл!

— Я? — спросил Стоунер и, точно не веря своим ушам, повторил: — Я?

— Ты, ты, — подтвердил Финч со смехом. — Все идут в армию. Я только что говорил с Дэйвом — он вместе со мной едет записываться.

Стоунер ошеломленно покрутил головой.

— Дэйв Мастерс?

— Он самый. Нашего Дэйва в разговорах иногда заносит, но, когда доходит до дела, он такой же, как мы все; он внесет свой вклад. А ты, Билл, внесешь свой. — Финч шутливо ударил его кулаком по руке. — Внесешь, Билл.

Стоунер ответил не сразу.

— Я еще не думал об этом, — сказал он. — Слишком быстро все произошло. Мне надо поговорить со Слоуном. Я дам тебе знать.

— Само собой, — отозвался Финч. — Ты внесешь свой вклад. — От полноты чувств его голос стал густым, рокочущим. — Мы все должны сплотиться сейчас, Билл; мы все должны сплотиться.

Стоунер, оставив Финча в комнате, вышел, но направился он не к Арчеру Слоуну. Он стал ходить по кампусу и справляться о Дэвиде Мастерсе. В конце концов нашел его в одном из отсеков библиотеки; Мастерс сидел там в одиночестве, курил трубку и смотрел на книжные полки.

Стоунер сел за письменный стол напротив него. На вопрос о его решении пойти добровольцем Мастерс ответил:

— Да, я иду. А что? Почему нет?

Но Стоунер хотел знать, почему да, и Мастерс сказал ему:

— Ты неплохо меня знаешь, Билл. До немцев мне нет ровно никакого дела. И, если уж на то пошло, до американцев, наверно, тоже. — Он выбил трубку на пол и растер пепел подошвой. — Мне думается, я потому иду, что пойду я или нет — все равно. И почему не прошвырнуться по миру развлечения ради, прежде чем отрешиться от него окончательно в этих стенах, где всем нам суждено медленное угасание?

Стоунер кивнул, принимая сказанное Мастерсом — принимая, но не понимая. Он сказал:

— Гордон хочет, чтобы я тоже записался.

Мастерс улыбнулся.

— Гордон впервые в жизни получил возможность испытать прилив доблести; и разумеется, ему надо, чтобы все остальные стояли с ним бок о бок и поддерживали в нем решимость. А что? Почему нет? Записывайся вместе с нами. Тебе, может быть, и полезно будет взглянуть на мир. — Он помолчал, испытующе глядя на Стоунера. — Но, если надумаешь записаться, умоляю, не делай этого во имя Бога, родины или нашей любимой альма-матер. Сделай это ради себя.

Стоунер задумался. Потом сказал:

— Я поговорю со Слоуном и дам тебе знать.

Он не знал, чего ему ждать от Арчера Слоуна, и был готов, казалось ему, к любому ответу; тем не менее Слоун, когда он пришел в его узкий, заставленный книгами кабинет сообщить о своем не вполне еще принятом решении, удивил его.

Слоун, который всегда был с ним сдержанно вежлив и ироничен, вышел из себя. Его длинное худое лицо побагровело, складки по обе стороны рта углубились от злости; стиснув кулаки, он привстал со стула и подался к Стоунеру. Потом опустился обратно, заставил себя разжать кулаки и положил ладони на стол пальцами врозь. Пальцы его дрожали, но заговорил он твердым, жестким голосом:

— Прошу простить мне эту внезапную вспышку. Дело в том, что за последние несколько дней я потерял почти треть кафедры, и на то, что я найду этим людям замену, нет никакой надежды. Я не на вас сержусь, а на... — Он отвернулся от Стоунера и посмотрел в высокое окно в дальнем конце кабинета. Свет резко обозначил морщины на его лице и углубил тени под глазами, придав ему на минуту вид больного старика. — Я родился в восемьсот шестидесятом, перед самой войной Севера и Юга. Войну я, конечно, не помню, был слишком мал. Отца тоже не помню: он погиб под Шайло в первый год боевых действий. — Он бросил быстрый взгляд на Стоунера. — Но я видел и вижу, к чему привела война. Она не только губит тысячи или сотни тысяч молодых мужчин. Она губит что-то в самом народе, и восстановить это потом невозможно. И если войн, через которые прошел народ, слишком много, в итоге остается только грубое животное. Первобытное существо, которое мы — вы, я и другие, подобные нам, — пытались поднять из жижи, где оно барахталось. — Он довольно долго молчал, потом слегка усмехнулся. — От филолога нельзя требовать, чтобы он своими руками рушил постройку, которую обязался всю жизнь возводить.

Стоунер откашлялся и неуверенно проговорил:

— Все произошло так быстро… Как-то до меня не доходило, пока я не поговорил с Финчем и Мастерсом. Да и сейчас все кажется каким-то нереальным.

— И правильно кажется, — сказал Слоун. Он беспокойно шевельнулся, опять отворачиваясь от Стоунера. — Я не собираюсь вам указывать, как поступить. Я просто вам говорю: выбор за вами. Будет призыв, но вы можете получить освобождение, если захотите. Вы не боитесь идти, как я понимаю?

— Нет, сэр, — ответил Стоунер. — По-моему, нет.

— Значит, у вас есть выбор, и сделать его вы должны будете сами. Само собой, если надумаете записаться, то ваше нынешнее положение здесь сохранится за вами до возвращения. Если решите не идти в армию, сможете остаться в прежнем качестве, но никаких особых преимуществ, разумеется, не получите; не исключено даже, что это повредит вашей карьере сейчас или в будущем.

— Понимаю, — сказал Стоунер.

Последовало долгое молчание, и в конце концов Стоунер подумал, что все между ними сказано. Но когда он поднялся, чтобы идти, Слоун снова заговорил.

— Вам следует помнить, — промолвил он медленно, — кто вы есть и на какую дорогу встали, помнить о значении того, что делаете. Внутри рода человеческого ведутся и безоружные войны, бывают и безоружные поражения и победы, о которых не пишут в исторических анналах. Прошу вас иметь это в виду, когда будете принимать решение.

Два дня Стоунер не ходил вести занятия и не говорил ни с кем из знакомых. Он сидел у себя в каморке, и внутри него шла борьба. Его окружали книги и тишина комнаты; только изредка внешний мир давал о себе знать дальними голосами перекрикивающихся студентов, частым перестуком колес конной коляски по кирпичной мостовой, глухим пыхтением какого-либо из десятка имевшихся в городе автомобилей. У него не было привычки к самоанализу, и исследование собственных побуждений оказалось для него трудной и малоприятной задачей; он чувствовал скудость того, что мог себе предложить, что мог внутри себя найти.

Когда он пришел наконец к решению, ему показалось, что он с самого начала знал, каким оно будет. Встретив в пятницу Мастерса и Финча, он сказал им, что не пойдет с ними на войну.

Гордон Финч, которого продолжало будоражить приобщение к доблести, напрягся, и на его лице возникло выражение печальной укоризны.

— Подводишь нас, Билл, — проговорил он сдавленно. — Ты всех нас подводишь.

— Да помолчи ты, — сказал ему Мастерс. Он пытливо посмотрел на Стоунера. — Я предполагал, что ты можешь так решить. В твоей тощей фигуре всегда чувствовалась верность выбранному пути. Но скажи, хоть это, конечно, и не имеет значения: что склонило чашу весов?

Стоунер ответил не сразу. Он подумал о прошедших двух днях, о молчаливой борьбе, которая, казалось, не имела ни цели, ни смысла; подумал о своих семи годах в университете; подумал о годах более ранних, о далеких годах на родительской ферме и о мертвенном оцепенении, от которого он был чудесным образом пробужден к жизни.

— Не знаю, — вымолвил он наконец. — Всё, по-моему. Не могу сказать.

— Трудно тебе тут, оставшемуся, будет, — заметил Мастерс.

— Я знаю, — сказал Стоунер.

— Но считаешь, игра стоит свеч.

Стоунер кивнул. Мастерс усмехнулся и проговорил со своей обычной иронией:

— Да, фигура у тебя тощая, вид голодный. Ты обречен, мой друг.

На лице Финча печальный укор уступил место пробному, неуверенному презрению.

— Пройдет время, и ты пожалеешь об этом, Билл, — произнес он хриплым, полуугрожающим-полужалостливым голосом. Стоунер кивнул.

— Может быть, — сказал он.

Он попрощался с ними и пошел по своим делам. Им завтра предстояло ехать в Сент-Луис в вербовочный пункт, а ему надо было готовиться к занятиям со студентами.

Он не испытывал из-за своего решения чувства вины и, когда объявили общий призыв, подал заявление об отсрочке без особых сожалений; но он понимал значение взглядов, которые бросали на него старшие коллеги, и под внешней вежливостью студентов нередко давало себя знать лезвие неуважения. Ему даже показалось, что Арчер Слоун, который, узнав, что он остается в университете, тепло его поддержал, затем, спустя несколько месяцев войны, стал к нему суше и холоднее.

К весне 1918 года докторская диссертация у него была готова, и в июне ему присвоили степень. Месяцем раньше он получил письмо от Гордона Финча, который окончил офицерские курсы и был направлен в тренировочный лагерь поблизости от Нью-Йорка. В свободное время, писал Финч, ему разрешили заниматься в Педагогическом колледже нью-йоркского Колумбийского университета, и там он тоже сумел сделать все необходимое, чтобы стать доктором философии; диплом он должен был получить летом.

А еще Финч сообщил ему, что Дэйва Мастерса отправили во Францию и там почти ровно через год после того, как он записался в армию США, он участвовал в первых боях экспедиционных сил и был убит под Шато-Тьерри.

Глава III

За неделю до торжественной церемонии, на которой Стоунеру предстояло получить диплом, Арчер Слоун предложил ему полную преподавательскую ставку в университете. Брать своих выпускников на работу, сказал ему Слоун, вообще-то не в правилах университета, но война породила общую нехватку подготовленных и опытных преподавателей, и ему удалось убедить администрацию сделать исключение.

До этого Стоунер без особой охоты написал в университеты и колледжи окрестных штатов несколько писем, где кратко сообщал свои профессиональные данные; не получив ответа ниоткуда, он испытал странноватое облегчение. Это облегчение он, впрочем, в известной мере мог понять: университет Миссури был для него источником того тепла и чувства безопасности, что он недополучил в детстве дома, и он не был уверен, что сумеет обрести нечто подобное в другом месте. Он с благодарностью принял предложение Слоуна.

И, когда он его принимал, ему бросилось в глаза, как постарел Слоун за год войны. Слоуну было под шестьдесят, но выглядел он лет на десять старше; волосы, которые прежде были серо-стального цвета и курчавились, образуя непослушную копну, теперь побелели и плоско, безжизненно облегали костлявый череп. Черные глаза подернулись тусклой влагой; кожа удлиненного лица с резкими линиями, в прошлом казавшаяся крепкой и "хорошо выделанной", теперь походила на ветхую бумагу; в сухом ироничном голосе появилась дрожь. Глядя на него, Стоунер подумал: он умрет; может быть, ему год остался, может быть, два, может быть, десять — но он на пути к смерти. Преждевременное чувство утраты заставило Стоунера отвернуться.

Летом 1918 года смерть и без того часто была у него на уме. Гибель Мастерса подействовала на него сильнее, чем он готов был признать; из Европы между тем начали приходить списки убитых и раненых американцев. Когда он раньше думал о смерти, он думал о ней либо как о событии внутри литературного сюжета, либо как о результате медленного, тихого износа несовершенной плоти под воздействием времени. Он не представлял себе при мысли о ней ни мясорубку на поле боя, ни струю крови из разорванного горла. Теперь он задумывался о разнице между двумя видами смерти, пытался понять ее смысл; и он обнаруживал, что в нем копится горечь, сходная с той, чьи знаки он некогда видел, — с горечью в живом сердце его друга Дэвида Мастерса.

Диссертация его называлась "Влияние античной традиции на средневековую лирику". Он провел немалую часть лета за перечитыванием античных и средневековых поэтов, писавших на латыни, и особенно их стихов о смерти. Ему вновь бросалось в глаза, как легко, как красиво древнеримские лирики принимали факт смерти, словно грядущая пустота небытия была для них закономерной платой за удовольствия прожитой жизни, за ее насыщенность; напротив, у некоторых более поздних латиноязычных поэтов-христиан он находил тоску, ужас и едва прикрытую ненависть при взгляде на смерть, пусть и туманно, но обещавшую, казалось бы, экстатическое богатство вечной жизни; эти обещания, похоже, оборачивались насмешкой, отравлявшей их земное существование. Думая о Мастерсе, он уподоблял его Катуллу или более мягкому, более лиричному Ювеналу, отправленному в ссылку; он представлял себе Мастерса изгнанником в собственной стране, а его смерть — еще одним изгнанием, более странным и продолжительным, чем прижизненное.

Когда начался осенний семестр 1918 года, всем было уже ясно, что война в Европе скоро кончится. Последнее отчаянное наступление немцев было остановлено недалеко от Парижа, и маршал Фош отдал приказ об общем контрнаступлении союзных сил, которые быстро оттеснили немцев на исходные рубежи. Британцы двигались на север, американцы наступали через Аргонский лес, платя цену, о которой в стране не слишком много думали среди общего воодушевления. Газеты пророчили крах Германии еще до Рождества.

Так что семестр начался в атмосфере лихорадочной, нервной веселости. Студенты и педагоги улыбались и энергично кивали друг другу в коридорах; на малозначительные выходки, которые позволяли себе иные из учащихся, преподаватели и администрация смотрели сквозь пальцы; студент, чья личность осталась неизвестной начальству, мгновенно превратился в местного народного героя, взобравшись на одну из громадных колонн перед Джесси-Холлом и подвесив к ее верхушке соломенное чучело кайзера.

Единственным человеком в университете, которого общее возбуждение, похоже, не затронуло, был Арчер Слоун. С того самого дня, как Америка вступила в войну, он начал уходить в себя, и к концу войны этот уход становился все более явным. Он не разговаривал с коллегами, если только его не вынуждали к этому учебные дела, и, по слухам, на занятиях стал вести себя до того эксцентрично, что студенты входили в аудиторию не без страха; он нудно, монотонно читал им свои записки, никогда не поднимая на них глаз, и нередко его голос умолкал, сходил на нет; минуту, две, а то и пять он молча смотрел в свои бумаги, не двигался и не отвечал на вопросы озадаченных слушателей.

В последний раз некое подобие того яркого, ироничного человека, что Уильям Стоунер знал в студенческие годы, он увидел, когда Арчер Слоун давал ему преподавательскую нагрузку на учебный год. Стоунеру предстояло вести письменную практику в двух группах вновь поступивших и читать старшекурсникам обзорный курс среднеанглийской[1] литературы;

---

1   Среднеанглийский язык и литература на нем — язык и литература Англии с конца XI до конца XV века.

сообщив ему об этом, Слоун сказал с толикой прежней иронии:

— Вам, как и многим нашим коллегам и немалой части студентов, приятно будет узнать, что я отказываюсь от некоторых своих курсов. В том числе от одного, весьма непритязательного, который был у меня любимым: от обзорного курса английской литературы для второкурсников. Помните его?

Стоунер кивнул, улыбаясь.

— Конечно, — продолжил Слоун. — Еще бы вы не помнили. Прошу вас взять его у меня. Большим подарком это трудно назвать; но я подумал, что вам, возможно, будет весело начать как полноправный преподаватель там же, где начинали студентом.

Несколько секунд Слоун смотрел на него пристально, с довоенным блеском в глазах. Но потом они опять подернулись пленкой безразличия, он отвернулся от Стоунера и принялся листать какие-то бумаги у себя на столе.

Так Стоунер начал со своей былой исходной точки — высокий, худой, сутулый мужчина в той же аудитории, где в прошлом сидел высокий, худой, сутулый юноша, сидел и слушал слова, которые привели его к нынешнему положению. И всякий раз, входя в аудиторию, он бросал взгляд на студенческое место, которое некогда занимал, и испытывал легкое удивление, не видя себя за этим столом.

Одиннадцатого ноября, через два месяца после начала семестра, было заключено перемирие. Новость пришла в учебный день, и мигом все занятия прекратились; студенты бесцельно носились по кампусу и, затевая небольшие шествия, то маршировали извилистыми путями через вестибюли, аудитории и кабинеты, то расходились, то вновь собирались группами. К одному из шествий, неохотно уступив настояниям его участников, примкнул и Стоунер; группа торжествующих студентов и преподавателей повлекла его в Джесси-Холл, там по коридорам, вверх по лестнице и снова по коридорам. Проходя мимо открытой двери кабинета Арчера Слоуна, он увидел перекошенное лицо Слоуна, который, сидя за столом, плакал, не таясь и не стирая слез с исчерченного складками лица.

Еще некоторое время ошеломленный Стоунер продолжал идти вместе со всеми. Потом отделился и отправился в свою комнату поблизости от кампуса. Сидя в сумраке комнаты, он слышал доносившиеся снаружи возгласы радости и облегчения и думал об Арчере Слоуне, оплакивавшем поражение, которое видел он один. Видел или воображал, что видит? Так или иначе, в кабинете сидел сломленный человек, которому не суждено было вновь стать таким, каким он был.

Ближе к концу ноября многие из тех, кто ушел на войну, начали возвращаться в Колумбию, и в кампусе то и дело на глаза попадалась грязновато-оливковая военная форма. Среди отпущенных из армии в продолжительный отпуск был Гордон Финч. За полтора года, проведенные вне университета, он еще пополнел, и в широком открытом лице, которое раньше выражало лишь приятельскую готовность пойти тебе навстречу, появилась степенность — дружелюбная, но не без строгости; он носил капитанские нашивки и часто поминал своих солдат, которых по-отцовски называл "мои ребята". С Уильямом Стоунером он держался тепло, но на некотором расстоянии, а по отношению к пожилым преподавателям проявлял преувеличенное почтение. Давать ему преподавательскую нагрузку в том учебном году уже было поздно, поэтому до летних каникул ему предоставили временную синекуру, назначив помощником по административным делам декана колледжа гуманитарных и естественных наук. Финч был достаточно чуток, чтобы понимать неопределенность своего теперешнего положения, и достаточно смышлен, чтобы видеть возможности, которые оно открывало; в общении с коллегами он был осторожен и уклончиво вежлив.

Деканом колледжа гуманитарных и естественных наук был Джосайя Клэрмонт, малорослый бородатый человек весьма преклонных годов, уже несколько лет назад достигший возраста, когда его могли принудительно отправить на пенсию; сын одного из первых ректоров университета, он работал в нем с той самой поры в начале восемьсот семидесятых, когда он превратился в университет из педагогического колледжа. Джосайя Клэрмонт был очень глубоко укоренен и составлял, казалось, неотъемлемую часть университетской истории, поэтому настаивать на его уходе никто не отваживался, несмотря на его растущую некомпетентность в делах. С памятью у него уже было очень плохо; порой ему случалось заблудиться в коридорах Джесси-Холла, где находился его кабинет, и его надо было вести, как ребенка.

Его представления о том, что происходит в университете, стали такими туманными, что разосланное от его имени приглашение к нему домой на торжественный прием в честь преподавателей и сотрудников, вернувшихся из армии, большинство сочло либо изощренным розыгрышем, либо ошибкой. Но оно не было ни тем ни другим. Гордон Финч подтвердил приглашение; широко распространился слух, что именно он подал мысль о приеме и что именно он его организатор.

Джосайя Клэрмонт, овдовевший много лет назад, жил один с тремя почти такими же старыми, как он, чернокожими слугами в одном из тех больших домов, построенных до войны Севера и Юга, что в прошлом часто встречались вокруг Колумбии, но теперь быстро исчезали, теснимые застройщиками и мелкими независимыми фермерами. Архитектура дома была приятной, но какой-то неопределенной; по общим очертаниям, по обширности дом ассоциировался с южными штатами, но был лишен неоклассической строгости виргинских жилых зданий. Его дощатая обшивка была выкрашена в белый цвет, а оконные наличники и балюстрады балкончиков верхнего этажа — в зеленый. Парк вокруг дома переходил в лес, окружавший его со всех сторон, подъездная и пешеходные дорожки были обсажены высокими тополями, безлиственными в декабре. Это был самый величественный из всех домов, что Уильям Стоунер видел в жизни; в ту пятницу он не без страха подошел к нему в предвечерних сумерках и примкнул к группе незнакомых преподавателей, ожидавших на пороге.

Гордон Финч, и теперь одетый в военную форму, открыл перед ними дверь и пригласил их войти;

гости вступили в небольшую прямоугольную прихожую, откуда крутая лестница с полированными дубовыми перилами вела на второй этаж. На лестничной стене прямо перед вошедшими висел маленький французский гобелен в голубых и золотистых тонах, до того выцветший, что в тусклом желтоватом свете электрических лампочек разглядеть узор было трудно. Гости разбрелись по прихожей, а Стоунер все стоял на одном месте и смотрел на гобелен.

— Давай мне пальто, Билл, — неожиданно прозвучало у него над ухом. Он обернулся и увидел Финча, с улыбкой протянувшего руку за пальто, которое Стоунер еще не снял.

— Первый раз здесь, да? — спросил Финч полушепотом. Стоунер кивнул.

Финч повернулся к другим пришедшим и, почти не повышая голоса, сумел обратиться к ним так, что они услышали:

— Прошу вас в главную гостиную. — Он показал на дверь справа. — Многие уже там.

Он опять заговорил со Стоунером.

— Великолепный старый дом, — сказал он, вешая пальто Стоунера в большой стенной шкаф под лестницей. — Одна из достопримечательностей здешних мест.

— Да, — согласился Стоунер. — Мне про него говорили.

— А декан Клэрмонт — великолепный старик. Он попросил меня смотреть тут за всем сегодня.

Стоунер кивнул.

Финч взял его под руку и повел к двери, на которую показал.

— Мы с тобой непременно потолкуем еще сегодня вечером. А сейчас входи, входи. Я к тебе присоединюсь через пару минут. Хочу познакомить тебя кое с кем.

Стоунер начал что-то ему говорить, но Финч уже отвернулся, чтобы поздороваться с новой группой вошедших. Стоунер сделал глубокий вдох и открыл дверь главной гостиной.

После прохладной прихожей на него пахнуло теплом, которое, казалось, хотело вытолкнуть его обратно; гул неторопливых разговоров внутри, устремившись наружу через дверной проем, первые секунды, пока уши не приноровились, давил на барабанные перепонки.

В комнате было два десятка человек или чуть больше, и поначалу он никого не мог узнать. Перед глазами перемещались строгие костюмы мужчин — черные, серые, коричневые; кое-где виднелись оливковые военные формы; там и сям плыли нежно-розовые или светло-голубые женские платья. Люди неторопливо прохаживались по теплой гостиной, и он тоже стал ходить, чувствуя себя непомерно высоким рядом с сидящими, кивая тем, кого теперь уже узнавал.

Из дальнего конца комнаты другая дверь вела в маленькую гостиную, примыкавшую к длинной и узкой столовой. Сквозь открытую двойную дверь столовой виднелся массивный ореховый обеденный стол, покрытый желтой камчатной скатертью и уставленный белыми тарелками и блестящими серебряными мисками. У конца стола, где собрались несколько человек, молодая женщина в голубом муаровом платье, высокая, стройная и светловолосая, стоя разливала чай в фарфоровые чашки с золотыми ободками. Стоунер, завороженный ее видом, приостановился в дверях. Ее продолговатое лицо с изящными чертами светилось улыбкой, ее тонкие, хрупкие на вид пальцы ловко обращались с чайником и чашками; глядя на нее, Стоунер преисполнился сознанием своей тупой неуклюжести.

Шли секунды, а он все стоял в дверном проеме; поверх общего говора гостей, получавших от нее чашки, слышался ее мягкий высокий голос. Она подняла голову, и вдруг их глаза встретились; бледные и большие, ее глаза, казалось, излучали свое собственное сияние. Изрядно смутившись, Стоунер подался назад и вернулся в маленькую гостиную; увидев там свободный стул у стены, он сел и уставился на ковер под ногами. Он не смотрел в сторону столовой, но то и дело ему чудилось, что по его лицу скользит, овевая его теплом, взгляд молодой женщины.

Гости вокруг него ходили, садились, пересаживались, меняли положение тел, находя новых собеседников. Стоунер видел их сквозь некую дымку, словно был зрителем, а не участником происходящего. Через несколько минут в гостиной появился Гордон Финч, и Стоунер, встав со стула, пересек комнату и подошел к нему. Не слишком вежливо он вклинился в разговор Финча с человеком постарше; отведя Финча в сторонку, но не понижая голоса, он попросил познакомить его с молодой женщиной, разливающей чай.

Лоб Финча, пока он смотрел на Стоунера, начал было досадливо хмуриться, но затем стал разглаживаться, брови удивленно пошли вверх.

— Что-что? — переспросил Финч. Хотя он был ниже Стоунера ростом, он глядел на него, казалось, сверху вниз.

— Мне хочется, чтобы ты меня с ней познакомил, — сказал Стоунер. Он чувствовал, что лицо у него горит. — Ты ее знаешь?

— Конечно, — ответил Финч. Его рот начал растягиваться в улыбке. — Она какая-то родственница декана, живет в Сент-Луисе, сейчас гостит у тетки. — Улыбка сделалась шире. — Ах ты, Билл, старина. Кто бы мог подумать. Конечно познакомлю. Пошли.

Ее звали Эдит Элейн Бостуик, и она жила с родителями в Сент-Луисе, где прошлой весной окончила двухгодичное частное учебное заведение для девушек; в Колумбию она приехала на несколько недель к старшей сестре матери, а весной они с теткой собирались отправиться в большую поездку по Европе, снова теперь возможную благодаря прекращению войны. Ее отец, глава небольшого сент-луисского банка, был родом из Новой Англии; в восемьсот семидесятые он перебрался на Средний Запад и женился на старшей дочери состоятельного семейства из центральной части Миссури. Эдит всю жизнь прожила в Сент-Луисе; несколько лет назад родители свозили ее в Бостон на светский сезон; она была в нью-йоркской опере и осматривала музеи. Ей было двадцать лет, она играла на фортепиано и проявляла художественные склонности, которые ее мать поощряла.

Позднее Уильям Стоунер не мог вспомнить в точности, как он все это усвоил в тот день в доме Джосайи Клэрмонта; ибо то, что происходило после знакомства, он воспринимал нечетко и на внешнем уровне, как узор на гобелене над лестницей. Он говорил с ней, помнилось ему, для того, чтобы она смотрела на него, оставалась рядом и, отвечая на его вопросы и спрашивая в свой черед о чем-то малозначительном, услаждала его слух своим мягким высоким голосом.

Гости начали расходиться. Звучали прощания, хлопали двери, комнаты пустели. Стоунер ушел в числе последних; когда за Эдит приехал экипаж, он двинулся за ней в прихожую и подал ей пальто. Она уже готова была выйти, и тут он спросил, не мог ли бы он посетить ее следующим вечером.

Словно не услышав его, она открыла дверь и несколько секунд стояла неподвижно; холодный воздух с улицы студил разгоряченное лицо Стоунера. Она повернулась, посмотрела на него и несколько раз моргнула; взгляд ее голубых бледных глаз был оценивающим, почти невежливым. Наконец она кивнула.

— Да. Могли бы, — сказала она без улыбки.

И он посетил ее, пройдя через весь городок к дому ее тетки морозным зимним вечером. На небе не было видно ни облачка; полумесяц освещал легкий снежок, выпавший днем. Улицы были пусты, и мягкое безмолвие нарушал только сухой хруст снега под ногами. Стоунер довольно долго простоял перед большим домом, слушая тишину. Ступни немели от холода, но он не двигался. Из занавешенных окон на голубоватый снег пятнами падал неяркий желтый свет; ему показалось, он видит внутри движение, но он не был уверен. Осознанно, как будто беря на себя некое обязательство, он прошел по дорожке к двери и постучался.

Ему открыла тетя Эдит (ее звали, как Стоунер уже узнал, Эмма Дарли, она несколько лет назад овдовела). Она пригласила его войти; это была женщина малорослая и пухлая, с роскошной седой прической. Ее темные глаза влажно моргали, а говорила она тихо и затаив дыхание, точно сообщала секреты. Стоунер последовал за ней в гостиную и сел к ней лицом на длинный ореховый диван, чьи сиденье и спинка были обиты плотным синим бархатом. К его ботинкам прилип снег; он смотрел, как он тает, образуя мокрые пятна на толстом ковре с цветочным рисунком.

— Эдит сказала мне, вы преподаете в университете, мистер Стоунер, — промолвила миссис Дарли.

— Да, мэм, — подтвердил он и откашлялся.

— Это так *мило* — получить новую возможность поговорить с молодым профессором нашего университета, — оживленно сказала миссис Дарли. — Мистер Дарли, мой покойный муж, в свое время был членом попечительского совета университета — но вы, вероятно, и без меня это знаете.

— Нет, мэм, — признался Стоунер.

— О… — промолвила миссис Дарли. — Мы частенько приглашали молодых профессоров на чашку чаю. Но это было давно, еще до войны. Вы были на войне, профессор Стоунер?

— Нет, мэм, — ответил Стоунер. — Я был в университете.

— Понимаю, — сказала миссис Дарли и оживленно кивнула. — А преподаете вы…

— Английский, — сказал Стоунер. — Но я не профессор. Просто преподаватель.

Он чувствовал, что его голос звучит резко, но не мог ничего с ним поделать. Он попытался улыбнуться.

— Понимаю, понимаю, — проговорила она. — Шекспир… Браунинг…

Повисло молчание. Стоунер, сжав одну кисть руки другой, уставился в пол.

— Пойду посмотрю, готова ли Эдит, — сказала миссис Дарли. — Если вы не возражаете.

Стоунер кивнул и, когда она выходила, поднялся на ноги. Из соседней комнаты послышалось яростное перешептывание. Несколько минут он простоял один.

Вдруг в широком дверном проеме возникла Эдит, бледная и серьезная. Они посмотрели друг на друга неузнающими взглядами. Эдит сделала шаг назад, но потом пошла в гостиную, ее тонкие губы были плотно сомкнуты. Они церемонно пожали друг другу руки и сели вместе на диван. Оба не произнесли пока ни слова.

Она была еще выше и хрупче, чем ему помнилось. Лицо удлиненное и худощавое, за сжатыми губами угадывались довольно крепкие зубы. Ее коже была свойственна некая особая выразительность: она буквально на все отзывалась легким приливом краски. Волосы светлые с рыжеватым оттенком, толстые косы она оборачивала вокруг головы. Но поразили его, как и накануне, ее глаза. Очень большие, они были полны немыслимо бледной голубизны. Когда он в них смотрел, его словно вытягивало из собственной оболочки и погружало в непостижимую тайну. Такой красавицы, подумалось ему, он еще не видел, и он сказал импульсивно:

— Я... я хочу побольше о вас узнать.

Она чуть отстранилась. Он торопливо добавил:

— Дело в том, что... вчера на приеме не представилось возможности поговорить по-настоящему. Я хотел, но там было очень много людей. Люди иногда мешают.

— Это был очень милый прием, — робко возразила Эдит. — Мне показалось, что все были очень милы.

— О да, конечно, — поспешил сказать Стоунер. — Я в том смысле, что...

Он не окончил фразу. Эдит сидела молча. Он сказал:

— Насколько я знаю, вы с тетей собираетесь поехать в Европу.

— Да, — подтвердила она.

— Европа... — Он покачал головой. — Представляю, как вы взволнованы.

Она принужденно кивнула.

— И куда вы поедете? Я имею в виду — в какие страны?

— В Англию, — сказала она. — Во Францию, в Италию.

— И вы отправляетесь... весной?

— В апреле, — ответила она.

— Пять месяцев, — сказал он. — Это не так много. Надеюсь, в эти месяцы мы сможем...

— Через три недели я уеду в Сент-Луис, — быстро проговорила она. — Меня ждут дома к Рождеству.

— Значит, времени *совсем* немного. — Он улыбнулся и, превозмогая стеснение, сказал: — Тогда мне надо будет видеться с вами как можно чаще, чтобы мы смогли получше узнать друг друга.

Она посмотрела на него чуть ли не с ужасом.

— Я не имела этого в виду, — сказала она. — Прошу вас...

Стоунер некоторое время молчал.

— Простите, я... Но мне бы очень хотелось бывать у вас еще, столько, сколько вы позволите. Смогу я?

— О, — промолвила она. — Ну...

Ее сведенные руки лежали на коленях, тонкие пальцы были сплетены, костяшки их, где особенно натянулась кожа, побелели. На тыльной стороне ладоней у нее были еле заметные веснушки.

Стоунер сказал:

— Кажется, разговор у нас идет не так, как надо. Вы должны меня простить. Я в первый раз познакомился с такой особой, вот и несу всякий вздор. Вы должны меня извинить, если я смутил вас.

— Нет-нет, — возразила Эдит. Она повернулась к нему и сложила губы в то, что должно было, он понял, означать улыбку. — Ничего подобного. Вы прекрасный собеседник. Поверьте.

Он не знал, о чем говорить. Упомянул о погоде и извинился за мокрые следы на ковре; она в ответ что-то пробормотала. Стал рассказывать о своих занятиях со студентами, и она кивала, мало что понимая. Немного посидели молча. Наконец Стоунер встал; он передвигал ноги медленно и тяжело, словно был обессилен. Эдит смотрела на него снизу вверх пустым взглядом.

— Вы знаете... — сказал он и кашлянул. — Становится поздно, поэтому я... В общем, простите меня. Вы мне разрешите на днях еще раз у вас побывать? Может быть, тогда...

Она точно не слышала. Он кивнул, пожелал ей спокойной ночи и повернулся, чтобы идти.

И тут Эдит Бостуик заговорила высоким пронзительным голосом на одной ноте:

— Когда мне было шесть лет, я играла на пианино и любила рисовать, но была очень застенчивая, и тогда мама отдала меня в школу для девочек мисс Торндайк в Сент-Луисе. Я там была самая младшая, но папа это уладил, потому что был членом попечительского совета. Сначала мне там не нравилось, но потом я полюбила школу. Там все девочки были очень милые, из хороших семей, и с некоторыми мы подружились на всю жизнь, и...

Стоунер, когда она начала говорить, повернулся к ней, и он глядел на нее с изумлением, внешне не проявлявшимся. Она смотрела неподвижными глазами прямо перед собой, лицо отсутствующее, губы шевелились так, словно она, не понимая, читала по невидимой книжке. Он медленно прошел через комнату и сел рядом с ней. Она, казалось, не замечала его; взгляд по-прежнему был устремлен в одну точку, и она продолжала рассказывать ему о себе, как он просил. Ему хотелось остановить ее, успокоить, прикоснуться к ней. Но он не двигался, молчал.

Она говорила и говорила, и через какое-то время до него начали доходить ее слова. Годы спустя ему придет в голову, что за эти полтора часа декабрьским вечером, когда они впервые долго пробыли вместе, она рассказала ему о себе больше, чем когда-либо потом. И, расставаясь с ней, он чувствовал, что они чужие друг другу, но чужие по-иному, чем он мог предполагать, и он знал, что любит ее.

То, что Эдит Элейн Бостуик говорила в тот вечер Уильяму Стоунеру, возможно, шло мимо ее сознания, и в любом случае ей недоступно было значение рассказанного. Но Стоунер понял, о чем она говорит, и запомнил навсегда; это была своего рода исповедь, в которой он расслышал мольбу о помощи.

Когда он познакомился с ней лучше, ему больше стало известно о ее детстве, и он понял, что оно было типичным для девочки в те годы и в том слое общества. В основе ее воспитания лежала предпосылка, что она должна быть защищена от всего нехорошего и грубого, что может возникнуть в жизни, и ее единственный долг, как считалось, состоял в том, чтобы изящно и благовоспитанно принимать эту защиту; ибо она принадлежала к социально-экономическому классу, в котором обеспечение такой защиты было признано чуть ли не священным долгом. Она посещала частные школы для девочек, где ее научили чтению, письму и арифметике; ее поощряли к тому, чтобы в свободное время вышивать, играть на пианино, рисовать акварелью, читать и обсуждать добрые книжки. Ее также наставляли в отношении одежды, осанки, красивого выговора и нравственности.

Ее нравственное воспитание как в школе, так и дома носило отрицательный характер, сводилось к запретам и было направлено почти исключительно на вопросы пола. Половая направленность, однако, не признавалась, камуфлировалась, и поэтому половой темой были неявно проникнуты все сферы ее образования и воспитания; большая часть энергии в них происходила именно от этой потаенной внутренней силы. Она усвоила, что у нее будут обязанности по отношению к мужу и семье, которые она должна будет исполнять.

Ее детство, даже в самые обычные часы семейной жизни, было чрезвычайно церемонным. Ее родители были друг с другом отстраненно-вежливы; Эдит никогда не видела, чтобы между ними спонтанно вспыхивала нежность или недовольство. Недовольство было днями вежливого молчания, нежность была словом вежливой приязни. Она была единственным ребенком, и одиночество очень рано стало для нее одним из привычных состояний.

Итак, она росла, культивируя в себе весьма умеренные способности к изящным искусствам и не имея представления о необходимости жить изо дня в день. Ее вышивка была утонченна и бесполезна, она писала акварелью туманные, бледные пейзажи, она играла на фортепиано вялыми, но точными пальцами; при этом она имела довольно смутное представление о своих собственных телесных функциях, она ни дня в своей жизни не провела одна, заботясь о себе сама, и ей в голову не могло прийти, что она может стать ответственна за благополучие другого человека. Ее жизнь была неизменна, как негромкий шум на ровной ноте, и шла под надзором матери, которая, когда Эдит была ребенком, часами сидела, глядя, как дочь рисует свои акварели или играет на пианино, словно никакого иного занятия ни для той, ни для другой не существовало на свете.

В тринадцать лет с Эдит произошла обычная половая метаморфоза, и в то же время она претерпела другую телесную метаморфозу, да такую, какая редко у кого бывает. За несколько месяцев она выросла без малого на фут и ростом стала почти со взрослого мужчину. В ней возникла психологическая связь между телесной нескладностью и причинявшей свои неудобства половой зрелостью — связь, от которой она так никогда и не смогла вполне освободиться. Эти перемены усилили в ней природную застенчивость; она дичилась одноклассниц, ни с кем не могла поговорить по душам дома и все больше и больше замыкалась в себе.

В это-то внутреннее уединение и вторгся сейчас Уильям Стоунер. И что-то в ней, о чем она не подозревала, понудило ее обратиться к нему, когда он двинулся к выходу, некий инстинкт заставил ее заговорить с ним так торопливо и отчаянно, как она никогда не говорила раньше и никогда не будет впредь.

В последующие две недели он виделся с ней почти каждый вечер. Они побывали на концерте, организованном новым музыкальным отделением университета; в те вечера, когда было не слишком холодно, они медленно, чинно гуляли по улицам Колумбии; но чаще сидели в гостиной у миссис Дарли. Иногда разговаривали, порой он слушал игру Эдит и смотрел, как ее пальцы сухо бегают по клавишам. После того первого вечера вдвоем их беседы стали на редкость отвлеченными; ему не удавалось преодолеть ее сдержанность, и когда он увидел, что его попытки приводят ее в замешательство, он их прекратил. Однако был в их отношениях и некий элемент непринужденности; ему казалось, что они понимают друг друга. Когда до ее возвращения в Сент-Луис оставалось меньше недели, он признался ей в любви и предложил выйти за него замуж.

Он не мог и не пытался предугадать, как она это воспримет; но его удивило ее хладнокровие. Выслушав, она окинула его долгим взглядом, задумчивым и, как ни странно, вовсе не робким; этот взгляд напомнил ему вечер их знакомства, когда он попросил разрешения посетить ее и она посмотрела на него из открытой двери, откуда несло холодом. Наконец она опустила глаза, и удивление, которое выразилось на ее лице, показалось ему неискренним. Она сказала, что никогда не думала, не подозревала, даже вообразить не могла.

— Вы не могли не знать, что я люблю вас, — возразил он. — Я не в состоянии был скрывать это.

— Я не знала, — промолвила она, чуть оживившись. — Я совсем не разбираюсь в таких вещах.

— Тогда я должен повторить это вам, — мягко сказал он. — И вам надо будет с этим свыкнуться. Я люблю вас и не представляю себе жизни без вас.

Она покачала головой, точно в смятении.

— Мне же ехать в Европу... — слабым голосом произнесла она. — Тетя Эмма...

Он почувствовал, как подступает смех, и сказал, испытывая радостную уверенность:

— Не волнуйтесь. Я сам вас свожу в Европу. Мы когда-нибудь увидим ее вместе.

Она отстранилась от него и поднесла кончики пальцев ко лбу.

— Вы должны дать мне время подумать. И мне надо поговорить с мамой и папой, до этого я не могу даже начать рассматривать...

Ничем сверх того она себя не связала. В те несколько дней, что оставались до ее возвращения в Сент-Луис, попросила его не приходить и пообещала написать ему оттуда, когда поговорит с родителями и соберется с мыслями. Уходя тем вечером, он наклонился, чтобы ее поцеловать; она повернула голову, и его губы скользнули по щеке. На прощание она, не глядя на него, легонько пожала его руку.

Десять дней спустя он получил от нее письмо. Оно было на удивление официальным, и об их последнем разговоре в нем не упоминалось вовсе. Она хотела бы, писала она ему, чтобы он приехал в Сент-Луис для встречи с ее родителями; они будут ждать его, если он сможет, в следующие выходные.

Родители Эдит, как он и ожидал, держались при встрече с ним довольно чопорно, они постарались сразу же уничтожить любую непринужденность, какую он мог испытывать. Миссис Бостуик задавала ему вопрос и, выслушав ответ, тянула: "Да-а-а", при этом всем своим видом выражала сомнение и смотрела на него с таким любопытством, как если бы у него была грязь на лице или шла кровь из носа. Она была высокая и худая, как Эдит, и вначале Стоунера поразило сходство, которого он не ожидал; но лицо у миссис Бостуик было грузное и апатичное, не выражавшее ни внутренней силы, ни тонкости, и в него глубоко въелась некая хроническая неудовлетворенность. Хорас Бостуик тоже был высокого роста, но чрезвычайно тяжел и рыхл, почти тучен; его обширную лысину обрамляла курчавая седина, со щек свисали складки кожи. Обращаясь к Стоунеру, он смотрел куда-то поверх его головы, как будто видел что-то за ним, а когда Стоунер отвечал, барабанил толстыми пальцами по отделанному кантом борту жилетки.

Эдит поздоровалась со Стоунером как с заурядным гостем, а затем отошла и с видимым безразличием занялась чем-то маловажным. Его взгляд следовал за ней, но встретиться с ней глазами никак не удавалось.

Дом был самый большой и изысканный из всех, где Стоунеру довелось побывать. Сумрачные комнаты с очень высокими потолками были полны ваз всевозможных размеров и форм; на комодах и столах с мраморными столешницами тускло поблескивали серебряные изделия; мягкая мебель, обитая дорогой тканью, радовала глаз изящными очертаниями. Они прошли через несколько комнат в большую гостиную, куда, сообщила ему по пути миссис Бостуик, они с мужем обычно приглашают друзей, когда те приходят посидеть и поболтать. Стоунер сел на стул, до того тонконогий, что страшно было шевельнуться; он чувствовал, как стул пошатывается под его весом.

Эдит между тем исчезла; Стоунер стал озираться с чувством, близким к отчаянию. Но она вернулась в гостиную лишь почти через два часа, когда Стоунер и ее родители окончили свою "беседу".

"Беседа" протекала извилисто и медленно, в обход главного предмета, и прерывалась долгими паузами. Хорас Бостуик несколько раз принимался рассказывать о себе, устремляя взгляд в некую точку несколькими дюймами выше макушки Стоунера. Стоунер узнал, что Бостуик родом из Бостона, где его отец, будучи уже немолодым человеком, погубил свою карьеру банкира и будущность сына в Новой Англии рядом опрометчивых вложений, приведшим к закрытию банка ("Его предали, — сообщил Бостуик потолку, — фальшивые друзья"). Сын вскоре после Гражданской войны перебрался в Миссури, намереваясь двигаться на запад; но крайней западной точкой для него стал не такой уж далекий Канзас-Сити, куда он иногда совершал деловые поездки. Помня о судьбе отца, он предпочел не покидать своего первоначального места в маленьком сент-луисском банке; когда ему было под сорок, он, занимая надежную, пусть и относительно скромную, должность вице-президента, женился на миссурийской девушке из хорошей семьи. Этот брак принес ему только одного ребенка; он хотел сына, но родилась девочка, и это было еще одним разочарованием, которое он не особенно трудился скрывать. Подобно многим мужчинам, считающим свой успех недостаточным, он был чрезвычайно напыщен и полон сознания собственной значительности. Каждые десять — пятнадцать минут он вынимал из жилетного кармана золотые часы, смотрел на них и кивал самому себе.

Миссис Бостуик говорила о себе реже и не столь прямо, но Стоунер быстро понял, что она такое. Она принадлежала к определенному типу южных дам. Происходя из старой, тихо обедневшей семьи, она росла с убеждением, что стесненные обстоятельства, в которых семья живет, не отвечают ее достоинствам. Ее приучили надеяться на некое улучшение, но в чем это улучшение должно состоять, никогда точно не объяснялось. Когда она выходила замуж за Хораса Бостуика, эта неудовлетворенность уже так глубоко в нее въелась, что стала частью ее личности; годы шли, и чем дальше, тем сильней становились в ней недовольство и горечь, они приняли такой общий и всепроникающий характер, что смягчить их нельзя было ничем. Голос у нее был высокий и тонкий, и нота безнадежности, которая в нем слышалась, придавала каждому произносимому ею слову особое звучание.

День уже клонился к вечеру, когда разговор наконец перешел на то, ради чего была устроена встреча.

Они сказали ему, как дорога им Эдит, как их заботит ее судьба, ее счастье, какими удобствами жизни она привыкла пользоваться. Стоунер сидел в мучительном смятении и старался давать мало-мальски уместные ответы на их вопросы.

— Она необыкновенная девушка, — заявила миссис Бостуик. — Такая чуткая, такая хрупкая. — Морщины на ее лице углубились, и в голосе зазвучала обычная для нее горечь. — Никто, ни один мужчина не способен до конца понять эту… эту…

— Да, — коротко подытожил Хорас Бостуик. И поинтересовался тем, какие у Стоунера "виды на будущее". Стоунер отвечал, как мог; он никогда раньше не задумывался о своих "видах" и сам теперь был удивлен, до чего они скромны.

— И у вас нет… средств… помимо профессиональных заработков? — спросил Бостуик.

— Нет, сэр, — сказал Стоунер. Мистер Бостуик огорченно покачал головой.

— Эдит — вы знаете — привыкла к удобствам жизни. Прекрасный дом, прислуга, лучшие школы. Я хотел бы вас спросить… Меня беспокоит неизбежное, принимая во внимание ваше положение, снижение уровня, которое… — Он запнулся.

Стоунер почувствовал, что в нем поднимаются неприязнь и гнев. Он немного помолчал и постарался, отвечая, сделать тон как можно более ровным и бесстрастным.

— Я должен сказать вам, сэр, что раньше никогда не рассматривал эти материальные стороны. Счастье Эдит для меня, конечно… Если вы полагаете, что Эдит будет несчастлива, то я вынужден…

Он умолк, подыскивая слова. Он хотел объяснить отцу Эдит, что любит ее, что не сомневается в их счастливой будущности вдвоем, хотел обрисовать их грядущую жизнь, какой она ему видится. Но он не стал говорить дальше. Выражение беспокойства, смятения и даже чего-то похожего на страх на лице Хораса Бостуика лишило Стоунера дара речи.

— Нет-нет, — торопливо произнес Хорас Бостуик, и его лицо стало не таким хмурым. — Вы меня не поняли. Я просто попытался привлечь ваше внимание к определенным… трудностям, которые… могут возникнуть в будущем. Но я уверен, что вы с Эдит уже все это обсудили и знаете, чего хотите. Я уважаю ваши намерения и…

И дело было решено. Прозвучали еще какие-то слова, и миссис Бостуик вслух поинтересовалась, где так долго пропадает Эдит. Своим высоким, тонким голосом она позвала дочь по имени, и через несколько мгновений Эдит вошла в комнату, где они втроем ее ждали. На Стоунера она не глядела.

Хорас Бостуик сказал ей, что он и "ее молодой человек" очень мило поговорили и он дает свое отцовское благословение. Эдит кивнула.

— Тогда, — сказала ее мать, — мы должны обсудить наши планы. Свадьбу можно устроить весной. Или в июне.

— Нет, — возразила Эдит.

— Что, моя милая? — приятным тоном переспросила мать.

— Если этому быть, — сказала Эдит, — то как можно скорее.

— Нетерпение молодости, — проговорил мистер Бостуик и откашлялся. — Но мама, думаю, права, моя милая. Надо все спланировать; на это уйдет время.

— Нет, — повторила Эдит тоном до того решительным, что все на нее посмотрели. — Чем скорее, тем лучше.

Воцарилось молчание. Потом ее отец промолвил на удивление мягко:

— Ну что ж, моя милая. Как ты скажешь. Вам решать, молодым.

Эдит кивнула, пробормотала что-то о делах, которые недоделала, и выскользнула из комнаты. Стоунер не видел ее до ужина, прошедшего в торжественном молчании за большим столом, во главе которого сидел Хорас Бостуик. После ужина Эдит играла им на пианино, но играла скованно и неважно, часто ошибаясь. Потом сказала, что не очень хорошо себя чувствует, и ушла в свою комнату.

Ночуя в спальне для гостей, Уильям Стоунер не мог уснуть. Он вглядывался в темноту, удивленно думал о предстоящем повороте в жизни и впервые задавался вопросом, правильно ли поступает. Затем вызвал мысленно образ Эдит и почувствовал себя уверенней. Вполне возможно, предположил он, все мужчины испытывают подобные сомнения, делая такой шаг.

Утром ему надо было возвращаться в Колумбию ранним поездом, и после завтрака у него было мало времени. Он хотел поехать на вокзал на трамвае, но мистер Бостуик настоял, чтобы он сел в ландо, и отрядил слугу его отвезти. Эдит должна была через несколько дней написать ему о свадебных планах. Он поблагодарил ее родителей и попрощался с ними; они и Эдит проводили его до уличной двери. Он почти уже дошел до калитки, когда сзади послышались торопливые шаги. Он обернулся. Это была Эдит. Очень высокая, прямая, бледная, она стояла перед ним и смотрела ему в глаза.

— Я постараюсь быть тебе хорошей женой, Уильям, — сказала она. — Я постараюсь.

У него мелькнула мысль, что здесь, в Сент-Луисе, это был первый раз, когда его назвали по имени.

Глава IV

По причинам, которые Эдит отказывалась разъяснять, она не хотела, чтобы бракосочетание состоялось в Сент-Луисе, поэтому его устроили в Колумбии в большой гостиной у Эммы Дарли, где будущие супруги провели первый вечер наедине. Была первая неделя февраля, в университете только-только начались зимние каникулы. Бостуики приехали из Сент-Луиса в день свадьбы на поезде, а родители Уильяма, которые еще не видели Эдит, отправились со своей фермы и прибыли в Колумбию накануне, в субботу.

Стоунер хотел поселить их в гостинице, но они предпочли остановиться у Футов, хотя Футы после того, как Уильям от них съехал, сделались довольно холодны и держались отчужденно.

— К гостиницам у нас привычки нет, поди там разберись, — объяснил Стоунеру отец. — А Футы уж как-нибудь потерпят нас одну ночь.

Субботним вечером Уильям нанял двуколку и повез родителей к Эмме Дарли, чтобы познакомить их с Эдит.

Открыв им дверь, миссис Дарли бросила на родителей Уильяма быстрый и неловкий взгляд и пригласила их в гостиную. Там осторожно, словно боясь сделать лишнее движение в сковывающей новой одежде, его мать и отец сели.

— Понять не могу, что там задерживает Эдит, — пробормотала через некоторое время миссис Дарли. — Схожу за ней, если вы позволите.

Она отправилась из комнаты за племянницей.

Спустя долгое время Эдит спустилась по лестнице; в гостиную она входила медленно, неохотно и с неким испуганным вызовом.

Сидевшие поднялись на ноги, и несколько секунд все четверо смущенно стояли, не зная, что сказать. Потом Эдит принужденно шагнула вперед и подала руку сначала матери Уильяма, затем отцу.

— Здравствуйте, — церемонно промолвил отец и бережно выпустил ее руку, точно опасаясь повредить.

Эдит посмотрела на него, попыталась улыбнуться и подалась назад.

— Садитесь, прошу вас, — сказала она.

Они сели. Уильям произнес какие-то слова. Он чувствовал, что его голос звучит напряженно.

В наступившей тишине его мать тихо и с удивлением, словно думая вслух, проговорила:

— Надо же, а она хорошенькая, ведь правда?

Уильям негромко рассмеялся и мягко подтвердил:

— Да, мэм, чистая правда.

После этого они смогли разговаривать посвободнее, хотя порой поглядывали друг на друга, а затем переводили взор куда-нибудь в далекий угол. Эдит пролепетала, что рада встрече и сожалеет, что они не познакомились раньше.

— А когда мы устроимся… — Она умолкла, и Уильям не знал, договорит ли она фразу. — Когда мы устроимся, будем ждать вас в гости.

— Благодарствую, — сказала его мать.

Беседа продолжалась, но ее прерывали долгие паузы. Нервозность Эдит нарастала, делалась все более явной, и пару раз она не отвечала на заданный ей вопрос. Уильям встал, и его мать, беспокойно оглядевшись, тоже поднялась. Но отец оставался на месте. Он смотрел на Эдит в упор и долго не сводил с нее глаз.

Наконец он сказал:

— Уильям с детства был славный малый. Я доволен, что у него будет хорошая жена. Мужчине нужна женщина, чтоб заботу оказывала и давала уют. Но уж будьте с Уильямом ласковы. Он заслужил, чтоб жена была ласковая, заботливая.

Голова Эдит качнулась назад, как будто она была неприятно поражена; глаза были широко раскрыты, и на секунду Уильяму показалось, что она злится. Но он ошибся. Его отец и Эдит долго глядели друг на друга, не отводя глаз.

— Я постараюсь, мистер Стоунер, — сказала Эдит. — Я постараюсь.

После этого отец встал, неуклюже поклонился и проговорил:

— Время вечернее, пора и честь знать. Мы пойдем.

И он двинулся к выходу, ведя подле себя жену, маленькую, бесформенную и одетую в темное, и оставив сына наедине с Эдит.

Эдит ничего ему не сказала. Но, повернувшись к ней пожелать спокойной ночи, Уильям увидел слезы у нее в глазах. Он наклонился поцеловать ее и ощутил выше локтя хрупкое судорожное пожатие ее тонких пальцев.

По большой гостиной дома Дарли на фоне окон, куда косо вливался холодный чистый свет февральского солнца, перемещались туда-сюда человеческие фигуры. В углу в сиротливом одиночестве стояли родители Стоунера; поблизости, не глядя на них, ждали старшие Бостуики, приехавшие всего час назад утренним поездом; по комнате деловито, словно главный распорядитель, тяжелой походкой расхаживал Гордон Финч; было еще несколько человек, которых Уильям раньше не видел, — знакомых Эдит и ее родителей. Говоря с гостями, он слышал собственный голос точно со стороны, ощущал, как губы гнутся в улыбке, и чужие слова доходили до его ушей как будто сквозь слои толстой ткани.

Гордон Финч не покидал его надолго; потное лицо Финча блестело, круглясь над темным костюмом. Он нервно осклабился:

— Ну как, Билл, готов?

Стоунер почувствовал, как его голова опустилась и поднялась.

— Имеются ли у приговоренного какие-нибудь последние желания? — спросил Финч.

Стоунер улыбнулся и покачал головой.

Финч похлопал его по плечу:

— Ты знай держись около меня и делай, что я скажу; все на мази. Эдит спустится через несколько минут.

Он не был уверен, что будет помнить потом, как это происходило; все вокруг было расплывчатым, точно в тумане. Он услышал свой вопрос, адресованный Финчу:

— А священник — я его не видел. Он здесь?

Финч засмеялся, покачал головой и что-то сказал. Потом по комнате прошел говор. Эдит спускалась по лестнице.

В белом платье она была подобна холодному свету, лившемуся в окна. Стоунер невольно двинулся было к ней, но ощутил на плече удерживающую руку Финча. Эдит была бледна, но слегка улыбнулась ему. Вот она уже рядом, и они идут вместе. Впереди возник незнакомый человек в круглом воротнике — низенький толстячок с невыразительным лицом. Он что-то бубнил, поглядывая в белую книжку, которую держал в руках. Уильям слышал, как он сам что-то произносит, когда молчание приглашает его к этому. Он чувствовал, что Эдит дрожит, стоя рядом.

Потом долгая тишина, потом снова говор, потом смех. Кто-то сказал: "Поцелуйте супругу!" Чьи-то руки повернули его; перед глазами мелькнуло улыбающееся лицо Финча. Уильям улыбнулся Эдит, чье лицо плавало перед ним, и поцеловал ее; губы у нее были такие же сухие, как у него.

Он чувствовал, как ему трясут руку; гости смеялись и хлопали его по плечу; в гостиной началось общее коловращение. В дверь входили новые люди. На длинном столе в конце комнаты появилась большая хрустальная чаша с пуншем. Рядом — торт. Кто-то соединил его ладонь с ладонью Эдит; возник нож; он понял, что должен вести ее руку, режущую торт.

Потом его отделили от Эдит, и он потерял ее в толпе из виду. Он разговаривал, смеялся, кивал и искал глазами Эдит. Увидел своих родителей, так и стоявших все время в одном и том же углу. Мать улыбалась, отец неуклюже положил ей руку на плечо. Уильям хотел к ним подойти, но у него не хватило духу прервать беседу с кем-то из гостей.

Наконец он увидел Эдит. Она стояла с отцом, матерью и тетей; ее отец, слегка хмурясь, оглядывал комнату, словно происходящее ему чем-то не нравилось; мать, судя по опухшим красным глазам на грузном лице, плакала, углы ее поджатых губ были опущены, как у обиженного ребенка. Миссис Дарли и Эдит обнимали ее; миссис Дарли торопливо говорила, словно пытаясь что-то ей объяснить. А Эдит — Уильям даже через комнату это видел — молчала, и ее лицо было белой, лишенной выражения маской. Чуть погодя они вывели миссис Бостуик из гостиной, и Уильям больше не видел Эдит до конца приема, когда Гордон Финч, прошептав что-то ему на ухо, повел его к боковой двери, выходившей в садик, и вытолкнул наружу. Там, съежившись от холода и закрыв лицо воротником, ждала Эдит. Гордон Финч, смеясь и произнося слова, смысл которых до Уильяма не доходил, понуждал их идти по дорожке на улицу, где стояла крытая коляска, готовая отправиться на вокзал. И только в поезде, ехавшем в Сент-Луис, где им предстояло провести послесвадебную неделю, Уильям Стоунер понял, что все свершилось и он теперь женат.

Они вступили в брак невинными, но невинными совершенно по-разному. Девственник и девственница, они оба сознавали свою неопытность; но если Уильям, выросший на ферме, не видел ничего необычного в естественных отправлениях жизни, то для Эдит они были тайной за семью печатями. Она ничего о них не знала и какой-то частью души не хотела знать.

Неудивительно, что у них, как у многих, брачная жизнь началась неудачно; они к тому же не хотели признаться в этом самим себе и лишь много позже начали понимать значение этой неудачи.

Они приехали в Сент-Луис поздно вечером в воскресенье. В поезде, среди незнакомых людей, смотревших на них с любопытством и одобрением, Эдит была оживлена и почти весела. Они смеялись, держались за руки и говорили о предстоящей жизни. В городе Уильям нанял экипаж, чтобы доехать до отеля, и веселость Эдит стала к тому времени немного истерической.

Он наполовину ввел, наполовину внес ее, смеющуюся, в отель "Амбассадор" — в массивное здание из тесаного песчаника. В почти безлюдном обширном вестибюле было сумрачно, как под сводами пещеры; когда они вошли, Эдит мгновенно умолкла, и, идя с ним через вестибюль к стойке, она ступала неуверенно, ее слегка пошатывало. К тому времени, как они оказались в номере, она уже выглядела едва ли не больной физически: дрожала точно в лихорадке, губы посинели, лицо белое как мел. Уильям хотел найти ей врача, но она отказалась наотрез: она просто устала, ей надо отдохнуть. День был трудный;

они негромко, в серьезном тоне об этом поговорили, и Эдит намекнула на некое недомогание, которое временами сегодня ее беспокоит. Не глядя на него, она тихим голосом, лишенным интонаций, выразила желание, чтобы их первые часы вместе прошли в полной безмятежности.

— Так и будет, — заверил ее Уильям. — Отдохни. Наше супружество начнется завтра.

И, как те молодые мужья, о которых он слыхал и на чей счет, бывало, отпускал шуточки, он провел первую брачную ночь отдельно от жены; неудобно скрючившись на слишком маленьком для его длинного тела диванчике, он долго лежал без сна и глядел открытыми глазами в темноту.

Проснулся он рано. Апартаменты, за которые заплатили родители Эдит, были на десятом этаже, и из окон открывался вид на город. Он тихонько позвал Эдит, и через несколько минут она вышла из спальни, завязывая пояс халата, зевая со сна и слегка улыбаясь. От любви у Уильяма перехватило горло; он взял ее за руку, и они, встав перед окном гостиной, посмотрели вниз. По узким улицам туда-сюда ползли автомобили, пешеходы и кареты; Уильяму и Эдит казалось, что они высоко вознесены над людской повседневной суетой. На отдалении, за прямоугольными зданиями из красного кирпича и камня, голубовато-бурой лентой вилась под утренним солнцем Миссисипи; речные суда и буксиры, которые двигались по ее крутым излучинам в обе стороны, выглядели игрушечными, хотя их трубы обильно извергали в зимний воздух серый дым. Уильямом овладело ощущение покоя; он легонько обнял жену одной рукой, и оба они смотрели с высоты на мир, казавшийся полным обещаний и тихих приключений.

Позавтракали рано. Эдит посвежела и на вид вполне оправилась от вчерашнего нездоровья; она снова была почти весела, и в ее глазах, когда они глядели на Уильяма, он чувствовал теплоту и нежность, происходившие, думал он, от благодарности и любви. О прошлом вечере не упоминали; Эдит то и дело опускала взгляд на свое новое кольцо и поправляла его на пальце.

Они оделись потеплее и вышли прогуляться по улицам Сент-Луиса, которые только начинали наполняться народом; смотрели на витрины, говорили о будущем и серьезно размышляли, каким оно у них будет. К Уильяму начала возвращаться та непринужденность, та беглость речи, что он обнаружил в себе в первые недели знакомства с будущей женой; Эдит, идя с ним под руку, прижималась к нему и слушала его, казалось ему, так, как никогда раньше. Они выпили кофе в маленьком теплом магазинчике, глядя в окно на торопливо идущих по холоду горожан. Потом остановили карету и поехали в Музей искусств. Под руку ходили по высоким залам сквозь насыщенный свет, идущий от картин. Тишина, тепло, воздух, который старинные картины и статуи словно бы наделяли чем-то вневременным, вызвали в Уильяме Стоунере прилив любви к высокой и хрупкой девушке рядом; он ощутил, как в нем поднимается теплая, лишенная исступления страсть, плотская лишь на поверхности и в чем-то сходная с красками, которыми столь богаты стены вокруг.

Когда они под вечер вышли из музея, небо было в тучах и моросил мелкий дождик; но Уильям Стоунер нес внутри себя тепло, скопленное в залах. В отель вернулись вскоре после заката; Эдит пошла в спальню отдохнуть, а Уильям позвонил, чтобы им принесли легкий ужин; затем, повинуясь внезапному порыву, он спустился в бар и попросил охладить во льду бутылку шампанского и прислать в номер не позже чем через час. Бармен сумрачно кивнул и сказал ему, что шампанское будет не очень хорошее. С первого июля сухой закон вступит в силу по всей стране, производить спиртные напитки уже сейчас запрещено, поэтому в отеле осталось всего бутылок пятьдесят, и не лучшего сорта. А заплатить придется дороже, чем это шампанское стоит. Стоунер улыбнулся и заверил бармена, что ничего страшного.

Хотя во время праздничных приемов у родителей Эдит пробовала вино, шампанского ей пить еще не приходилось. Пока они с Уильямом ужинали за маленьким квадратным столиком в гостиной, она нервно поглядывала на необычную бутылку в ведерке со льдом. Он выключил электричество, и комнату освещали только две неровно горевшие белые свечи в тусклых латунных подсвечниках. Огоньки колыхались между ним и Эдит от дыхания, когда они говорили, свет играл на изгибах гладкой темной бутылки и отражался от льдинок, в которые она была погружена. Они оба были нервно, неуверенно веселы.

Он кое-как открыл бутылку; Эдит вздрогнула от громкого хлопка; полилась белая пена и намочила ему руку. Они посмеялись над его неловкостью. Выпили по бокалу, и Эдит притворилась, что шампанское ударило ей в голову. Выпили еще по бокалу. Уильяму показалось, что в ее лице появилась тихая истома, что глаза задумчиво потемнели. Он встал и зашел ей за спину, она же продолжала сидеть за столиком; он положил ладони ей на плечи, дивясь, какими толстыми и тяжелыми выглядят его пальцы на фоне этой нежной хрупкости. Она напряглась от его прикосновения; он медленно, ласково провел ладонями по бокам ее тонкой шеи и позволил им зарыться в светлые с рыжиной волосы; но шея не расслаблялась, сухожилия были как натянутые струны. Он взял ее под локти, мягко поднял со стула и повернул к себе лицом. Ее глаза, большие, бледные и почти прозрачные при свечах, смотрели на него ровным, пустым взглядом. Он ощутил жалость к ней, такой беспомощной, такой отрешенно-близкой; желание стиснуло ему горло, лишив дара речи. Он легонько потянул Эдит в сторону спальни и почувствовал мгновенное жесткое сопротивление ее тела и почти в тот же миг — продиктованный ее волей отказ от этого сопротивления.

Дверь неосвещенной спальни он оставил открытой; слабые огоньки свеч лишь слегка рассеивали темноту. Он что-то ей прошептал, чтобы успокоить, вселить уверенность, но прозвучало до того глухо и сдавленно, что он сам себя не расслышал. Он скользнул ладонями по ее телу и попытался нащупать пуговицы, чтобы ткань перестала быть преградой. Она оттолкнула его, как что-то неодушевленное; в полумраке ее глаза были закрыты, губы плотно сомкнуты. Она отвернулась от него, быстрым движением расстегнула платье, и оно упало к ее ногам. Ее руки и плечи обнажились; по ней прошла дрожь, точно от холода, и она сказала бесцветным голосом:

— Перейди в ту комнату. Я буду готова через минуту.

Он коснулся ее рук и прижал губы к плечу, но она не обернулась.

В гостиной он глядел на свечи, мерцавшие над остатками ужина, среди которых стояла бутылка шампанского, не выпитая и наполовину. Он налил немного в бокал и попробовал; вино стало теплым и приторным.

Когда он вернулся, Эдит лежала в постели, натянув одеяло до подбородка; глаза были закрыты, лоб слегка нахмурен. Тихонько, как если бы она спала, Стоунер разделся и лег рядом с ней. Секунда шла за секундой, он лежал, охваченный желанием, которое стало обезличенным, принадлежащим ему одному. Он заговорил с Эдит, словно бы пытаясь найти пристанище для того, что переживал; но она не ответила. Он протянул руку и ощутил под тонкой тканью ночной рубашки плоть, которая была ему так нужна. Он провел рукой по ее телу; она не пошевелилась; складка на лбу сделалась глубже. Он снова заговорил, произнес ее имя — ответа не было; тогда он надвинулся на нее, ласковый и неуклюжий. Когда он коснулся ее нежных бедер, она резко отвернула голову и, подняв руку, прикрыла глаза локтем. Она не проронила ни звука.

Потом он лежал с ней рядом и говорил, обращаясь к ней из тихого облака своей любви. Ее глаза были теперь открыты, она смотрела на него из полумрака, лицо ничего не выражало. Вдруг она откинула одеяло и устремилась в ванную. Он увидел, как там зажегся свет, и услышал, что ее рвет. Он позвал ее: "Эдит!", встал и пересек комнату; дверь ванной была заперта. Он позвал еще раз; она не ответила. Он вернулся в постель и стал ждать. После нескольких минут тишины свет в ванной погас. Дверь открылась, и Эдит скованной походкой прошла к кровати.

— Это из-за шампанского, — сказала она. — Не надо было пить второй бокал.

Она укрылась одеялом и отвернулась от него; минуту спустя ее дыхание стало глубоким, ровным дыханием спящей.

Глава V

Они вернулись в Колумбию на два дня раньше, чем собирались; разлад породил беспокойство и напряжение, они были как два арестанта, скованные одной цепью. Необходимо, сказала Эдит, поехать обратно уже сейчас, чтобы Уильям мог готовиться к занятиям, а она начала обустраивать новую квартиру. Стоунер согласился сразу же — и сказал себе, что все у них пойдет лучше, когда они окажутся у себя, среди знакомых, в привычном окружении. В тот же день они собрали вещи и вечерним поездом отправились в Колумбию.

В суматошные, смутные дни перед свадьбой Стоунер нашел свободную квартиру на втором этаже старого, похожего на амбар дома в пяти кварталах от университета. Сумрачная и голая, квартира состояла из маленькой спальни, крохотной кухоньки и громадной гостиной с высокими окнами; раньше в ней жил художник, преподававший в университете, — человек не слишком опрятный: темный дощатый пол был в ярких желтых, синих и красных пятнах, на стенах — тут грязь, там краска. Стоунер счел помещение подходящим, чтобы начать новую жизнь: и просторно, и романтично.

Эдит, вселившись, повела себя так, будто квартира была врагом, которого надо покорить. Непривычная к физическому труду, она отскребла с пола и стен большую часть краски, она оттирала грязь, которая чудилась ей везде; на ее ладонях вспухли волдыри, лицо стало утомленным, под глазами синели впадины. Когда Стоунер предлагал ей помощь, она упрямилась, поджимала губы, отрицательно качала головой; ему нужно время для занятий, говорила она, а это — *ее* работа. Если он помогал ей, несмотря на протесты, она мрачнела, считая себя униженной. Озадаченный и растерянный, он оставил ее в покое и смотрел со стороны, как Эдит непреклонно и неумело трет стены, наводит блеск на полы, шьет занавески для высоких окон и криво их вешает, как она чинит, красит и перекрашивает подержанную мебель, которой они начали обзаводиться. Недостаток сноровки она возмещала тихой и яростной сосредоточенностью, и немудрено, что Уильям, возвращаясь из университета, находил ее страшно уставшей. Из последних сил она готовила ужин, что-то съедала и, пробормотав какие-то слова, уходила в спальню, где забывалась тяжелым сном, от которого пробуждалась уже после того, как Уильям отправлялся на утренние занятия.

Не прошло и месяца, как он понял, что его брак неудачен; не прошло и года, как он перестал надеяться на улучшение. Он научился молчать и сдерживать проявления любви. Если он говорил ей что-то нежное или ласково к ней прикасался, она отворачивалась, уходила в себя, делалась бессловесно-терпеливой и не один день потом доводила себя до новых пределов изнеможения. Из молчаливого упрямства, свойственного им обоим, они продолжали спать в одной кровати; порой ночью во сне она бессознательно придвигалась к нему. И тогда иной раз его трезвое знание и решимость отказа отступали и он давал своей любви волю. Если это будило Эдит по-настоящему, она напрягалась, деревенела, знакомым движением отворачивала лицо и зарывала голову в подушку, терпя насилие; в таких случаях Стоунер старался сделать все побыстрее, ненавидя себя за спешку и сожалея о вспышке страсти. Иногда же, не так часто, она оставалась полусонной; тогда она была расслаблена и только бормотала что-то невнятное, то ли протестуя, то ли удивляясь. Он начал в глубине души делать ставку на эти редкие и непредсказуемые моменты, ибо в непротивлении забытья мог, обманывая себя, видеть намек на взаимность.

А поговорить с ней начистоту, чтобы разобраться, почему ей с ним нехорошо, невозможно было. Когда он пытался начать такой разговор, она воспринимала это так, словно он подвергает сомнению ее нормальность и бросает тень на саму ее личность, и так же сумрачно уходила в себя, как во время любовного акта. Он объяснял ее холодность своей неловкостью и винил за то, что она чувствует и чего не чувствует, самого себя.

С тихой безжалостностью отчаяния он экспериментировал, пытаясь радовать ее по мелочам. Подарки, которые он ей дарил, она принимала с безразличием и слегка пеняла ему иногда на их дороговизну; он водил ее на прогулки по полям и перелескам вокруг Колумбии и устраивал пикники, но она быстро уставала, а случалось, и заболевала; он говорил с ней о своей работе, как в дни ухаживания, но ее интерес стал поверхностным и снисходительным.

Наконец, хоть он и знал, что она застенчива, он как мог мягко настоял, чтобы они начали принимать гостей. Они устроили маленькое чаепитие, на которое пригласили нескольких молодых преподавателей его кафедры, затем дали три или четыре небольших званых ужина. Эдит никоим образом не выказывала ни довольства, ни недовольства; но в эти дни она готовилась к приходу гостей до того исступленно, что к назначенному часу от напряжения и усталости успевала впасть в полуистерическое состояние, которого, впрочем, никто, кроме Уильяма, по-настоящему не замечал.

Роль хозяйки она исполняла очень хорошо. С гостями беседовала так оживленно и непринужденно, что Уильям ее не узнавал, и с ним в их присутствии она разговаривала тоном на удивление теплым и любящим. Называла его Уилли, что странно трогало его, порой мягко клала руку ему на плечо.

Но когда гости уходили, фасад рушился, обнажая ее душевный упадок. Она отзывалась об ушедших дурно, ставя им в вину воображаемые проявления высокомерия и бестактности; в тихом отчаянии припоминала то, что считала своими непростительными оплошностями; сидела среди остатков угощения в мрачной задумчивости, из которой Уильям не в силах был ее вывести, и отвечала ему кратко и рассеянно, отвечала невыразительным голосом на одной ноте.

А один раз — но только один — фасад обрушился при гостях.

Через несколько месяцев после того, как Стоунер и Эдит поженились, Гордон Финч обручился с девушкой, с которой познакомился в бытность свою в Нью-Йорке; ее родители жили в Колумбии. Финч к тому времени получил постоянную должность помощника декана, и подразумевалось, что после кончины Джосайи Клэрмонта он будет одним из главных кандидатов на пост декана колледжа. С некоторой задержкой Стоунер в честь обоих событий — назначения и помолвки — пригласил его и невесту на ужин.

Они приехали незадолго до заката теплым вечером в конце мая на блестящем черном новеньком туристском автомобиле, который дал серию громких выхлопов, когда Финч сноровисто подкатил по кирпичной дорожке к дому Стоунера. Он несколько раз прогудел и жизнерадостно махал рукой, дожидаясь, пока Уильям и Эдит спустятся. Рядом с ним, улыбаясь, сидела невысокая темноволосая круглолицая девушка.

Финч представил ее как Кэролайн Уингейт, и, пока он помогал ей выйти, все четверо перекинулись несколькими фразами.

— Ну, как тебе машина? — спросил Финч, легонько стукнув кулаком по переднему крылу автомобиля. — Красавица, правда же? Принадлежит отцу Кэролайн. Я думаю и сам точно такую же приобрести, так что…

Он умолк, и глаза его сузились; он посмотрел на машину оценивающе-самоуверенно, как на воплощенное будущее.

После этого к нему вернулись живость и шутливость. С наигранной опаской он приложил к губам указательный палец, быстро огляделся по сторонам и достал с переднего сиденья большой бумажный пакет.

— Выпивка, — прошептал он. — Свеженькая. Прикрой меня, друг; попытаемся пронести в дом.

За ужином все было хорошо. Финч давно не проявлял к Уильяму такой теплой дружеской приязни; Стоунер вспоминал былые пятницы, когда он, Финч и Дэйв Мастерс встречались вечером после занятий, пили пиво и беседовали. Кэролайн говорила мало; она счастливо улыбалась, когда Финч шутил и подмигивал. Стоунер ощутил даже небольшой укол зависти, увидев, что Финч не на шутку влюблен в эту хорошенькую брюнетку и что причина ее молчания — любовное восхищение женихом.

Даже Эдит была не так напряжена и нервна; она улыбалась непринужденно, смеялась искренне. Финч вел себя с Эдит чуточку игриво и фамильярно — так, пришло Стоунеру в голову, как никогда не мог вести себя с ней он, ее муж; такой счастливой он не видел ее уже не один месяц.

После ужина Финч вынул бумажный пакет из ящика со льдом, куда положил его заблаговременно, и достал оттуда несколько темно-коричневых бутылок. Это было домашнее пиво, которое он сам, окружая процесс великой тайной и церемониальностью, варил в маленькой гардеробной своей холостяцкой квартиры.

— Одежду вешать негде, — сказал он, — но мужские ценности важнее.

Сощурив глаза, как химик, отмеряющий редкий реактив, Финч неспешно разливал пиво; белая кожа его лица и редеющие светлые волосы отсвечивали под потолочной лампой.

— С этим напитком надо аккуратно, — объяснил он. — Там на дне много осадка, и если слишком быстро лить, он попадет в стакан.

Все осушили по стакану, хваля пиво и Финча. Оно и правда было на удивление хорошее: легкое, благородного цвета и без сладкого привкуса. Даже Эдит допила и попросила еще.

Пиво чуть-чуть ударило всем в голову; смеялись без особой причины, смотрели, расчувствовавшись, друг на друга новыми глазами.

Подняв свой стакан к свету, Стоунер сказал:

— Интересно, как Дэйву понравилось бы это пиво?

— Дэйву? — переспросил Финч.

— Дэйву Мастерсу. Помнишь, как он пиво любил?

— Дэйв Мастерс... — промолвил Финч. — Старина Дэйв. За что, черт возьми?

— Мастерс, — повторила Эдит, задумчиво улыбаясь. — Тот ваш приятель, что погиб на войне?

— Да, — подтвердил Стоунер. — Тот самый.

На него нахлынула давно знакомая печаль, но он улыбнулся Эдит.

— Старина Дэйв... — сказал Финч. — Знала бы ты, Эди, как мы втроем выпивали — твой муж, Дэйв и я. Задолго до знакомства с тобой, конечно. Старина Дэйв...

Они со Стоунером улыбнулись, вспоминая Дэйва Мастерса.

— Он был твой близкий приятель? — спросила Эдит. Стоунер кивнул:

— Близкий.

— Шато-Тьерри. — Финч допил свой стакан. — Какая же сволочь эта война. — Он покачал головой. — Но старина Дэйв… Может быть, он смеется где-нибудь над нами прямо сейчас. Жалеть себя — это не в его правилах. Интересно, успел он хоть капельку Франции увидеть?

— Не знаю, — сказал Стоунер. — Ведь его почти сразу убили.

— Очень жалко, если не успел. Мне всегда казалось, он во многом ради этого записался. Чтобы взглянуть на Европу.

— На Европу, — отчетливо повторила Эдит.

— Да, — сказал Финч. — Старина Дэйв не так уж много чего хотел, но Европу увидеть хотел, пока жив.

— Было время, и я собиралась в Европу, — проговорила Эдит. Она улыбалась, но в глазах появился беспомощный блеск. — Помнишь, Уилли? Мы с тетей Эммой собирались, когда я еще не вышла за тебя замуж. Помнишь?

— Помню, — подтвердил Стоунер.

Эдит засмеялась резким смехом и покачала головой, словно была озадачена.

— Кажется, что это было давным-давно, хотя на самом деле недавно. Сколько времени прошло, Уилли?

— Эдит… — начал Стоунер.

— Давай-ка подсчитаем: мы собирались ехать в апреле. Год прибавляем. А теперь у нас май. Я могла бы… — Вдруг ее глаза наполнились слезами, но она еще улыбалась застывшей улыбкой. — Теперь об этом и думать нечего. Сколько тетя Эмма еще проживет? Я никогда не получу возможности…

И тут, хотя ее губы по-прежнему растягивала улыбка, слезы потекли и она зарыдала. Стоунер и Финч поднялись со стульев.

— Эдит, — беспомощно произнес Стоунер.

— Ах, оставьте меня в покое! — Сделав странное винтовое движение, она встала перед ними во весь рост; глаза были зажмурены, руки по бокам стиснуты в кулаки. — Все, все! Просто оставьте меня в покое!

Она повернулась, нетвердой походкой пошла в спальню и захлопнула за собой дверь.

С минуту все молчали, прислушиваясь к сдавленным рыданиям Эдит за дверью. Потом Стоунер сказал:

— Вы должны ее извинить. Она устала и не вполне здорова. Нервы…

— Само собой, Билл, я ведь знаю, как это бывает. — Финч невесело усмехнулся. — Женщины есть женщины. Мне тоже скоро надо будет привыкать. — Он посмотрел на Кэролайн, усмехнулся еще раз и понизил голос: — Мы, пожалуй, не будем беспокоить Эдит сейчас. Ты просто поблагодари ее от нашего имени, скажи, что угощение было отменное, и мы вас непременно пригласим, когда устроим свое гнездышко.

— Спасибо, Гордон, — отозвался Стоунер. — Я ей передам.

— И *не переживай*, — добавил Финч, шутливо ударив Стоунера кулаком по плечу. — Случается, ничего страшного.

После того как новенькая машина взревела и, фырча, унесла Гордона и Кэролайн в темноту, Уильям Стоунер стоял посреди гостиной и слушал сухие, равномерные рыдания Эдит. Эти звуки, на редкость бесцветные, не несли в себе никакого чувства, и казалось, что это будет продолжаться вечно. Он хотел успокоить ее, согреть, но не знал, как подступиться и что сказать. Поэтому он просто стоял и слушал; немного погодя он осознал, что первый раз слышит, как Эдит плачет.

После катастрофического ужина с Гордоном Финчем и Кэролайн Уингейт Эдит выглядела почти довольной, она была спокойней, чем когда-либо раньше после свадьбы. Но она не хотела никого больше принимать и неохотно выходила из квартиры. Стоунер большую часть покупок делал сам по перечням, которые Эдит писала ему на маленьких голубых листочках своим по-детски аккуратным почерком. Пожалуй, веселей всего она была, когда оставалась одна; она часами сидела за вышивкой салфеток, скатертей или гарусом по канве и слегка улыбалась поджатыми губами. Все чаще и чаще к ней начала приходить ее тетя Эмма Дарли; возвращаясь вечером из университета, Стоунер нередко заставал их вдвоем за чаем и за тихим — чуть ли не до шепота — разговором. Они всегда встречали его приветливо, но Уильям чувствовал, что его появление их не радует; миссис Дарли редко оставалась при нем более чем на несколько минут. Он научился деликатному, ненавязчивому уважению к миру, в котором начала жить Эдит.

Летом 1920 года он провел неделю у родителей, в то время как Эдит гостила у своих родных в Сент-Луисе; он не видел мать и отца с самого дня свадьбы.

Пару дней он трудился в поле, помогая отцу и наемному работнику-негру; но запах свежей земли и податливость теплых влажных комьев под ногами не пробудили в нем чувства возвращения к чему-то знакомому и желанному. Он вернулся в Колумбию и провел остаток лета за подготовкой к новому курсу, который должен был преподавать в следующем учебном году. Большую часть дня сидел в библиотеке, иногда возвращался домой только поздним вечером сквозь густой сладкий аромат жимолости, которым веяло в теплом воздухе, наполненном шелестом нежных листьев кизила, призрачно шевелившихся в темноте. От долгой сосредоточенности на трудных текстах болели глаза, ум был отягощен проделанной работой, покалывало пальцы, слегка онемевшие и сохранившие в себе ощущение потертой кожи, бумаги и доски стола; но он был открыт миру, сквозь который шел в эти недолгие минуты, и мир доставлял ему радость.

На заседаниях кафедры стали появляться кое-какие новые лица; кое-каких прежних уже не было; у Арчера Слоуна продолжался медленный упадок, который Стоунер впервые заметил во время войны. Его руки дрожали, и ему трудно было удерживать внимание на том, о чем он говорил. Кафедра, однако, продолжала действовать за счет набранного хода, которым была обязана традициям и самому факту своего существования.

Стоунер отдавался преподаванию всецело и до того самозабвенно, что иные из педагогов, недавно пришедших на кафедру, испытывали перед ним благоговейный страх, а те, кто знал его давно, слегка беспокоились за него. Он осунулся, похудел и сутулился больше прежнего. Во втором семестре появилась возможность взять добавочную нагрузку за дополнительную плату, и он ею воспользовался; также за дополнительную плату он преподавал в том году на только что открывшихся летних курсах. Отчасти им руководило смутное стремление накопить денег на поездку в Европу, от которой Эдит в свое время отказалась ради него.

Летом 1921 года, ища ссылку на латинское стихотворение, он впервые за три года, прошедшие после защиты, заглянул в свою диссертацию; он перечитал ее всю и нашел ее доброкачественной. Не без страха перед собственной самонадеянностью он подумал: а не переработать ли ее в книгу? Хотя он опять преподавал с полной нагрузкой на летних курсах, он заново просмотрел большинство использованных текстов и начал расширять область исследований. В конце января он пришел к выводу, что книга может быть написана; к ранней весне он дозрел до того, чтобы написать первые пробные страницы.

Той же весной Эдит спокойным и почти безразличным тоном сказала ему, что хочет ребенка.

Это желание пришло к ней внезапно, и непонятно было, откуда оно взялось; она объявила о нем Уильяму однажды утром за завтраком, за считаные минуты до того, как ему надо было идти на занятия, и в ее голосе звучало чуть ли не удивление, словно она сделала открытие.

— Что? — переспросил Уильям. — Что ты сказала?

— Я хочу родить, — повторила Эдит. — Я поняла, что хочу ребенка.

Она жевала кусочек тоста. Вытерла губы углом салфетки и улыбнулась какой-то застывшей улыбкой.

— Ты не думаешь, что нам пора его завести? — спросила она. — Мы женаты почти три года.

— Конечно думаю, — сказал Уильям. Он с превеликой аккуратностью поставил чашку на блюдце. Глаз на Эдит не поднимал. — Ты уверена? Мы никогда об этом не говорили. Я бы не хотел, чтобы ты...

— О да, — промолвила она. — Я вполне уверена. Я считаю, нам нужен ребенок.

Уильям посмотрел на часы:

— Я опаздываю. Жаль, что нет времени еще поговорить. Я хочу убедиться, что ты уверена.

Она слегка нахмурила лоб:

— Я же сказала тебе, что уверена. Или *ты сам* не хочешь? К чему все эти вопросы? Не хочу больше это обсуждать.

— Ладно, — сказал Уильям. Несколько секунд он сидел, глядя на нее. — Мне пора идти.

Но он не двигался с места. Потом неуклюже положил руку на ее длинные пальцы, покоившиеся на скатерти, и не убирал, пока она не отодвинула ладонь. Тогда он, встав из-за стола, осторожно, даже с какой-то робостью обошел сидящую Эдит и стал собирать свои книги и бумаги. Она, как всегда, вышла в гостиную проводить его. Он поцеловал ее в щеку, чего не делал давно.

У двери он повернулся и сказал:

— Я... я рад, что ты хочешь ребенка, Эдит. В чем-то, я знаю, наш брак тебя разочаровал. Надеюсь, теперь все изменится к лучшему.

— Да, — сказала Эдит. — Ну иди же, иди. А то опоздаешь.

После его ухода Эдит некоторое время стояла посреди гостиной и смотрела на закрытую дверь, точно силилась что-то припомнить. Потом стала беспокойно ходить по комнате туда-сюда, стараясь поменьше соприкасаться с одеждой, как будто не могла вынести ее шелеста и движения вдоль кожи. Расстегнула свой серый утренний халат из жестковатой тафты и позволила ему упасть на пол. Скрестила руки на груди и, обхватив ими себя, стала разминать через тонкую фланель ночной рубашки одной рукой другую чуть пониже плеч. Потом, опять немного постояв, решительно направилась в крохотную спальню, там открыла дверь стенного шкафа, на которой внутри висело зеркало в полный рост. Повернула дверь так, чтобы падало больше света, и, отступив от зеркала, стала рассматривать свою высокую худую фигуру в прямой голубой ночной рубашке. Не сводя глаз с отражения, расстегнула верх рубашки, сняла ее через голову и осталась обнаженной в утреннем свете. Скомкала рубашку и бросила в шкаф. Потом стала медленно поворачиваться перед зеркалом, разглядывая собственное тело как чужое. Провела ладонями по маленьким отвислым грудям, после этого дала ладоням скользнуть вниз и вбок, по плоскому животу и длинной талии.

Отойдя от зеркала, она двинулась к кровати, которая еще не была заправлена. Взялась за одеяло, небрежно сложила и убрала в шкаф. Разгладила простыню на кровати и легла на спину; ноги выпрямила, руки положила по бокам. Не двигаясь, глядя в потолок немигающим взглядом, она пролежала так все утро и долгие послеполуденные часы.

Когда Уильям Стоунер возвращался вечером домой, было уже почти темно, но в окнах второго этажа свет не горел. Испытывая смутное беспокойство, он поднялся в квартиру и зажег свет в гостиной. Комната была пуста. “Эдит!” — позвал он.

Нет ответа. Он позвал еще раз.

Заглянул в кухню; на крохотном столике так и стояли тарелки с остатками завтрака. Он быстро пересек гостиную и распахнул дверь спальни.

Эдит лежала обнаженная на пустой кровати. Когда отворилась дверь и на нее упал свет из гостиной, она повернула к Уильяму голову, но подниматься не стала. Глаза были широко открыты и смотрели пристально, с полураскрытых губ слетали какие-то тихие звуки.

— Эдит! — воскликнул он и опустился рядом с ней на колени. — Что с тобой? Тебе нехорошо?

Она не отвечала, но звуки сделались громче и ее тело пошевелилось. Вдруг ее руки потянулись к нему, точно когтистые лапы птицы, и он чуть ли не отпрянул; но они уцепились только за его одежду, взялись крепко, стали дергать, понуждая его лечь рядом. Ее рот, зияющий и жаркий, двинулся к его рту, ее ищущие руки перемещались по его телу, тянули за одежду, а глаза все время были широко открыты и смотрели пристально, спокойно и невидяще, словно принадлежали кому-то другому.

Раньше он не знал за Эдит ничего подобного. Это желание было похоже на голод, до того острый, что он не мог, казалось, иметь ничего общего с ней, какой она была; и не успевала она его утолить, как он вновь начинал в ней расти, так что оба они жили в напряженном ожидании нового приступа.

Эта страсть, горевшая между Уильямом и Эдит только два месяца за всю их супружескую жизнь, сути их отношений не меняла. Очень скоро Стоунер понял, что сила, соединяющая их тела, имеет мало общего с любовью; они совокуплялись с неистовой, но отрешенной сосредоточенностью, расходились на время и снова совокуплялись, неспособные насытиться.

Иной раз днем, когда Уильям был в университете, желание накатывало на Эдит с такой силой, что она не могла оставаться дома; она покидала квартиру и принималась быстро ходить по улицам без всякой цели. Вернувшись, занавешивала окна, раздевалась и, притаившись в полутьме, ждала его прихода. И, когда Уильям открывал дверь, она бросалась к нему, ее руки, дикие и требовательные, живущие словно бы отдельной от нее жизнью, тянули его в спальню, на кровать, еще смятую от ночных или утренних утех.

Эдит забеременела в июне, и у нее тут же началось недомогание, от которого она за весь срок так вполне и не оправилась. Почти сразу после зачатия, еще до того, как ее женский календарь и ее врач подтвердили факт, голод по Уильяму, одолевавший ее почти два месяца, прекратился. Она ясно дала понять мужу, что не может вынести его прикосновения, и ему стало казаться, что она даже его взгляд воспринимает как своего рода надругательство. Их неутолимая страсть сделалась воспоминанием, и в конце концов она превратилась для Стоунера в давнее сновидение, не имеющее ничего общего ни с ним, ни с Эдит.

Кровать, бывшая ареной их страсти, теперь стала одром болезни. Эдит проводила в ней почти весь день, ненадолго вставая только утром, чтобы облегчить тошноту, и днем, чтобы нетвердыми шагами походить по гостиной. Под вечер, торопливо придя с работы, Уильям убирал комнаты, мыл посуду и готовил ужин; жене он приносил еду на подносе. Хотя она была против того, чтобы он ел вместе с ней, ей, похоже, приятно было после ужина выпить с ним по чашке слабого чая. И тогда какое-то время в конце дня они вели тихую и поверхностную беседу, как старые друзья или бывшие враги, чья вражда иссякла. Эдит вскоре засыпала, а Уильям шел в кухню, доделывал там домашние дела, а после этого садился в гостиной на диван, перед которым стоял стол, и проверял студенческие работы и готовился к лекциям. Потом, уже за полночь, он доставал одеяло, которое днем, аккуратно сложенное, лежало за кушеткой, и, поджав длинные ноги, засыпал до утра на кушетке беспокойным сном.

Ребенка — девочку — Эдит родила после трехдневных схваток в середине марта 1923 года. Ее назвали Грейс в честь умершей много лет назад одной из теток Эдит.

С первого же дня Грейс была красивым ребенком с отчетливыми чертами лица и легким пушком золотистых волос. За несколько суток первоначальная краснота ее кожи сменилась теплым розовым румянцем. Она редко плакала и на свой манер, казалось, воспринимала окружающее. Уильям влюбился в нее мгновенно; чувство, которого он не мог излить на Эдит, он мог излить на дочь, и забота о ней доставляла ему непредвиденное удовольствие.

Почти год после рождения Грейс Эдит большую часть дня проводила в постели; были опасения, что она может стать инвалидом на всю жизнь, хотя доискаться до причины врач был не в состоянии. Уильям нанял женщину, чтобы приходила по утрам ухаживать за Эдит, и устроил себе расписание так, чтобы возвращаться из университета не очень поздно.

Год с лишним Уильям вел домашнее хозяйство и заботился о двух беспомощных людях. Встав до рассвета, проверял работы и готовился к занятиям; перед уходом кормил Грейс, готовил завтрак себе и Эдит, клал себе в портфель еду, чтобы перекусить на работе. После лекций убирал квартиру, подметал пол, вытирал пыль.

Для дочери он был скорее матерью, чем отцом. Он менял и стирал подгузники; он выбирал и покупал ей одежду, чинил ее, когда она рвалась; он кормил Грейс, купал, качал на руках, когда она плакала. Время от времени Эдит капризным тоном требовала, чтобы он дал ей ребенка; Уильям приносил ей Грейс, и Эдит, сидя в постели, несколько минут неловко, молча держала девочку как чужую. Потом, утомленная, она со вздохом возвращала ребенка Уильяму. Ею овладевало какое-то малопонятное чувство, и она пускала слезу, промокала глаза и отворачивалась от мужа.

Так что в первый год своей жизни Грейс Стоунер знала только отцовскую ласку, отцовский голос, отцовскую любовь.

Глава VI

B начале лета 1924 года, в пятницу, в дневное время несколько студентов видели, как Арчер Слоун входит в свой кабинет. В понедельник вскоре после рассвета уборщик, обходивший кабинеты Джесси-Холла, чтобы опорожнить мусорные корзины, обнаружил его за столом. Слоун, грузно осев, застыл на стуле, голова была повернута под странным углом, открытые глаза смотрели жутким остановившимся взглядом. Уборщик заговорил с ним, а затем с криком бросился бежать по пустому коридору. Труп из кабинета вынесли не сразу, и трое-четверо ранних студентов, дожидавшихся начала занятий, обратили внимание на необычно сгорбленную фигуру под простыней на носилках, с которыми медики спускались по лестнице к своей машине. Потом было установлено, что Слоун умер в промежутке между поздним вечером пятницы и ранним утром субботы от причин, безусловно, естественных (точно их, однако, определить не смогли) и, значит, просидел за столом, глядя вперед мертвыми глазами, весь уикенд. Коронер назвал причиной смерти сердечную недостаточность, но Уильяму Стоунеру неизменно казалось, что Слоун в минуту гнева и отчаяния усилием воли заставил сердце остановиться, словно бы делая тем самым последний немой жест любви и презрения в адрес мира, предавшего его до того подло, что жить в нем стало невозможно.

На похоронах Стоунер был в числе тех, кто нес гроб. Во время заупокойной службы он не мог сосредоточиться на словах священника; впрочем, он знал, что это пустые слова. Он вспоминал Слоуна, каким впервые его увидел в аудитории; он вспоминал их первые разговоры; и он думал о медленном угасании человека, который был ему другом, пусть и отдаленным. Когда служба окончилась и он, взявшись за рукоятку серого гроба, вместе с другими нес его и ставил на катафалк, ноша казалась ему такой легкой, что ему почудилось, будто в этом узком ящике ничего нет.

Семьи у Слоуна не было; вокруг продолговатой ямы собрались только его коллеги и несколько горожан, и слова священника они слушали с благоговейным почтением и смущением. И может быть, из-за того, что у покойного не было, чтобы оплакать его смерть, ни родных, ни близких, слезы, когда опускали гроб, потекли у Стоунера, словно могли смягчить горечь этого одинокого пути вниз. О чем он плакал — о себе ли, о части своей жизни, своей молодости, уходящей под землю, или же о несчастной худой фигуре, о телесной оболочке человека, которого он любил, — Стоунер не знал.

Гордон Финч повез его в своей машине обратно в город, и большую часть пути они не разговаривали. Потом, когда до города уже было недалеко, Гордон спросил про Эдит; Уильям что-то ответил и в свой черед осведомился о Кэролайн. После ответа Гордона наступило долгое молчание. Когда они уже подъезжали к дому Уильяма, Гордон Финч снова заговорил:

— Странное дело. Всю заупокойную службу у меня не шел из головы Дэйв Мастерс. Я думал: вот Дэйв убит во Франции, и вот старый Слоун два дня сидит мертвый за столом; разные смерти, а в чем-то они похожи. Я не знал Слоуна близко, но догадываюсь, он был хороший человек; по крайней мере, рассказывают о нем хорошее. Теперь нам надо искать нового человека и соображать, кто может стать заведующим кафедрой. Так-то вот все и крутится, крутится без остановки. Поневоле начинаешь задумываться.

— Да, — коротко ответил Уильям и умолк. Но он испытывал в эти минуты подлинную нежность к Гордону Финчу; когда он, попрощавшись с Гордоном у своего дома, смотрел вслед его отъезжающей машине, он остро чувствовал, что еще одна часть его самого, его прошлого медленно, почти незаметно отдаляется от него и скрывается в темноте.

Сохранив за собой должность помощника декана, Гордон Финч был вдобавок назначен временно исполняющим обязанности заведующего кафедрой английского языка, и его первой задачей стало найти замену Арчеру Слоуну.

Она была найдена только в июле. Созвав тех немногих преподавателей кафедры, что не ушли в летний отпуск, Финч назвал имя новичка. Его зовут, сказал Финч, Холлис Н. Ломакс; специалист по девятнадцатому веку, он не так давно получил степень доктора философии в Гарварде, ни больше ни меньше, но затем несколько лет преподавал в небольшом гуманитарном колледже на юге штата Нью-Йорк. Он пришел с очень хорошими рекомендациями, уже начал публиковаться, и ему дают должность доцента. Никаких планов, подчеркнул Финч, в отношении пустующего места заведующего кафедрой на данный момент нет; он, Финч, останется временно исполняющим обязанности как минимум на год.

До конца лета Ломакс был для старожилов кафедры таинственной фигурой и предметом домыслов. Его статьи в научных журналах выискивались, читались и с глубокомысленными кивками передавались из рук в руки. Ломакс не показался никому на глаза в течение Недели новых студентов, не присутствовал и на общем собрании преподавателей в пятницу, за три дня до регистрации студентов. В понедельник во время регистрации преподаватели кафедры, сидя в ряд за длинными столами и устало помогая студентам выбирать курсы и заполнять безумно скучные регистрационные карточки, исподтишка оглядывались в надежде увидеть новое лицо. Но Ломакс по-прежнему не появлялся.

Его не видели до заседания кафедры, проходившего вечером во вторник, после окончания регистрации. К тому времени, отупевшие от двухдневной рутины и вместе с тем взволнованные, как всегда в начале учебного года, люди с кафедры английского почти забыли про Ломакса. Они сидели развалясь за письменными столами в большом лекционном зале в восточном крыле Джесси-Холла и с пренебрежительным и в то же время рьяным ожиданием смотрели на стоявшего перед ними Гордона Финча, который озирал присутствующих с этакой массивной благожелательностью. В аудитории стоял глухой гул голосов; ножки стульев шаркали по полу; порой раздавался смех, резкий и нарочитый. Гордон Финч поднял правую руку и выставил ладонь; гул немного приутих.

Приутих настолько, что все собравшиеся услышали, как дверь в задней части зала со скрипом открылась, а затем по голому дощатому полу медленно, отчетливо зашуршали подошвы. Все повернулись — и стало совсем тихо. Кто-то прошептал — и шепот явственно разнесся по всей аудитории: "Это Ломакс".

Войдя, Ломакс закрыл за собой дверь, сделал от порога несколько шагов и остановился. Это был человек очень маленького роста — чуть больше пяти футов — с диковинно деформированным телом. Небольшой горб прижимал его левое плечо к шее, левая рука расслабленно висела. Из-за того, что верхняя часть туловища у него была тяжелая и кривая, постоянно казалось, что он с трудом держит равновесие; тонконогий, он вдобавок ко всему еще и прихрамывал на плохо гнущуюся правую. Он немного постоял, наклонив светловолосую голову, как будто рассматривал свои начищенные до блеска черные туфли и безукоризненную складку черных брюк. Потом поднял голову и резко поднес к губам правую руку, выставив напоказ жесткую белую манжету с золотой запонкой; в длинных бледных пальцах он держал сигарету. Глубоко затянувшись, он выпустил дым тонкой струйкой. После этого собравшиеся смогли рассмотреть его лицо.

Это было лицо киношного красавчика. Продолговатое, худощавое, оно сочетало в себе подвижность и скульптурность. Лоб высокий и узкий, с выступающими венами; густые волнистые волосы цвета спелой пшеницы были зачесаны назад этаким театральным помпадуром. Он выронил сигарету на пол, растер подошвой и заговорил:

— Моя фамилия Ломакс. — Он сделал паузу; голос у него был густой, звучный, сценический, с четкой артикуляцией. — Надеюсь, я не нарушил ход вашего собрания.

Собрание продолжалось, но на то, что говорил Гордон Финч, никто не обращал большого внимания. Ломакс сидел один в заднем ряду, курил и глядел в высокий потолок, безразличный на вид ко всем любопытным лицам, которые то и дело к нему оборачивались. Когда заседание окончилось, он остался сидеть, давая коллегам возможность подходить к нему, представляться и говорить то, что они хотели сказать. Он отвечал им кратко, любезно, но в этой любезности слышалась странная издевка.

За несколько последующих недель стало очевидно, что Ломакс не намерен включаться в светскую, культурную и интеллектуальную жизнь кампуса. Иронично-вежливый с коллегами, он, несмотря на эту вежливость, никогда не принимал светских приглашений и не приглашал никого сам; он не пришел даже на ежегодный прием к декану Клэрмонту, хотя это мероприятие было до того традиционным, что присутствие считалось чуть ли не обязательным; его ни разу не видели на концертах и лекциях в университете; при этом занятия со студентами он, как говорили, вел живо и эксцентрично. Как преподаватель он завоевал популярность; сидел ли он в кабинете в свободные от занятий часы, шел ли по коридору, его вечно окружали студенты. Было известно, что время от времени он небольшими группами приглашает их к себе домой, там беседует с ними и ставит им граммофонные пластинки с записями струнных квартетов.

Уильяму Стоунеру хотелось познакомиться с ним ближе, но он не знал, как это сделать. Он не упускал случая заговорить с ним, когда было что сказать, и однажды пригласил его на ужин. Ломакс всякий раз отвечал ему с вежливой и безличной иронией, как и другим, а от приглашения на ужин отказался; больше ничего Стоунер придумать не мог.

Стоунер не сразу понял, почему Холлис Ломакс притягивает его к себе. В высокомерии Ломакса, в беглости его отточенной речи, в едкости, смешанной с бодрой приветливостью, он увидел искаженные, но различимые черты своего покойного друга Дэвида Мастерса. Стоунеру хотелось побеседовать с ним, как с Дэйвом, подружиться, но ничего не получалось — даже после того, как это желание стало осознанным. Уильям как был в ранней молодости, так и остался застенчив, однако утратил ту молодую пылкую непосредственность, что могла бы помочь ему преодолеть застенчивость и завязать новую дружбу. Он с грустью понимал, что его желание не осуществится.

Вечерами, убрав квартиру, помыв посуду после ужина и уложив Грейс спать в кроватку в углу гостиной, он работал над книгой. К концу года она была окончена; и хотя он не был вполне ею доволен, он послал ее в издательство. К его удивлению, работу приняли к публикации, которая должна была состояться осенью 1925 года. Благодаря книге его повысили в университете до доцента, причем должность дали постоянную — без права администрации на увольнение.

О повышении стало точно известно через несколько недель после того, как книгу приняли; и тогда Эдит заявила ему, что на неделю поедет с ребенком к родителям в Сент-Луис.

Она вернулась в Колумбию менее чем через неделю, измотанная, но тихо торжествующая. Визит она сократила потому, что уход за ребенком отнимал у ее матери слишком много сил, а сама она не могла заниматься Грейс из-за того, что ее очень утомил переезд. Но кое-чего она добилась. Вынув из сумки какие-то бумаги, она протянула Уильяму маленький листок.

Это был чек на шесть тысяч долларов, выписанный мистеру и миссис Уильям Стоунер и снабженный жирной и почти неразборчивой подписью Хораса Бостуика.

— Что это? — спросил Стоунер.

Она дала ему остальные бумаги.

— Это заем, — объяснила она. — Тут нужна только твоя подпись. Моя уже есть.

— На шесть тысяч! Для чего?

— Чтобы купить дом, — сказала Эдит. — Чтобы у нас было *нормальное* жилье.

Уильям Стоунер снова опустил взгляд на бумаги, быстро их просмотрел и сказал:

— Нет, Эдит, мы не можем. Очень жаль, но... пойми, за весь следующий год я получу только тысячу шестьсот. А выплаты по займу — больше шестидесяти долларов в месяц, это почти половина моего заработка. А еще налоги, еще страховка — я не вижу, как мы это потянем. Зря ты со мной сначала не поговорила.

Ее лицо стало скорбным; она отвернулась от него.

— Я хотела сделать тебе сюрприз. У меня так мало сил. А *это* было в моих силах.

Он попытался ее уверить, что благодарен ей за попытку, но Эдит это не утешило.

— Я ведь о вас думала, о тебе и малышке. У тебя будет кабинет, у Грейс двор, где играть.

— Я понимаю, — сказал Уильям. — Может быть, через несколько лет.

— Через несколько лет, — повторила Эдит. И замолчала. Потом глухо продолжила: — Я больше не могу так жить. Не могу. В квартире. Куда ни уйду, всюду тебя слышно, и ребенка слышно, и... запах. Я — не могу — его больше — терпеть! День за днем, день за днем этот запах подгузников, я... не выношу его, а уйти мне некуда. Не понимаешь? *Не понимаешь?*

Кончилось тем, что они взяли деньги. Стоунер решил, что будет, по крайней мере в ближайшие несколько лет, преподавать и в летние месяцы, которые хотел посвятить исследовательской работе.

Поиски дома Эдит взяла на себя. Весь конец весны и начало лета она занималась этим неустанно; ее болезнь разом бесследно прошла. Как только Уильям возвращался домой после занятий, она покидала квартиру и зачастую отсутствовала допоздна. Иногда ходила пешком, иногда ее возила Кэролайн Финч, с которой Эдит поверхностно сдружилась. В конце июня она нашла подходящий дом; она подписала опцион на покупку, обязавшись совершить ее к середине августа.

Это был старый двухэтажный дом всего в нескольких кварталах от кампуса. Прежние владельцы мало о нем заботились; темно-зеленая краска сильно облупилась, лужайка была рыжая от засыхающих сорняков. Но дом, как и двор при нем, был просторный; благородству, пусть обветшалому и замызганному, которое здесь чувствовалось, Эдит хотела дать новую жизнь.

Она заняла у отца еще пятьсот долларов на мебель, и за время между летними курсами и началом осеннего семестра Уильям заново выкрасил дом; Эдит выбрала белый цвет, и ему пришлось нанести три слоя, чтобы старый зеленый не просвечивал. В первую неделю сентября Эдит вдруг решила, что хочет устроить новоселье. Она объявила об этом Уильяму не без торжественности — как о событии, знаменующем новое начало.

Они пригласили всех преподавателей кафедры, кто вернулся к тому времени после летних каникул, и нескольких городских знакомых Эдит; Холлис Ломакс, удивив всех, принял приглашение — в первый раз за год, который он провел в Колумбии. Стоунер нашел бутлегера и купил несколько бутылок джина; Гордон Финч пообещал принести пива; для тех, кто не любит крепкие напитки, Эмма Дарли, тетя Эдит, пожертвовала две бутылки старого хереса. Эдит поначалу не хотела предлагать гостям алкоголь, который официально был запрещен, но Кэролайн Финч уговорила ее, намекнув, что никто в университете не сочтет это неподобающим.

Осень в том году наступила рано. Десятого сентября — накануне регистрации студентов — выпал легкий снежок; ночью землю сковал изрядный мороз. К концу недели, на который назначили вечеринку, потеплело — в воздухе осталась лишь осенняя прохлада; но листва с деревьев облетала, трава начинала жухнуть, и во всем была та оголенность, что предвещает суровую зиму. Прохлада снаружи, раздетые тополя и вязы, окоченело высящиеся во дворе, гостеприимное тепло в доме и накрытый стол — все это напомнило Уильяму Стоунеру другой день. Какое-то время он не мог понять, что именно ему вспоминается, а потом сообразил, что в похожий день он вошел в дом Джосайи Клэрмонта и там впервые увидел Эдит. Казалось, это было давно, стало далеким прошлым; сколько перемен за эти неполные семь лет...

Почти неделю перед новосельем Эдит исступленно к нему готовилась; она наняла на эту неделю негритянку помогать с уборкой, готовкой и сервировкой, и вдвоем они оттирали полы и стены, вощили дерево, приводили в порядок мебель, расставляли ее и переставляли — и неудивительно, что перед началом вечеринки Эдит была близка к изнеможению. Под глазами у нее темнели круги, в голосе слышалась тихая истерика. В шесть часов — а гостей пригласили к семи — она вновь пересчитала рюмки и обнаружила, что их не хватает. Ударилась в слезы, с рыданиями бросилась наверх; ей все равно, причитала она, что теперь будет, вниз она не сойдет. Стоунер пытался ее успокоить, но она не отвечала ему. Он сказал, чтобы она не волновалась: он раздобудет рюмки. Он предупредил негритянку, что скоро вернется, и торопливо вышел. Почти час искал магазин, который еще был бы открыт и где продавались бы рюмки; когда наконец нашел, выбрал рюмки и вернулся домой, уже был восьмой час и часть гостей пришла. Эдит была среди них в гостиной, улыбалась и непринужденно болтала — казалось, ничто ее не заботило и не тревожило; она небрежно кивнула Уильяму и сказала, чтобы отнес коробку в кухню.

Вечеринка была подобна многим другим. Разговоры начинались вдруг, без связи с предыдущими, стремительно набирали нестойкую силу и, опять-таки без связи, перетекали в другие разговоры; быстрые, нервные всполохи смеха были подобны отдельным небольшим разрывам непрерывной и повсеместной, но бессистемной артиллерийской бомбардировки; гости с видимой небрежностью переходили с места на место, как бы тихо занимая меняющиеся тактические позиции. Некоторые из них, словно разведчики, осматривали дом, проходя по комнатам под водительством Эдит или Уильяма, и отмечали преимущество таких вот старых зданий перед новыми легковесными постройками, вырастающими там и тут на окраинах города.

К десяти вечера большинство гостей взяли тарелки с ветчиной и кусочками холодной индейки, с маринованными абрикосами, со смешанным гарниром из крохотных помидоров, черешков сельдерея, оливок, маринованных огурчиков, хрустящего редиса и маленьких сырых побегов цветной капусты; кое-кто, правда, изрядно набрался и есть не стал. К одиннадцати люди в большинстве своем разошлись; в числе оставшихся были Гордон и Кэролайн Финч, несколько преподавателей кафедры, знакомых со Стоунером не один год, и Холлис Ломакс. Ломакс выпил немало, хоть и старался этого не показывать; он ходил аккуратно, как будто нес что-то тяжелое по неровной земле, его худощавое бледное лицо блестело, подернутое пленкой пота. Алкоголь развязал ему язык; он говорил, как всегда, внятно и точно, но без примеси иронии и предстал поэтому незащищенным.

Он говорил о своем одиноком детстве в Огайо, где его отец довольно успешно занимался мелким бизнесом; он рассказал, словно глядя на свое прошлое со стороны, о вынужденной изоляции, причиной которой было телесное уродство, о детском непонятном ему стыде, от которого он не имел защиты. А когда он заговорил о долгих одиноких днях и вечерах в комнате за чтением, избавлявшим от ограничений, наложенных деформированным телом, и помогавшим мало-помалу обрести ощущение свободы, которое усиливалось по мере того, как он осознавал суть этой свободы, — когда он об этом заговорил, Уильям Стоунер нежданно почувствовал душевное родство с Ломаксом: он понял, что Ломакс тоже пережил обращение своего рода, что ему через слова было явлено нечто невыразимое словами, как это произошло однажды со Стоунером на занятиях у Арчера Слоуна. Ломакс получил это знание в раннем возрасте и без посредника, поэтому он проникся им сильнее, чем Стоунер; но в некоем самом важном в конечном счете смысле эти два человека были схожи, несмотря на все, что мешало признаться в этом другому и даже себе.

Они проговорили почти до четырех утра; и хотя они продолжали пить, их разговор становился все тише и тише, пока наконец оба не умолкли совсем. Они сидели лицом к лицу среди остатков вечеринки, словно на острове, словно они прибились друг к другу ради тепла и успокоения. В конце концов Гордон и Кэролайн встали и предложили подвезти Ломакса домой. Ломакс пожал Стоунеру руку, спросил о книге и пожелал ему, чтобы она имела успех; после этого подошел к Эдит, сидевшей с прямой осанкой на стуле, и взял ее руку; он поблагодарил ее за вечер. Потом, повинуясь какому-то тихому побуждению, он слегка наклонился и коснулся губами ее губ; она же подняла руку и притронулась к его волосам. Так они оставались несколько секунд, другие смотрели на них. Это был самый целомудренный поцелуй из всех, что Стоунер видел в жизни, и он выглядел совершенно естественным.

Стоунер проводил гостей к выходу и немного постоял в дверях, глядя, как они спускаются по освещенным ступенькам и уходят в темноту. Зябкий осенний воздух окружил его и проник под одежду; он дышал глубоко, холод бодрил его. Он нехотя закрыл дверь и повернулся; гостиная была пуста — Эдит уже пошла наверх. Он погасил свет и двинулся через комнату, где царил беспорядок, к лестнице. Он начал уже свыкаться с новым жилищем; он знал, где нащупать перила, и, держась за них, стал подниматься. На втором этаже ему уже видно было, куда идти: в коридор падал свет из полуоткрытой двери спальни. Поскрипывая половицами, он оставил коридор позади и вошел в спальню.

Одежда, которую Эдит не глядя сбросила, в беспорядке лежала на полу подле кровати, одеяло было небрежно откинуто; Эдит лежала обнаженная на белой несмятой простыне, ее чувственно разметавшееся расслабленное тело отсвечивало под лампой точно бледное золото. Уильям подошел ближе. Она крепко спала, но из-за игры света казалось, что с ее разомкнутых губ беззвучно слетают слова страстной любви. Уильям долго простоял, глядя на нее. Он чувствовал отрешенную жалость, принужденное дружелюбие и привычное уважение; а еще он испытывал усталую печаль, ибо знал, что ее вид уже не сможет возбуждать в нем такое желание, как раньше, знал, что ее присутствие никогда не будет действовать на него с прежней силой. Потом печаль стала сходить на нет, он заботливо ее укрыл, выключил свет и лег рядом с ней.

Наутро Эдит была больная и уставшая, и весь день она провела в спальне. Уильям убирал дом и заботился о дочке. В понедельник он увидел Ломакса и тепло с ним заговорил, желая сохранить обретенную задушевность; но Ломакс ответил с иронией, в которой слышалась холодная злость, и не упоминал о вечеринке ни в тот день, ни впоследствии. Он словно бы нашел причину для вражды со Стоунером и не хотел от этой вражды отказываться.

Как Уильям и боялся, дом оказался почти непосильной финансовой ношей. Хотя Стоунер был осмотрителен в своих тратах, к концу месяца он всякий раз попадал в трудное положение, и ему приходилось постоянно уменьшать денежный запас, сделанный благодаря летнему преподаванию. За первый год он пропустил два платежа отцу Эдит и получил от него ледяное наставительное письмо с советами о том, как планировать расходы.

Вместе с тем владение домом начало его радовать, приносить непредвиденное ощущение уюта. Его кабинет был на первом этаже, вход — из гостиной, высокое окно смотрело на север; дневной свет разливался по комнате мягко, приглушенно, в том, как отсвечивали деревянные стенные панели, чувствовалось богатство старины. В кладовке он обнаружил доски, которые, если их очистить от грязи и плесени, подходили к панелям. Он заново отделал эти доски и соорудил книжные полки, чтобы находиться в окружении своих книг; в магазине подержанной мебели выискал несколько старых стульев, кушетку и древний письменный стол за несколько долларов, который потом не одну неделю ремонтировал.

Оборудуя кабинет, мало-помалу придавая ему желаемый вид, он понял, что много лет неведомо для себя носил где-то внутри, точно стыдясь извлечь на свет, образ, который на первый взгляд был образом места, помещения, но на самом деле — его самого. Да, это себя он формировал, работая над комнатой. Когда он ошкуривал старые доски для книжных полок и видел, как уходят неровности, как исчезает серый поверхностный слой, обнажая само дерево, радующее глаз чистотой и богатством фактуры; когда он ремонтировал мебель и расставлял ее по комнате, — в эти часы он самому себе медленно придавал определенность, самого себя приводил в некий порядок, самого себя делал возможным.

И поэтому, несмотря на постоянный груз долга, на скудость средств, последующие несколько лет были для него счастливыми, его жизнь во многом походила на то, о чем он мечтал молодым аспирантом и первое время после женитьбы. Эдит не занимала в ней такого места, как он в прошлом надеялся; казалось, они соблюдают долгое перемирие, напоминающее шахматный пат. Большую часть времени они проводили врозь; Эдит поддерживала в доме, где гости бывали редко, безукоризненную чистоту. Когда она не мела пол, не вытирала пыль, не стирала белье и не полировала мебель, она сидела у себя в комнате и, похоже, была этим довольна. Кабинет Уильяма для нее словно не существовал: она не входила в него никогда.

Дочкой по-прежнему больше занимался Уильям. Приходя из университета во второй половине дня, он забирал Грейс из спальни наверху, которую переделал в детскую, и позволял ей играть в кабинете, где он работал. Она тихо играла там на полу, была довольна и не требовала постоянного внимания к себе. Время от времени Уильям заговаривал с ней, и она, прекратив игру, смотрела на него завороженным и серьезным взглядом.

Иногда он приглашал к себе студентов на консультации или просто поговорить. Они рассаживались в кабинете, он готовил им чай на маленькой плитке, которая стояла у его стола, и, видя их неуверенность, слушая их комплименты его библиотеке и красоте его дочери, он испытывал к ним неловкую нежность. Он извинялся за отсутствие жены, ссылаясь на ее нездоровье, пока не понял, что эти повторяющиеся ссылки скорее подчеркивают, что ее нет, чем объясняют это; и он перестал о ней упоминать, надеясь, что молчание не будет бросать на семью такую тень, как извинения.

Его жизнь, если не считать отсутствия в ней Эдит, была почти такой, как он хотел. Он готовился к занятиям, проверял работы, читал диссертации, а в остальное время вел свои изыскания, сам что-то писал. Он надеялся, что со временем утвердит себя и как исследователь, и как педагог. Ожидания, которые он связывал со своей первой книгой, были осторожными и скромными — и не зря: один рецензент назвал ее "маловыразительной", другой — "добротным обзором". Поначалу он был очень горд книгой; он держал ее в руках, гладил незатейливую обложку, листал страницы. Она казалась живым существом, хрупким и нежным, как ребенок. Он перечитал ее в печатном виде, и его слегка удивило, что она не лучше и не хуже, чем он себе представлял. Потом ему надоело на нее смотреть; но всякий раз, думая о ней и о своем авторстве, он дивился своей отваге и той ответственности, что взял на себя.

Глава VII

Однажды вечером весной 1927 года Уильям Стоунер вернулся с работы позже обычного. Во влажном теплом воздухе висел смешанный аромат распускающихся цветов; из темноты доносился стрекот сверчков; вдалеке одинокий автомобиль поднял пыль и нарушил тишину вызывающе громким фырчаньем. Уильям шел медленно, одурманенный пробуждающейся природой, зачарованный обилием бутонов, почек и юной зелени, пронизывающей сумрак деревьев и кустов.

Когда он вошел в дом, Эдит была в дальнем конце гостиной; она смотрела на него, держа около уха телефонную трубку.

— Ты что-то поздно сегодня, — сказала она.

— Да, — подтвердил он миролюбиво. — У нас были устные экзамены на докторскую степень.

Она протянула ему трубку.

— Это тебя, междугородный. Кто-то с середины дня звонит тебе и звонит. Я сказала, что ты в университете, но он все равно звонит каждый час.

Уильям взял трубку и сказал: "Алло". Никто не отозвался. Он повторил: "Алло".

В трубке раздался тонкий мужской незнакомый голос:

— Билл Стоунер?

— Да, с кем я говорю?

— Вы меня не знаете. Я мимо проезжал, и мама ваша попросила меня позвонить. Долго вас не было.

— Да, — сказал Стоунер. Его рука, державшая трубку, стала дрожать. — Что случилось?

— С вашим папой, — проговорил голос. — Как начать даже, не знаю.

Сухой, отрывистый, испуганный голос звучал дальше, и Уильям Стоунер слушал в каком-то оцепенении; голос, казалось ему, существовал только в трубке, которую он прижимал к уху. Сообщение касалось его отца. Он почти неделю, сказал позвонивший, чувствовал себя плохо, но наемный работник в одиночку не мог справиться с пахотой и севом, и отец, хотя у него был сильный жар, рано утром вышел в поле сеять. Ближе к полудню работник нашел его лежащим ничком на вспаханном поле, он был без сознания. Работник притащил его домой, уложил в кровать и отправился за врачом, но в полдень отец уже был мертв.

— Спасибо за звонок, — механически промолвил Стоунер. — Скажите моей маме, что я приеду завтра.

Он повесил трубку и долго глядел на колоколообразный раструб микрофона, прикрепленный к тонкому черному цилиндру. Потом обернулся и обвел глазами комнату. Эдит смотрела на него ожидающе.

— Ну что? О чем это? — спросила она.

— О моем отце, — ответил Стоунер. — Он умер.

— Ох, Уилли! — воскликнула Эдит. Потом наклонила голову. — Ты, наверно, уедешь до конца недели.

— Да, — сказал Стоунер.

— Тогда я позову тетю Эмму, чтобы помогала мне с Грейс.

— Да, — механически произнес Стоунер. — Хорошо.

Он нашел себе в университете замену на ближайшие дни и рано утром поехал на автобусе в Бунвилл. Шоссе между Колумбией и Канзас-Сити, проходящее через Бунвилл, было той самой дорогой, по которой он семнадцать лет назад отправился учиться; за эти годы дорогу расширили и снабдили твердым покрытием, за окном автобуса тянулись аккуратные ограды по краям пшеничных и кукурузных полей.

Бунвилл с тех пор, как он прошлый раз его видел, изменился мало. Построили несколько новых зданий, несколько старых снесли; но городок и сейчас выглядел неосновательным и каким-то голым, выглядел так, словно его возвели на время и в любую минуту могут забросить за ненадобностью. Хотя за последние годы большинство улиц были вымощены, в воздухе легкой дымкой висела пыль; встречались фургоны на лошадиной тяге, из их стальных шин бетон мостовых и бордюров порой высекал искры.

Родительский дом тоже остался, каким был, — разве что сделался суше и серее; с дощатой обшивки стен краска отшелушилась совсем, крыльцо еще немного просело, и его некрашеные бревна почти соприкасались с голой землей.

В доме были люди — соседи, которых Стоунер не помнил; высокий худой мужчина в черном костюме и белой рубашке с галстуком-ленточкой склонился над его матерью, сидевшей на стуле подле узкого деревянного ящика с телом отца. Стоунер двинулся к ним через комнату. Высокий увидел его и пошел навстречу; глаза у него были серые и плоские, как глазурованные блюдца. Он заговорил густым глубоким баритоном, приглушенным и елейным; он назвал Стоунера братом, понесшим тяжкую утрату, помянул Бога, который дал и взял, и спросил, не хочет ли Стоунер помолиться вместе с ним. Стоунер миновал его, задев рукавом, и встал перед матерью; ее лицо плавало перед ним. Сквозь туман он увидел, как она кивнула ему и поднялась со стула. Она взяла его под руку и сказала:

— Тебе надо посмотреть на отца.

Рукой до того слабой, что он едва чувствовал прикосновение, она подвела его к открытому гробу. Он посмотрел вниз. В глазах у него вначале было мутно, а когда прояснилось, он потрясенно отпрянул. Тело в гробу показалось ему телом незнакомца; оно было усохшим и крохотным, лицо — не лицо, а маска из тонкой оберточной бумаги, вместо глаз глубокие черные провалы. Темно-синий костюм был умершему велик до нелепости, ладони, сложенные на груди, походили на высохшие когтистые лапы животного. Стоунер повернулся к матери, зная, что ужас, который он испытывает, виден по глазам.

— Твой папа за последнюю неделю-две исхудал совсем, — сказала она. — Я просила его в поле не ходить, но он встал, пока я спала, и пошел. Он был не в своем уме. Так болен, что ум потерял и сам не знал, что делает. Доктор сказал, в здоровом уме он бы не стал.

Когда она говорила, Стоунер видел ее отчетливо; она словно бы тоже была мертвая, часть ее ушла в этот ящик, к мужу, ушла безвозвратно. Он видел ее теперь, видел худое сморщенное лицо, даже в неподвижности до того перекрученное горем, что из-под тонких губ выступали кончики обтянутых ими зубов. Передвигалась она так, будто лишилась всякого веса и силы. Стоунер что-то пробормотал и вышел из комнаты в другую — в ту, где он вырос. Он постоял в ее голых стенах, глаза были горячие и сухие, плакать он не мог.

Он договорился обо всем, что было необходимо для похорон, и подписал бумаги, которые надо было подписать. Как и все сельские жители, его родители год за годом, даже во времена отчаянной нужды, понемногу откладывали деньги на похороны. Что-то внушающее острую жалость было в полисах, которые мать достала из старого сундука в своей спальне; позолота изощренной типографской печати начала стираться, дешевая бумага уже ветшала. Он заговорил с матерью о будущем; он хотел, чтобы она поехала с ним в Колумбию. В доме, сказал он, очень много места, и Эдит (его внутренне передернуло от лжи) будет ей рада.

Но мать не захотела переезжать.

— Нехорошо будет. Мы с твоим отцом… Я тут всю жизнь, считай, прожила. И теперь отсюда в другое место — нехорошо это будет. И Тоб… — Стоунер вспомнил, что Тобом зовут чернокожего работника, которого отец нанял много лет назад. — Тоб сказал, пока он мне нужен, он из этого дома никуда. Он себе удобную комнатку оборудовал в погребе. Мы вдвоем управимся.

Стоунер спорил с ней, но она не поддавалась. Наконец он понял, что у нее осталось одно желание — умереть, и умереть не где-нибудь, а там, где жила. И он перестал настаивать, зная, что она заслужила эту малость, эту толику достоинства.

Отца похоронили на маленьком кладбище на окраине Бунвилла, и Уильям вернулся с матерью на ферму. Уснуть ночью он не мог. Он оделся и вышел в поле, которое его отец возделывал год за годом и где он нашел свой конец. Уильям попытался вспомнить отца, каким знал его в юности, но лицо не приходило к нему. Он присел на корточки и взял комок сухой земли. Раздавил в руке и стал смотреть, как земля, темная в лунном свете, крошится и сыплется сквозь пальцы. Потом вытер ладонь о брючину, встал и вернулся в дом. Он так и не уснул; он лежал в кровати и смотрел в единственное окно, пока не пришел рассвет, прогоняя ночную тень с земли — она расстилалась за окном как она есть, серая, голая и бесконечная.

После смерти отца Стоунер старался как можно чаще ездить в выходные на ферму, и с каждым разом мать делалась все худее, бледнее и тише, пока наконец не стало казаться, что живы в ней только глаза, запавшие, но блестящие. В свои последние дни она не говорила с ним вовсе; смотрела, лежа на кровати, в потолок, веки слабо подрагивали, с губ время от времени слетал еле слышный вздох.

Он похоронил ее рядом с мужем. Когда погребальный обряд окончился и те немногие, кто провожал его мать, разошлись, он стоял один на холодном ноябрьском ветру и смотрел на две могилы — на свежую и на другую, с холмиком, поросшим реденькой травкой. Потом повернулся на голом, без деревьев, маленьком кладбище, где покоились останки людей, подобных его родителям, и устремил взгляд вдоль плоской равнины в сторону фермы, где он родился, где мать с отцом вековали свой век. Он думал о том, какую цену год за годом взыскивает с человека земля; а сама осталась, какой была, — разве только чуть оскудела, чуть скупее стала на урожай. Ничего не изменилось. Их жизни были растрачены на безрадостный труд, их воля была сломлена, ум притуплен. Теперь они лежали в земле, которой отдали жизнь; и постепенно, с годами, земля их примет. Мало-помалу сырость и гниение проникнут сквозь древесину сосновых гробов, мало-помалу доберутся до тел и в конце концов уничтожат последние остатки родительской плоти. И мать с отцом станут ничего не значащей частью упрямой земли, которой давно отдали себя.

Он позволил Тобу прожить на ферме зиму; весной 1928 года выставил ее на продажу. С Тобом договорился так, что он до продажи фермы будет на ней оставаться и все, что он вырастит, будет его. Тоб подновил в доме то, что мог, и покрасил маленький амбар. Тем не менее подходящего покупателя Стоунер нашел только ранней весной 1929 года. С предложенной ценой — две тысячи долларов с небольшим — он согласился не торгуясь; из этих денег несколько сот долларов он дал Тобу, а остальное в конце августа послал тестю, уменьшая долг за дом в Колумбии.

В октябре того года рухнул фондовый рынок, и в местных газетах печатались истории про Уолл-стрит, про исчезнувшие богатства и роковые перемены в великих жизнях. Из жителей Колумбии произошедшее мало кого затронуло напрямую: народ тут обитал консервативный, и почти никто из горожан не вкладывал деньги в акции или облигации. Но стали приходить вести о крахах банков по всей стране, и кое-кто в Колумбии и ее окрестностях забеспокоился: иные фермеры изъяли средства из банков, другие (поощряемые местными банкирами), наоборот, увеличили вклады. Но всерьез люди встревожились, лишь когда узнали, что в Сент-Луисе лопнул небольшой частный банк "Мерчантс траст".

Стоунер услышал об этом, перекусывая в университетском буфете, и сразу же пошел домой сказать Эдит. "Мерчантс траст" был держателем закладной на их дом, и отец Эдит был президентом этого банка. Эдит в тот же день позвонила в Сент-Луис и поговорила с матерью. Та была настроена оптимистически; по ее словам, мистер Бостуик заверил ее, что волноваться не о чем, что через несколько недель все образуется.

Три дня спустя Хорас Бостуик покончил с собой. Утром он отправился в банк в необычно приподнятом настроении; там поздоровался с несколькими служащими, которые сидели на своих местах, хотя банк был закрыт, вошел в свой кабинет, сказав секретарше, что на звонки отвечать не будет, и запер за собой дверь. Примерно в десять утра он выстрелил себе в голову из револьвера, который купил накануне и принес в портфеле. Записки он не оставил, но аккуратно разложенные на столе бумаги сказали за него все. Финансовый крах — вот что они сказали. Подобно своему отцу-бостонцу, он порой вкладывал деньги опрометчиво, причем не только свои, но и банка, и крах был таким, что он не мог придумать, как выкрутиться. Потом, однако, выяснилось, что катастрофа была не такой полной, как ему представлялось. После ряда мировых соглашений фамильный дом удалось сохранить, и за счет кое-какой мелкой недвижимости на окраине Сент-Луиса его вдова обеспечила себе небольшой доход до конца жизни.

Но в тот момент положение и впрямь выглядело тяжелым. Узнав по телефону о денежном крахе и самоубийстве Хораса Бостуика, Уильям Стоунер сообщил это известие Эдит настолько мягко и бережно, насколько позволило их взаимное отчуждение.

Эдит восприняла новость спокойно, как будто ожидала чего-то подобного. Какое-то время молча смотрела на Стоунера; потом покачала головой и рассеянно проговорила:

— Бедная мама. Как она теперь будет? Она же привыкла, чтобы о ней заботились. Как она одна проживет?

— Скажи ей... — Стоунер неуклюже запнулся. — Скажи ей, что она, если захочет, может жить у нас. Наш дом для нее открыт.

Эдит наградила его улыбкой, в которой были диковинно смешаны нежность и презрение.

— Ох, Уилли. Она скорее тоже застрелится. Разве ты не понимаешь?

Стоунер кивнул:

— Пожалуй, понимаю.

И вечером того же дня Эдит поехала в Сент-Луис на похороны с намерением пробыть там так долго, как будет нужно. Через неделю Стоунер получил от нее короткую записку, где говорилось, что она останется с мамой еще на две недели, а может быть, и дольше. Она отсутствовала почти два месяца, Уильям все это время жил с дочкой вдвоем в большом доме.

В первые дни пустота дома странно и неожиданно тревожила его. Но потом он привык и начал получать от этой пустоты удовольствие; не прошло и недели, как он осознал, что так хорошо ему давно не было, и мысль о неизбежном возвращении Эдит вызывала у него тихое сожаление, которого ему не было резона скрывать от самого себя.

Грейс, которой весной того года исполнилось шесть, с осени начала ходить в школу. Каждое утро Стоунер отправлял ее на занятия, во второй половине дня возвращался из университета с таким расчетом, чтобы к ее приходу быть дома.

В свои шесть лет Грейс была высокой стройной девочкой со светлыми волосами почти без рыжины, с очень чистой и белой кожей, с темно-синими, почти фиолетовыми глазами. Нрав у нее был тихий и приветливый, и ее радостная открытость всему на свете рождала у отца благоговение и умиленную зависть.

Иногда Грейс играла с соседскими детьми, но чаще сидела с отцом в его большом кабинете и смотрела, как он проверяет работы, читает, пишет. Порой заговаривала с ним, он отвечал, и начиналась тихая, серьезная беседа, вызывавшая у Стоунера наплыв такой нежности, на какую он не считал себя способным. Грейс неумело и трогательно рисовала на желтоватой бумаге и торжественно преподносила рисунки отцу, иногда читала ему вслух из книжки для первого класса. Уложив ее вечером спать, Стоунер, когда возвращался в свой кабинет, чувствовал ее отсутствие, и ему грело душу знание, что она в безопасности, что она спокойно спит этажом выше. Почти бессознательно он уже начал ее образовывать, и он с изумлением и любовью смотрел, как она растет, как ее лицо выказывает первые признаки работы ума.

Эдит вернулась в Колумбию только после Нового года, так что Рождество Уильям с дочерью отпраздновали вдвоем. Рождественским утром обменялись подарками; для некурящего отца Грейс в школе при университете, не чуждой новым веяниям, смастерила, как умела, пепельницу. Уильям подарил ей новое платье, которое сам выбрал в магазине, несколько книг и набор для раскрашивания. Большую часть дня просидели у небольшой елки: беседовали, любовались отблесками на елочных игрушках и мерцанием потаенного огня мишуры среди темно-зеленой хвои.

В рождественские каникулы — в этот странный пустой промежуток посреди напряженного семестра — Уильям Стоунер начал понимать две вещи: что Грейс стала занимать в его жизни чрезвычайно важное место и что он имеет шанс стать хорошим преподавателем.

Он был готов признать, что до сей поры таковым не был. С тех времен, как он с грехом пополам вел свои первые занятия по английскому у первокурсников, он постоянно ощущал разрыв между тем, что чувствовал, погружаясь в материал, и тем, что мог дать студентам. Он надеялся, что время и опыт постепенно уничтожат разрыв, но этого не происходило. То, во что он сильнее всего верил, что дороже всего ценил, он портил в аудитории самым безнадежным образом; живейшее из живого чахло, претворяясь в слова; что трогало его до глубины души, с языка сходило холодным. И гнетущее сознание своей несостоятельности сделалось привычным, таким же неотделимым от него, как сутулость.

Но в те недели, когда Эдит была в Сент-Луисе, он, читая лекции, временами так увлекался, что забывал и о своей преподавательской несостоятельности, и о себе, и даже о студентах в аудитории. Временами его так подхватывало и несло, что он начинал заикаться, жестикулировать и переставал обращать внимание на записи к лекциям, которыми обычно руководствовался. Поначалу его смущали эти всплески энтузиазма, он досадовал на свое слишком фамильярное обращение с предметом и извинялся перед студентами; но когда они начали подходить к нему после занятий, когда в их работах появились намеки на воображение и ростки несмелой любви, он стал решительнее делать то, чему его никогда не учили. Свою любовь к литературе, к языку, к таинственному выявлению движений ума и сердца через малозначащие на первый взгляд, странные, неожиданные сочетания букв и слов, через холодный черный шрифт, — любовь, которую он раньше скрывал как нечто недозволенное и опасное, он стал выражать — вначале робко, потом храбрее, потом гордо.

Открыв в себе новые возможности, он воодушевился и в то же время опечалился; он почувствовал, что в прошлом невольно обманывал и студентов, и самого себя. Те из студентов, кто до сих пор мог осваивать его предмет механически, за счет зубрежки, начали бросать на него озадаченные и неприязненные взгляды; с другой стороны, иные из тех, кто у него не учился, стали посещать его лекции и здороваться с ним в коридорах. Он говорил все уверенней и, говоря, ощущал прилив твердой, строгой теплоты. Он подозревал, что начинает — с опозданием на десять лет — понимать, кто он такой есть; и фигура, которая вырисовывалась, была и крупней, и мельче, чем он некогда воображал. Он чувствовал, что становится наконец преподавателем, то есть, попросту говоря, человеком, поднявшимся на уровень своей книги, человеком, которому уделена частичка от достоинства словесности, не имеющая ничего общего с его человеческой глупостью, слабостью и несостоятельностью. Этим знанием он ни с кем не мог поделиться напрямую, но оно изменило его так, что перемена была заметна всем.

Всем, включая Эдит, которая, вернувшись из Сент-Луиса, сразу увидела, что он стал другим, хоть ей и непонятно было, что именно с ним произошло. Она приехала без предупреждения дневным поездом и через гостиную прошла в кабинет, где тихо сидели ее муж и дочь. Она хотела поразить их не только внезапным приездом, но и новым обликом; но, когда Уильям поднял на нее глаза, ей, несмотря на удивление, которое в них возникло, мигом стало ясно, что настоящая метаморфоза произошла не с ней, а с ним, и такая глубокая, что ее появление не произвело того эффекта, на какой она рассчитывала; и ей чуть отрешенно, но все же не без удивления, подумалось: надо же, я и не представляла себе, что так хорошо его знаю.

Уильям не ожидал ни ее приезда, ни перемены внешности, но ни то ни другое не могло сейчас подействовать на него так, как подействовало бы раньше. Он смотрел на нее несколько секунд, потом встал из-за стола, прошел через кабинет и серьезным тоном с ней поздоровался.

Эдит коротко постриглась, и на ней была модная облегающая шляпка, благодаря которой волосы образовывали этакую прихотливую рамку для лица; губы она накрасила яркой оранжево-красной помадой, скулы слегка подчеркнула при помощи румян. Короткое платье было из тех, что за последние несколько лет стали модными среди молодых женщин: оно свисало с плеч прямыми линиями и заканчивалось чуть выше колен. Она смущенно улыбнулась мужу и двинулась к дочери, которая тихо и изучающе смотрела на нее, сидя на полу. Эдит неловко присела на корточки, новое платье туго обхватывало ей ноги.

— Грейси, радость моя, — произнесла она голосом, который показался Уильяму ломким и неестественным, — ты скучала по маме? Думала, она никогда не вернется?

Грейс, глядя на мать без улыбки, поцеловала ее в щеку.

— У тебя другой вид, — сказала она.

Эдит рассмеялась, встала во весь рост и крутанулась волчком, подняв руки над головой.

— У меня новое платье, новые туфли и новая прическа. Нравится тебе?

Грейс неуверенно кивнула.

— У тебя другой вид, — повторила она.

Эдит улыбнулась шире; на одном из ее зубов виднелось бледное пятнышко губной помады. Она повернулась к Уильяму:

— Другой у меня вид?

— Да, — подтвердил Уильям. — Очень мило. Красиво.

Она со смехом покачала головой.

— Бедный Уилли, — сказала она. Потом снова обратилась к дочке: — Не только вид, я и сама теперь другая. Правда-правда.

Но Уильям Стоунер знал, что она говорит это ему.
И каким-то образом тотчас же понял, что непреднамеренно, сама не отдавая себе в этом отчета, она объявляет ему новую войну.

Глава VIII

Это объявление было одним из результатов перемены, которую Эдит начала совершать в себе в те недели, что провела "дома" в Сент-Луисе после смерти отца. А ускорителем этого превращения, придавшим со временем тому, что она делала, немалую остроту и ожесточенность, стала другая перемена — та, что медленно происходила с Уильямом Стоунером после того, как он обнаружил в себе способность стать хорошим преподавателем.

На заупокойной службе по отцу Эдит была на удивление бесстрастна. На всем протяжении сложного ритуала она сидела прямая и с каменным лицом, и выражение ее лица не изменилось, когда ей пришлось пройти мимо богато украшенного гроба с дородным, пышно убранным телом отца. Но на кладбище, когда гроб опускали в узкую яму, обложенную ковриками с искусственной травой, она, наклонив ничего не выражающее лицо, закрыла его ладонями и не поднимала, пока кто-то не тронул ее за плечо.

После похорон она несколько дней провела в своей старой комнате, где жила в детстве; с матерью виделась только за завтраком и ужином. Посетители полагали, что она в одиночестве переживает утрату. "Они были очень близки, — таинственным тоном сообщала им мать Эдит. — Гораздо ближе, чем могло показаться".

А Эдит, войдя в комнату, обошла ее точно в первый раз, свободно, трогая стены и окна — как будто проверяя их на прочность. По ее просьбе с чердака спустили сундук с ее детским имуществом; она прошлась по всем ящикам комода, не выдвигавшимся десять лет с лишним. С задумчиво-досужим видом, так, словно времени у нее в запасе была уйма, она перебрала все свои вещицы — гладила их, поворачивала так и этак, разглядывала и исследовала с чуть ли не ритуальным тщанием. Когда попадалось письмо, полученное в детстве, она прочитывала его от начала до конца, как впервые; когда попадалась забытая кукла, она улыбалась ей и ласкала раскрашенное фарфоровое личико, точно опять стала ребенком, получившим подарок.

В итоге она аккуратно разложила свое детское добро по двум кучкам. В одной были игрушки и безделушки, которые она купила себе сама, секретные фотографии, письма от школьных подружек, подарки, полученные от дальних родственников; в другой — то, что подарил отец, и вообще все, что имело к нему прямое или косвенное отношение. Этой кучке она уделила главное внимание. Методично, без радости и без злобы, с ничего не выражающим лицом она брала предметы по одному и уничтожала их. Письма, одежду, мягкую внутренность кукол, подушечки для иголок и картинки — сожгла в камине; глиняные и фарфоровые кукольные головки, ручки и ножки — измельчила в порошок на кирпичах перед камином; то, что после всего этого осталось, собрала метлой и спустила в уборную, которая имелась при комнате.

Когда дело было сделано, когда выветрился дым, когда камин был выметен, а немногие оставшиеся вещи положены обратно в комод, Эдит Бостуик Стоунер села к своему маленькому туалетному столику и посмотрелась в зеркало, в котором лицо выглядело диковинно неполным: из-за того, что серебряная амальгама кое-где истончилась или вовсе стерлась, оно местами не отражалось или отражалось плохо. Ей было тридцать лет. Волосы уже начали утрачивать юный блеск, от глаз лучиками пошли крохотные морщинки, кожа теперь туже обтягивала острые скулы. Она кивнула отражению, резко встала и сошла вниз, где впервые за эти дни заговорила с матерью приветливо и почти доверительно.

Ей нужна, сообщила она матери, перемена в себе самой. Она слишком долго была тем, чем была; она высказалась о своем детстве, о замужестве. Из источников, о которых она могла говорить лишь в неопределенных выражениях, она почерпнула образ, который ей хотелось воплотить; и те два месяца, что она прожила в Сент-Луисе у матери, она почти целиком посвятила этому воплощению.

Она попросила у матери взаймы определенную сумму, и та в порыве щедрости ей эти деньги просто подарила. Она полностью обновила свой гардероб, причем всю одежду, привезенную из Колумбии, сожгла; она коротко и модно постриглась; она накупила косметики и духов, в использовании которых ежедневно практиковалась у себя в комнате. Она научилась курить и усвоила новую манеру разговаривать: ломким, чуточку пронзительным голосом с намеком на британский выговор. И, вполне осознанно осуществив эту внешнюю перемену, вернулась в Колумбию с тайным зарядом иной перемены, который несла внутри.

В первые несколько месяцев после приезда она развила лихорадочную деятельность; похоже, отпала необходимость притворяться перед собой, что она нездорова или слаба. Она примкнула к маленькой театральной труппе и делала то, что ей поручали: придумывала и расписывала декорации, собирала для труппы деньги и даже сыграла несколько небольших ролей. Возвращаясь домой после работы, Стоунер обнаруживал, что гостиная полна ее знакомых — чужих ему людей, смотревших на него как на незваного гостя, людей, которым он вежливо кивал, проходя мимо них в свой кабинет, куда затем сквозь закрытую дверь приглушенно доносились их декламирующие голоса.

Эдит купила подержанное пианино и поставила в гостиной к стене, отделявшей ее от кабинета Уильяма; незадолго до их свадьбы она перестала практиковаться в музыке и теперь начала почти с самого начала: разучивала гаммы, пыталась делать слишком трудные для себя упражнения, играла порой два-три часа в день, часто по вечерам, когда Грейс была уложена спать.

Группы студентов, приходившие к Стоунеру для бесед, тем временем увеличились, и встречи стали более частыми; Эдит теперь уже не хотела сидеть наверху, оставаясь не у дел. Она настойчиво предлагала им чаю или кофе и, подав, присоединялась к компании. Разговаривала громко и оживленно, стараясь навести беседу на свою театральную деятельность, на свою музыку, на живопись и скульптуру, которыми, по ее словам, она намеревалась снова заняться, когда будет время. Студенты, озадаченные и смущенные, постепенно перестали приходить, и Стоунер начал встречаться с ними за кофе в университетской столовой или в каком-либо из маленьких кафе около кампуса.

Он не обсуждал с Эдит перемену в ее поведении; неудобства, которые он из-за нее испытывал, были небольшими, и Эдит выглядела веселой, хотя, пожалуй, не без лихорадочности. Он себя в конечном счете считал ответственным за новое направление, которое приняла ее жизнь: ведь он не сумел наполнить для нее смыслом их совместное существование, их супружество. А раз так, она имела право искать смысл в малознакомых ему сферах, ходить путями, которыми он двигаться не мог.

Вдохновленный своими преподавательскими успехами и своей растущей популярностью среди наиболее восприимчивых аспирантов, он летом 1930 года начал новую книгу. Почти все свободное время он теперь проводил у себя кабинете. Они с Эдит продолжали делать вид, что пользуются одной спальней, но на самом деле он редко туда заходил и никогда в ней не ночевал. Он спал в кабинете на кушетке и даже одежду свою держал в маленьком стенном шкафу, который там соорудил в углу.

Но у него была Грейс. Она и теперь подолгу сидела в его кабинете, привыкнув к этому за время длительной отлучки Эдит; Стоунер даже раздобыл для дочери маленький письменный столик и стульчик, так что ей теперь было в этой комнате где читать и готовить уроки. Они и ели чаще всего вдвоем: Эдит много времени проводила вне дома, а когда была на месте, к ней часто приходили ее театральные знакомые, и эти маленькие вечеринки присутствия ребенка не предполагали.

И вдруг все резко переменилось: Эдит опять стала домашним существом. Они снова теперь садились за стол в полном составе, и Эдит даже начала чуть больше заниматься хозяйством. В доме сделалось тихо; даже пианино не звучало, и на клавиатуре собиралась пыль.

С некоторых пор они, когда были вместе, старались поменьше говорить о себе или друг о друге, чтобы не нарушить хрупкое равновесие совместной жизни. Поэтому Стоунер только после долгих колебаний и размышлений о возможных последствиях спросил ее, не случилось ли что-нибудь.

Они сидели за столом после ужина; Грейс уже поела и пошла с книжкой в кабинет Стоунера.

— Ты о чем, не понимаю? — спросила Эдит.

— Твои друзья, — сказал Уильям. — Их довольно давно уже не было, и ты, кажется, теперь не так сильно увлечена театральными делами. Мне просто захотелось узнать: может быть, что-то случилось?

Почти мужским движением Эдит вытряхнула из пачки, лежавшей около ее тарелки, сигарету, взяла в рот и зажгла от предыдущей, выкуренной наполовину. Глубоко затянулась и, не вынимая сигареты изо рта, откинула голову немного назад; взгляд ее прищуренных глаз был расчетливым и немного насмешливым.

— Ничего не случилось, — ответила она. — Просто мне надоели и они, и театральные дела. Разве что-то обязательно должно случиться?

— Нет, — сказал Уильям. — Я просто подумал: может быть, ты нездорова, или еще что-нибудь.

Вскоре он, думая уже о другом, поднялся из-за стола и отправился в кабинет, где, погруженная в чтение, сидела за своим столиком Грейс. Ее волосы сияли под светом настольной лампы, придававшим серьезному личику четкие очертания. Она выросла за год, подумал Уильям; и горло на секунду сжала печаль, несильная, в чем-то даже приятная. Он улыбнулся и тихо прошел к своему столу.

Минуту спустя он уже с головой окунулся в работу. Все текущие учебные дела были сделаны накануне вечером: студенческие работы проверены, оценки выставлены, и он подготовился к занятиям на все дни до конца недели. Он предвкушал сегодняшний вечер и еще несколько вечеров, когда сможет, не отвлекаясь, работать над книгой. Чего он хочет от новой книги, он пока точно не знал; в общих чертах — он намеревался расширить первое свое исследование как по времени, так и по охвату материала. Он хотел взять период английского Ренессанса и распространить на него свои изыскания, касающиеся влияний со стороны античной и средневековой латинской литературы. Он был еще на этапе планирования, и этот этап доставлял ему наибольшее удовольствие:

можно было выбирать между разными подходами, принимать или отвергать стратегии, взвешивать последствия выбора, вглядываться в неопределенности и тайны, которыми чреваты неисследованные возможности... Возможности, которые он видел, так радовали его, что он не мог усидеть на месте. Он встал из-за стола, немного походил и в приливе радости, которой не мог дать полную волю, заговорил с дочерью; она подняла глаза от книги и ответила ему.

Она почувствовала его настроение, и что-то сказанное им рассмешило ее. И вот они уже оба смеются, самозабвенно, словно он стал ее сверстником. Вдруг дверь открылась, и в полутемный кабинет устремился резкий свет из гостиной. На фоне светлого прямоугольника стояла Эдит.

— Грейс, — произнесла она медленно и отчетливо, — твой отец пытается работать. Тебе не следует ему мешать.

Уильям и его дочь были до того ошеломлены этим внезапным вторжением, что безмолвно замерли. Чуть погодя Уильям обрел дар речи:

— Все в порядке, Эдит. Она мне не мешает.

Но Эдит точно не слышала:

— Грейс, я что тебе сказала! Выйди сюда немедленно.

Ошарашенная Грейс встала со стула и двинулась к двери. Посреди кабинета приостановилась и посмотрела сначала на отца, потом на мать. Эдит вновь заговорила было, но Уильям ее перебил.

— Все в порядке, Грейс, — промолвил он так мягко, как только мог. — Все хорошо. Иди к маме.

Когда Грейс вышла в гостиную, Эдит сказала мужу:

— Ребенок был абсолютно предоставлен самому себе. Она слишком тихая, вся какая-то отрешенная, — это ненормально. Она чересчур много времени проводила одна. Ей надо быть активнее, играть с детьми своего возраста. Ты, похоже, не понимаешь, до чего она была несчастна.

И она захлопнула дверь, не дожидаясь ответа.

Он долго стоял не двигаясь. Потом посмотрел на свой письменный стол, заваленный бумагами и открытыми книгами; медленно подошел к столу и стал бесцельно перекладывать книги и записи. Потом, хмурясь, еще с минуту помедлил, точно пытался что-то припомнить. После этого повернулся, подошел к столику Грейс и постоял около него, как стоял у своего стола. Погасил дочкину лампу, так что поверхность стола сделалась серой и безжизненной; потом подошел к кушетке, лег на спину и долго лежал с открытыми глазами, глядя в потолок.

Громада надвигалась на него постепенно, и поэтому отдавать себе полный отчет в том, что делает Эдит, он начал только через несколько недель; и когда он наконец все понял, он почти не испытал удивления. Эдит вела свою кампанию так умно, так умело, что повода для внятного, обоснованного протеста он найти не мог. После того внезапного и грубого вторжения в его кабинет, рассчитанного — он видел это теперь — на то, чтобы застать его врасплох, тактика Эдит стала не столь прямолинейной, стала более тихой и завуалированной. Против этой тактики военных действий, замаскированных под любовь и заботу, он был бессилен.

Эдит теперь почти все время проводила дома. Утром и днем, пока Грейс была в школе, она обустраи-

вала ее спальню. Эдит переместила туда из кабинета
Стоунера ее маленький письменный стол, отполи-
ровала его заново, покрасила в светло-розовый цвет
и обтянула столешницу по краям широкой сборчатой
атласной лентой того же оттенка, так что от прежнего стола, привычного Грейс, не осталось ничего; однажды — Грейс немо стояла рядом — она перебрала
всю одежду, которую Уильям купил дочери, большую
часть отвергла и пообещала Грейс, что в ближайший
выходной они отправятся по магазинам и заменят от-
вергнутое чем-то "более подходящим для девочки".
Так и произошло. Под вечер выходного дня, усталая,
но торжествующая, Эдит вернулась с изрядным чис-
лом пакетов и с измученной дочкой; Грейс было до-
нельзя неловко в новом, жестком от крахмала и с мил-
лионом складочек и оборочек платье, из-под пузыря-
щегося подола которого жалкими спичками торчали
ее тонкие ноги.

Эдит покупала дочери кукол и игрушки и стояла над ней, пока та играла, как будто игра была обя-
занностью; она начала учить ее на пианино и сидела
рядом на скамеечке, когда Грейс упражнялась; по любому поводу Эдит устраивала маленькие детские вечеринки, приглашая соседских мальчиков и девочек,
которые приходили мрачные, злые из-за неудобной
праздничной одежды; она строго следила за чтением
Грейс и приготовлением уроков, запрещая ей заниматься сверх отпущенного времени.

Теперь повседневными гостями Эдит были матери, жившие по соседству. Они приходили по утрам, пока дети были в школе, пить кофе и беседовать;
во второй половине дня они приводили детей с собой,

поглядывали, как те играют вместе в большой гостиной, и болтали о том о сем поверх шума и беготни.

Стоунер в это время обычно сидел у себя в кабинете, и многое, что громко на фоне детских голосов говорили матери, было ему слышно.

Однажды, когда шум ненадолго утих, до него долетели слова Эдит:

— Бедная Грейс. Она так любит отца, а у него для нее совсем нет времени. Работа, работа… И он ведь начал новую книгу.

Опустив с каким-то отрешенным любопытством взгляд на свои руки, державшие книгу, он увидел, что они дрожат. Секунда шла за секундой, а дрожь не прекращалась, пока наконец он не унял ее, засунув руки глубоко в карманы, сжав там в кулаки и не вынимая.

Он теперь почти не общался с дочкой. Ели они втроем, но он редко отваживался обращаться к ней за столом: если он с ней заговаривал и Грейс отвечала, Эдит вскоре находила какой-нибудь изъян в застольных манерах Грейс или в том, как она сидит, и делала ей такое резкое замечание, что до конца еды девочка пришибленно молчала.

И без того худощавое тельце Грейс делалось еще тоньше; Эдит мягко посмеивалась над тем, что она "растет в стебель". Взгляд девочки часто был напряженно-внимательным, почти настороженным; былое выражение тихой безмятежности сменилось, на одном полюсе, легким налетом хмурости, на другом — буйной веселостью на грани истерики; улыбалась она теперь мало, зато хохотала то и дело. А когда все-таки улыбалась, это выглядело так, будто на лице промелькнул призрак улыбки. Однажды, когда Эдит была наверху, Уильям случайно сошелся с дочкой в гостиной. Грейс застенчиво улыбнулась ему, и в невольном порыве он опустился на колени и обнял ее. Он почувствовал, как ее тело напряглось, и увидел, что лицо стало смущенным и испуганным. Мягко отпустив ее, он встал, сказал что-то малозначащее и ушел в свой кабинет.

На следующее утро он, позавтракав, остался за столом, дожидаясь, пока Грейс уйдет в школу, хоть и знал, что опоздает к началу девятичасовых занятий. Проводив Грейс к выходу, Эдит не вернулась в столовую, и он понял, что она его избегает. Он вошел в гостиную, где его жена сидела на конце дивана с чашкой кофе и сигаретой.

Без предисловий он заявил:

— Эдит, мне не нравится то, что происходит с Грейс.

Мгновенно, как будто ждала момента для выученной реплики, она спросила:

— Что ты имеешь в виду?

Он опустился на противоположный конец дивана. Им овладело ощущение беспомощности.

— Ты знаешь, что я имею в виду, — устало сказал он. — Полегче с ней. Не наседай на нее так.

Эдит раздавила окурок о блюдце.

— Грейс счастлива как никогда. У нее теперь есть подружки, ей есть чем заняться. Я понимаю, ты слишком занят, чтобы замечать такие вещи, но... неужели ты не видишь, насколько более общительной она стала? И она смеется. Раньше она никогда не смеялась. Почти никогда.

Уильям смотрел на нее в тихом изумлении.

— Ты действительно так думаешь?

— Конечно, — сказала Эдит. — Я мать, я знаю, что говорю.

Да, понял Стоунер, она действительно так думает. Он покачал головой.

— Я не хотел признаваться в этом себе, — произнес он, чувствуя некий странный покой, — но ты всерьез меня ненавидишь, правда, Эдит?

— Что? — Удивление в ее голосе было искренним. — Ох, Уилли! — Она звонко, непринужденно рассмеялась. — Не говори глупостей. Конечно нет. Ты мой муж.

— Не используй ребенка. — Его голос дрожал, и он не мог ничего с этим поделать. — В этом больше нет необходимости, и ты это знаешь. Что угодно другое. Но если ты и дальше будешь использовать Грейс, то я…

Он запнулся. Немного помолчав, Эдит спросила:

— То ты что? — Она говорила негромко и без вызова. — Ты можешь только уйти от меня, а этого ты никогда не сделаешь. Мы оба это знаем.

Он кивнул:

— Пожалуй, ты права.

Он незряче встал и отправился в свой кабинет. Достал из шкафа пальто и взял портфель, стоявший около письменного стола. Когда он шел через гостиную, Эдит снова обратилась к нему:

— Уилли, я не причиню Грейс вреда. Как ты не понимаешь? Я люблю ее. Она моя родная дочь.

И он знал, что она не лжет; да, она любила ее. Он едва не закричал — так мучительна была эта истина. Он покачал головой и вышел на улицу.

Придя вечером домой, он увидел, что за день Эдит с помощью грузчика вынесла все его имущество из кабинета. В гостиной, задвинутые в угол, стояли письменный стол и кушетка, а вокруг них была бесцеремонно нагромождена его одежда, лежали его бумаги и все книги.

Поскольку, объяснила ему Эдит, она теперь больше времени будет проводить дома, она решила снова заняться живописью и скульптурой; его кабинет окном на север — единственное место в доме с подходящим освещением. Она знала, сказала Эдит, что он не будет против; он может использовать застекленную веранду с тыльной стороны дома; она дальше от гостиной, чем кабинет, и поэтому там тише, он сможет работать без помех.

Но веранда была такая маленькая, что расставить там книги хоть в каком-то порядке было невозможно, и ни его письменный стол, ни кушетка там не помещались, так что он перетащил и то и другое в подвал. Зимой веранду трудно было обогреть, летом, он знал, солнце будет накалять ее так, что долго там находиться станет почти невозможно. Тем не менее он проработал там несколько месяцев. Он раздобыл маленький столик и использовал его как письменный, купил переносной обогреватель, чтобы уменьшить холод, который вечерами проникал сквозь тонкие дощатые стены. Спать он стал на диване в гостиной.

После нескольких месяцев относительного мира, пусть и неуютного, он начал, возвращаясь из университета, обнаруживать на веранде, служившей теперь его кабинетом, разную небрежно оставленную домашнюю дребедень: сломанные лампы, коврики, сундучки, коробки со всякой всячиной.

— В подвале очень сыро, — сказала ему Эдит, — вещи
портятся. Ты ведь не будешь против, если это полежит
здесь какое-то время?

Как-то раз весной он, придя с работы в сильный
дождь, увидел, что ветер разбил одно из стекол веран-
ды; дождь начал захлестывать внутрь и испортил несколько книг, а многие его записи сделал нечитаемы-
ми. Несколько недель спустя Эдит в его отсутствие
разрешила Грейс с подружками поиграть на веранде,
и они порвали и помяли еще кое-какие его бумаги,
в том числе первые страницы рукописи новой книги.

— Я только на несколько минут их туда пустила, —
сказала Эдит. — Ведь где-то же надо детям играть.
Но я понятия не имела. Тебе надо поговорить с Грейс.
Я ей объясняла, как важна для тебя работа.

После этого он сдался. Часть книг — сколько
можно было разместить — перенес в свой кабинет
в университете, который делил с тремя более молодыми преподавателями, и стал просиживать там большую часть того времени, что прежде тратил на занятия дома; он приходил домой рано лишь в те дни,
когда тоска по мимолетному взгляду на дочь, по не-
долгому разговору с ней становилась невыносимой.

Но в университетском кабинете много книг поставить было негде, и работа над рукописью часто
прерывалась из-за того, что у него под рукой не было необходимых текстов; кроме того, один из его соседей по кабинету, серьезный молодой человек, имел
привычку назначать студентам консультации на вечернее время, и монотонные разговоры, доносившиеся из другого конца комнаты, отвлекали Стоунера,
мешали ему сосредоточиться. Он начал утрачивать

интерес к книге; работа замедлилась, а потом и вовсе остановилась. Он понял, что с какого-то момента она была для него не более чем убежищем, гаванью, предлогом для того, чтобы вечерами сидеть в кабинете. Он продолжал проводить там время, читал, думал и наконец стал обретать некое успокоение, получать удовольствие от того, чем занимался, от познания, не преследующего никакой определенной цели; на него порой даже нисходила тень былой радости.

И Эдит ослабила хватку, ее внимание к Грейс стало менее навязчивым, так что девочка начала иногда улыбаться и даже временами разговаривала с ним довольно-таки непринужденно. Так его существование сделалось сносным — можно было жить и даже изредка чувствовать себя счастливым.

Глава IX

Срок временного пребывания Гордона Финча на должности заведующего кафедрой английского языка после смерти Арчера Слоуна продлевался из года в год, и все преподаватели кафедры в конце концов привыкли к некоторой безалаберности в составлении расписаний, в том, как делались новые назначения, как решались повседневные вопросы жизни; так или иначе, один учебный год сменялся другим. Все понимали, что постоянный заведующий будет назначен лишь после того, как Финч официально займет должность декана колледжа гуманитарных и естественных наук, которую он давно уже исполнял фактически; Джосайя Клэрмонт между тем умирать не собирался, хотя его теперь крайне редко видели блуждающим по университетским коридорам.

Преподаватели кафедры делали свое дело, читали год за годом одни и те же курсы, заходили в свободные часы между занятиями друг к другу в кабинеты. Все вместе официально собирались только в начале каждого семестра, когда Гордон Финч устраивал рутинное заседание кафедры, и после того, как декан аспирантского колледжа извещал их о предстоящих устных экзаменах для аспирантов и защитах диссертаций.

На эти экзамены и защиты Стоунеру приходилось тратить все больше времени. Дело в том, что он, к его удивлению, начал приобретать как преподаватель некоторую популярность; он волей-неволей должен был отказать некоторым желающим участвовать в его аспирантском семинаре "Латинская традиция и литература Ренессанса", а его обзорные курсы для студентов всегда собирали полные аудитории. Некоторые аспиранты просили его стать научным руководителем, другие — войти в диссертационную комиссию.

Осенью 1931 года семинар еще до регистрации был почти набран; многие записались к Стоунеру в конце прошлого учебного года или летом. Но через несколько дней после первого занятия семинара к нему в кабинет пришел аспирант и попросил включить его в список.

Стоунер как раз смотрел на этот список и думал, какую кому дать тему для самостоятельного исследования; решить было непросто, потому что далеко не всех он знал. Дело было сентябрьским днем, он сидел у открытого окна; солнце светило с тыла, из-за фасада огромного здания, и тень на зеленой лужайке перед корпусом в точности повторяла его очертания, включая полусферический купол; ломаная линия крыши, уходя по зелени вдаль, растворялась в пространстве за пределами кампуса. В прохладном воздухе, веявшем сквозь окно, чувствовался бодрящий запах осени.

Раздался стук; он повернул голову к открытой двери и сказал: "Входите".

Из сумрачного коридора в светлую комнату, шаркая, вошел человек. Стоунер моргнул, точно со сна, увидев учащегося, с которым он встречался в коридорах, но знаком не был. Плохо гнущаяся левая рука посетителя расслабленно висела, левую ногу он подволакивал. Лицо бледное, круглое, стекла роговых очков тоже круглые, черные жидкие волосы, разделенные аккуратным боковым пробором, гладко лежали на круглом черепе.

— Доктор Стоунер? — спросил вошедший; голос у него был пронзительный, и говорил он отчетливо, не растягивая гласных.

— Да, — ответил Стоунер. — Садитесь, пожалуйста.

Молодой человек опустился на деревянный стул, стоявший подле стола Стоунера; вытянув распрямленную ногу, он положил на нее левую кисть, которая постоянно была полусжата в кулак. Он улыбнулся, тряхнул головой и промолвил странноватым самоуничижительным тоном:

— Вы меня не знаете, сэр; меня зовут Чарльз Уокер. Я аспирант второго года обучения, ассистирую доктору Ломаксу.

— Понимаю, мистер Уокер, — сказал Стоунер. — Чем могу быть полезен?

— Я пришел к вам, сэр, чтобы попросить об одолжении. — Уокер снова улыбнулся. — Я знаю, что на вашем семинаре свободных мест нет, но я очень хочу в нем участвовать. — Он сделал паузу и со значением произнес: — Мне доктор Ломакс предложил поговорить с вами.

— Ясно, — сказал Стоунер. — Какая у вас специализация, мистер Уокер?

— Поэты-романтики, — ответил Уокер. — Научный руководитель диссертации — доктор Ломакс.

Стоунер кивнул.

— Как далеко вы продвинулись в работе над диссертацией?

— Надеюсь завершить через два года, — сказал Уокер.

— Тогда есть простой выход, — заметил Стоунер. — Я веду этот семинар каждый год. Сейчас на него действительно записалось так много народу, что это почти уже и не семинар, а добавится еще один человек — будет совсем уж бог знает что. Приходите на следующий год, если вас и правда интересует эта тема.

Уокер отвел глаза.

— Откровенно говоря, — сказал он, одаряя Стоунера новой улыбкой, — я пал жертвой недоразумения. Исключительно по своей вине, конечно. Я не принял во внимание, что аспирант, чтобы получить степень, должен прослушать как минимум четыре аспирантских семинара, и в прошлом году не ходил ни на один. В каждом семестре, как вы знаете, разрешают записаться только на один семинар. Поэтому, чтобы через два года стать доктором философии, мне нужен семинар в этом семестре.

Стоунер вздохнул:

— Понимаю. Значит, какого-то особого интереса к влиянию латинской традиции вы не испытываете?

— Испытываю, сэр, очень даже испытываю. Семинар будет весьма полезен для моей диссертации.

— Мистер Уокер, вам следует знать, что это весьма специализированные занятия и я не поощряю участия тех, кого их тематика мало интересует.

— Я знаю, сэр, — сказал Уокер. — Заверяю вас, она меня чрезвычайно интересует.

Стоунер кивнул.

— Как у вас с латынью?

Уокер опять тряхнул головой:

— Прекрасно, сэр. Экзамена я еще не сдавал, но читаю очень хорошо.

— Французский, немецкий изучаете?

— О да, сэр. По ним я тоже пока не экзаменовался; я думал сдать все одним махом в конце этого года. Но я уже очень хорошо читаю и на том, и на другом. — Помолчав, Уокер добавил: — Доктор Ломакс сказал, что он уверен в моей способности работать на семинаре.

— Хорошо, — со вздохом сказал Стоунер. — Придется много читать на латыни; на французском и немецком гораздо меньше, можно даже и вовсе без них обойтись. Я дам вам список чтения, и в следующую среду мы обсудим вашу тему для моего семинара.

Уокер рассыпался в благодарностях и не без труда встал со стула.

— Начну читать не откладывая, — сказал он. — Я уверен, сэр, вы не пожалеете, что приняли меня в свой семинар.

Стоунер взглянул на него с легким удивлением.

— Мне такое и в голову не приходило, мистер Уокер, — промолвил он сухо. — Увидимся в среду.

Семинар проходил в небольшом подвальном помещении в южном крыле Джесси-Холла. От цементных стен шел сырой, но чем-то даже приятный запах, подошвы глухо шаркали по голому цементному же полу. С потолка посреди комнаты свисала единственная лампа, и светила она вниз, поэтому тех, кто сидел за центральными столами, заливало сияние, тогда как стены были серые, тусклые, в углах почти черные: гладкий некрашеный цемент, казалось, всасывал в себя потолочный свет.

В ту вторую семинарскую среду Уильям Стоунер на несколько минут опоздал; он произнес какие-то вступительные слова и стал раскладывать свои книги и бумаги на небольшом приземистом столе из мореного дуба, стоявшем перед доской. Потом оглядел небольшую группу участников семинара. С некоторыми он был неплохо знаком. Двое работали над докторскими диссертациями под его руководством; еще четверо учились на кафедре в магистратуре, а до этого студентами слушали его курсы; из остальных трое специализировались по современной литературе, один писал диссертацию по философии о схоластах, одна женщина за сорок, школьная учительница, пыталась получить диплом магистра гуманитарных наук во время творческого отпуска, и, наконец, присутствовала темноволосая молодая женщина, которая недавно устроилась на два года преподавательницей на их кафедру, чтобы за это время расширить до диссертации курсовую работу, написанную в одном из университетов на востоке страны. Она попросила у Стоунера разрешения ходить на семинар вольнослушательницей, и он ей позволил. Чарльза Уокера в аудитории не было. Стоунер еще немного помедлил, перекладывая бумаги, потом откашлялся и начал:

— На нашем первом занятии мы обсудили круг тем, которые будем затрагивать на этом семинаре, и решили, что ограничим изучение средневековой латинской традиции первыми тремя из семи так называемых свободных искусств, а именно грамматикой, риторикой и диалектикой.

Он сделал паузу и оглядел лица слушателей — у кого-то неуверенное, у кого-то любопытное, у кого-то маска, а не лицо, — убеждаясь, что все уделяют ему и его словам должное внимание.

— Такое ограничение может некоторым из вас показаться неразумным и педантичным; но у меня нет сомнений, что мы найдем, чем заниматься, даже если попробуем лишь поверхностно проследить судьбу этой тройки — средневекового тривиума — вплоть до шестнадцатого века. Важно понимать, что смысл, который риторика, грамматика и диалектика имели для людей Позднего Средневековья и Раннего Ренессанса, мы сегодня можем лишь очень смутно ощущать, если не прибегаем к помощи исторического воображения. Грамматика, к примеру, для ученого тех времен была не просто механическим расположением частей речи. Начиная с эпохи позднего эллинизма и на протяжении всех Средних веков изучение грамматики и ее практическое использование включали в себя не только "владение буквами", о котором говорят Платон и Аристотель, они включали в себя — и это стало очень важным — изучение поэзии на ее технически наиболее удачных образцах, истолкование поэтических произведений с точки зрения формы и содержания, а также вопросы стиля — в той мере, в какой их можно отграничить от риторики.

Он чувствовал, что тема его увлекает, и видел, что некоторые из слушателей подались вперед и перестали вести записи. Он продолжил:

— Более того, если нас, людей двадцатого века, спросить, какое из этих трех "искусств" самое важное, мы, скорее всего, назовем диалектику или риторику — весьма маловероятно, что грамматику. Но древнеримский или средневековый филолог — или поэт — почти наверняка поставил бы грамматику на первое место. Нам следует иметь в виду…

Его прервал громкий шум. Дверь комнаты открылась, и вошел Чарльз Уокер; когда он закрывал дверь, книги, которые он держал под мышкой увечной руки, выскользнули и упали на пол. Он неуклюже нагнулся, вытянув назад плохо действующую ногу, и медленно собрал книги и бумаги. Потом выпрямился и с режущим слух шарканьем двинулся дальше, шурша подошвой по голому цементному полу гулкой аудитории. Нашел свободный стул в первом ряду и сел.

Когда Уокер уселся и разложил на столе свои бумаги и книги, Стоунер продолжил:

— Нам следует иметь в виду, что в Средние века понимание грамматики было еще более широким, чем во времена позднего эллинизма и в Древнем Риме. Она включала в себя не только правила устной и письменной речи и искусство истолкования, но и концепции той эпохи, касающиеся аналогии, этимологии, методики подачи материала, композиции, границ поэтической вольности, возможностей выхода за эти границы — и даже метафорического языка, основанного на фигурах речи.

Говоря дальше, более подробно характеризуя разделы грамматики, которые назвал, Стоунер в то же время оглядывал аудиторию; он понимал, что Уокер своим появлением отвлек внимание слушателей и пройдет какое-то время, прежде чем ему удастся снова завладеть им как следует. Раз за разом он с любопытством скашивал глаза на Уокера, который вначале лихорадочно вел записи, но затем стал останавливаться и наконец, недоуменно хмурясь и глядя на Стоунера, и вовсе положил карандаш. Минуту спустя он поднял руку; Стоунер закончил фразу и кивнул ему.

— Сэр, — сказал Уокер, — прошу прощения, но я не понимаю. Что общего может иметь... — он сделал паузу и презрительно скривил губы, — *грамматика* с поэзией? Фундаментально, я имею в виду. С *подлинной* поэзией.

Стоунер мягко ответил:

— Как я объяснил до вашего прихода, мистер Уокер, слово "грамматика" как для римских, так и для средневековых риторов заключало в себе куда больше, чем для нас сейчас. Для них оно означало... — Он умолк, почувствовав, что начал говорить то же самое по второму разу; слышно было, как слушатели заерзали. — Я думаю, вам это станет яснее, когда мы продвинемся дальше, когда мы увидим, до какой степени поэты и драматурги даже Высокого и Позднего Ренессанса были в долгу перед латинскими риторами.

— Все без исключения, сэр? — Уокер улыбнулся и откинулся на спинку стула. — Разве не сказал Сэмюэл Джонсон о Шекспире, что он латынь знал так себе, а греческий еще хуже?

В аудитории раздались сдавленные смешки, и Стоунер ощутил своего рода жалость к этому человеку.

— Вы, конечно, хотели сказать: Бен Джонсон.

Уокер снял очки и стал их протирать, беспомощно моргая.

— Разумеется, — сказал он. — Я оговорился.

Хотя Уокер прерывал его еще несколько раз, Стоунер сумел без особых затруднений прочесть свою лекцию и раздать темы для первых докладов. Он окончил семинар почти на полчаса раньше и, заметив, что Уокер с застывшей улыбкой, шаркая, движется в его сторону, поспешил выйти из аудитории. Быстро простучал ногами по деревянной лестнице подвала, а затем, шагая через ступеньку, чуть ли не взбежал по гладкой мраморной лестнице на второй этаж; у него было диковинное ощущение, что Уокер упрямо его преследует. Вдруг он устыдился своего бегства; стремительно пришло чувство вины.

На третьем этаже он направился прямо к Ломаксу. Тот разговаривал со студентом у себя в кабинете. Просунув голову в дверь, Стоунер спросил:

— Холли, можно будет поговорить с вами минутку, когда вы кончите?

Ломакс благодушно махнул ему рукой:

— Входите, входите. Нам совсем недолго осталось.

Стоунер вошел и, пока Ломакс и студент завершали беседу, делал вид, что изучает корешки книг на полках. Когда студент покинул кабинет, Стоунер сел на освободившийся стул. Ломакс вопросительно на него уставился.

— Я по поводу одного аспиранта, — сказал Стоунер. — Чарльза Уокера. Он говорит, что его направили ко мне вы.

Ломакс свел кончики пальцев обеих рук и, рассматривая их, кивнул:

— Да. Я высказал мнение, что ему может принести пользу ваш семинар, посвященный... дайте секунду вспомнить... латинской традиции.

— Не могли бы вы сказать мне о нем пару слов?

Ломакс оторвал взгляд от своих рук и поднял глаза к потолку, глубокомысленно выпятив нижнюю губу.

— Хороший аспирант. Могу даже сказать — отличный. Работает над диссертацией о Шелли и эллинистическом идеале. Она обещает быть блестящей, поистине блестящей. В ней не будет того, что некоторые называют... — он утонченно умолк на мгновение, подыскивая слово, — *основательностью*, зато будет бездна воображения. Вы меня спросили о нем по какой-то специфической причине?

— Да, — сказал Стоунер. — Он довольно глупо вел себя сегодня на семинаре. Я просто хочу понять, надо ли мне придавать этому какое-либо особое значение.

От первоначального благодушия Ломакса ничего не осталось, и на лице его появилась более привычная Стоунеру ироническая маска.

— А, вот оно что, — проговорил он с ледяной улыбкой. — Глупая бестактность молодых. Видите ли, Уокер по причинам, которые должны быть вам ясны, довольно застенчив, а потому временами становится ершист и бесцеремонен. Как и у каждого из нас, у него есть свои проблемы; но о его учебных и критических способностях, я полагаю, не следует судить по вполне объяснимым проявлениям душевной неуравновешенности. — Он посмотрел на Стоунера в упор и сказал с этакой ядовитой приветливостью: — Как вы, возможно, заметили, он калека.

— Да, видимо, дело в этом, — задумчиво согласился Стоунер. Он вздохнул и встал. — Наверно, я слишком рано забеспокоился. Просто хотел с вами посоветоваться.

Вдруг голос Ломакса окреп и чуть ли не задрожал от сдавленного гнева.

— Вы убедитесь, что он отличный аспирант. Заверяю вас, вы убедитесь, что он *великолепный* аспирант.

Стоунер на пару секунд задержал на нем взгляд, недоумевающе хмуря брови. Потом кивнул и вышел.

Семинар собирался еженедельно. На первых занятиях Уокер нередко прерывал их ход вопросами и комментариями, которые были до того нелепы, что Стоунер не знал, как на них реагировать. Вскоре сами аспиранты начали, услышав очередной вопрос или замечание Уокера, смеяться или подчеркнуто игнорировать его слова; и спустя несколько недель он перестал высказываться совсем — он сидел, пока семинар шел своим чередом, с каменным видом, с застывшим на лице благородным возмущением. Это было бы забавно, думал Стоунер, не будь негодование Уокера таким обнаженным, таким откровенным.

Но, несмотря на поведение Уокера, это был успешный семинар, один из лучших за всю преподавательскую жизнь Стоунера. Почти с самого начала возможности, содержащиеся в предмете исследования, захватили участников, и у них возникло то ощущение открытия, которое появляется, когда человек остро чувствует, что изучаемая тема составляет часть намного более широкой темы и что начатая работа, возможно, приведет его… мало ли куда. Семинар организовался, учащиеся до того увлеклись, что самого Стоунера заразили своим энтузиазмом: он стал попросту одним из них, таким же прилежным исследователем материала. Даже вольнослушательница — молодая преподавательница, устроившаяся в их университет на время работы над диссертацией, — попросила разрешения сделать доклад: то, на что она наткнулась, могло, по ее мнению, быть полезным другим участникам. Ей было под тридцать, звали ее Кэтрин Дрисколл. Стоунер не замечал ее толком, пока она не подошла к нему после занятий спросить про доклад и узнать, не согласится ли он прочесть ее диссертацию, когда она будет готова. Он ответил, что с удовольствием предоставит ей слово для доклада и будет рад прочесть диссертацию.

Доклады учащихся были назначены на вторую половину семестра, на время после рождественских каникул. Уокер должен был выступить одним из первых — его тема называлась "Эллинизм и средневековая латинская традиция", — но он все откладывал и откладывал, объясняя это Стоунеру трудностями с получением необходимых книг, которых не было в университетской библиотеке.

Предполагалось, что мисс Дрисколл как вольнослушательница сделает свой доклад после всех полноправных учащихся; но в последний момент, за две недели до конца семестра, Уокер снова стал просить дать ему недельную отсрочку: мол, он был нездоров, болели глаза и по межбиблиотечному абонементу еще не пришла очень важная книга. Из-за отказа Уокера мисс Дрисколл выступила на неделю раньше.

Ее доклад назывался "Донат[1] и ренессансная трагедия". Она сосредоточилась на использовании Шекспиром донатовской традиции — традиции, которая жила в средневековых грамматиках и учебниках. С первых же минут выступления Стоунер понял, что она выполнила работу очень хорошо, и он слушал с волнением, какого давно не испытывал. Когда прошло обсуждение доклада и все стали выходить, он остановил ее на минутку.

— Мисс Дрисколл, я только хочу вам сказать… — Он умолк, и на мгновение его охватила застенчивость. Она вопросительно смотрела на него большими темными глазами; ее лицо в строгом обрамлении черных волос, туго стянутых сзади в небольшой пучок, было очень бледным. Он продолжил: — Я только хочу вам сказать, что ваша работа — лучшее, что я видел и слышал на эту тему, и я вам очень благодарен, что ознакомили нас с ней.

Она не ответила. Выражение ее лица не изменилось, но Стоунеру вдруг показалось, что она сердится; что-то яростное блеснуло в глазах. Потом она густо покраснела, наклонила голову — сердито или благодарно, Стоунер не мог понять — и торопливо ушла. Стоунер медленно покинул аудиторию, обеспоко-

---

1   Элий *Донат* — римский писатель и ритор IV века н. э., автор учебника "Искусство грамматики".

енный и озадаченный, опасаясь, что из-за своей неуклюжести каким-то образом обидел ее.

Еще до этого он насколько мог мягко предупредил Уокера, что если он не сделает свой доклад в следующую среду, семинар не будет ему зачтен; как он и ожидал, Уокер в ответ преисполнился почтительно-холодной злости, повторил весь перечень причин и трудностей, вызвавших задержки, и заверил Стоунера, что ему не о чем беспокоиться, что работа почти готова.

В ту последнюю среду Стоунера на несколько минут задержал в его кабинете студент второго курса, отчаянно боровшийся за удовлетворительную оценку: она, получи он ее за обзорный курс, позволяла ему остаться в своем студенческом обществе. Стоунер поспешил вниз и вошел в подвальную аудиторию, где проходил семинар, немного запыхавшись; там он увидел за преподавательским столом Чарльза Уокера, который смотрел на небольшую группу учащихся надменным и сумрачным взглядом. Он явно был погружен в какую-то фантазию. Он повернулся к Стоунеру и зыркнул на него так, будто был профессором, ставящим на место нагловатого первокурсника. Потом выражение его лица изменилось и он сказал:

— Мы уж было начали без вас… — Он приумолк, позволил губам сложиться в улыбку, тряхнул головой и, давая Стоунеру понять, что шутит, добавил: — сэр.

Стоунер глядел на него секунду-другую, потом обратился к остальным:

— Простите, что опоздал. Как вы знаете, сегодня у нас доклад мистера Уокера на тему: "Эллинизм и средневековая латинская традиция".

Он сел в первом ряду рядом с Кэтрин Дрисколл.

Чарльз Уокер немного пошелестел бумагами, которые стопкой лежали перед ним на столе, и опять напустил на себя холодный, отчужденный вид. Постукивая по рукописи указательным пальцем правой руки, он, словно ждал чего-то, посмотрел в угол аудитории, дальний от того места, где сидели Стоунер и Кэтрин Дрисколл. Потом, поглядывая время от времени на свои записки, он начал:

— Видя перед собой великую тайну литературы, ощущая ее непостижимую силу, мы считаем своим долгом искать источник этой силы и этой тайны. Но что может в итоге дать нам путеводную нить? Литературное произведение опускает перед нами плотную завесу, сквозь которую мы не в силах проникнуть. Мы всего-навсего богомольцы, беспомощные перед владычеством святыни. Кому достанет отваги поднять завесу в стремлении познать непознаваемое, достичь недостижимого? Перед вековечной тайной сильнейшие из нас суть слабые ничтожества, суть кимвал звучащий и медь звенящая[1].

Его голос звучал волнообразно, правая ладонь с полусогнутыми пальцами, воздетая и повернутая к слушателям тыльной стороной, молила о понимании, туловище раскачивалось в такт словам; глаза были слегка закачены вверх, словно он взывал к некоему божеству. Его поведение и то, что он говорил, воспринималось как шарж на нечто знакомое. Вдруг Стоунер понял, на что. Перед ним был Холлис Ломакс — точнее, вольная карикатура на него, создан-

---

1   Видоизмененная цитата из 1-го послания апостола Павла к Коринфянам (гл. 13, стих 1).

ная непреднамеренно, проявление не каких-либо неприязненных чувств карикатуриста, а уважения и любви.

Уокер сменил тон с ораторского на разговорный и, обращаясь к дальней стене аудитории, продолжил спокойно, рассудительно:

— Недавно мы прослушали доклад, который по академическим меркам должен считаться великолепным. Замечания, которые я сейчас выскажу, это замечания, не направленные против кого-либо лично. Я хочу лишь подтвердить примером тезис. В этом докладе мы услышали рассуждение, претендующее на то, чтобы объяснить тайну и парящий лиризм шекспировской поэзии. Рассуждение, скажу я вам… — он ткнул в сторону слушателей указательным пальцем, точно хотел пригвоздить их к месту, — совершенно ложное. — Он откинулся на спинку стула и ненадолго опустил глаза в бумаги на столе. — Нам предлагают поверить, что некий Донат — мало кому известный римский *грамматист* четвертого века, — нам предлагают поверить, что такой человек, педант, был настолько могуществен, что смог оказать определяющее влияние на творчество одного из величайших гениев в истории словесности. Не сомнительно ли выглядит при первом же взгляде такая теория? Не *обязаны* ли мы в ней усомниться?

Гнев, тупой и примитивный, поднялся в Стоунере, перекрывая сложное чувство, возникшее в начале доклада. Его подмывало встать и прекратить разворачивающийся фарс; он знал, что если не остановить Уокера сейчас, придется позволить ему говорить столько, сколько он захочет. Уильям слегка повернул голову, чтобы увидеть лицо Кэтрин Дрисколл; оно было спокойным и выражало только вежливое и отстраненное внимание; темные глаза смотрели на Уокера безразлично и, пожалуй, даже скучающе. Исподтишка Стоунер глядел на нее некоторое время; он поймал себя на том, что задается вопросом, какие чувства она испытывает и каких действий от него ждет. Когда он наконец отвел от нее взгляд, ему пришлось признать, что решаться на что-либо поздно. Он слишком долго откладывал вмешательство, и Уокер несся вперед на всех парах.

— ...величественное здание ренессансной литературы, здание, которое послужило краеугольным камнем великой поэзии девятнадцатого века. Что касается доказательности, которой, в отличие от литературной критики, требует сухая наука, она также страдает самым прискорбным образом. *Чем доказано*, что Шекспир вообще открывал этого никому не известного римского грамматиста? Нам следует помнить, что не кто иной, как Бен Джонсон... — Уокер заколебался на мгновение, — не кто иной, как Бен Джонсон, друг и современник Шекспира, сказал, что он латынь знал так себе, а греческий еще хуже. Нет сомнений, что Джонсон, который чтил Шекспира как подлинного бога литературы, не видел у своего великого друга никаких недостатков. Напротив, он, как и я, полагал, что парящий лиризм Шекспира — не результат полуночных кропотливых штудий, а неотъемлемое свойство природного гения, стоящего выше мирских властей и законов. В отличие от поэтов более скромных дарований, Шекспир был рожден не для того, чтобы цвести "уединенно, в пустынном воздухе теряя запах свой”[1]; какая нужда была бессмертному барду, имевшему доступ к тому таинственному источнику, из которого черпают все поэты, в пустых приземленных правилах какой-то там грамматики? Что ему этот Донат, даже если бы он его читал? Гений, не похожий ни на кого и сам устанавливающий себе законы, не нуждается в подпорках таких “традиций”, как та, о которой мы услышали, — ни общелатинских, ни донатовских, ни каких бы то ни было еще. Гений, парящий и свободный, не должен…

Привыкнув к гневу, который им овладел, Стоунер начал обнаруживать в себе еще кое-что: извращенное, непрошеное, тихо набирающее силу восхищение. При всей цветистой расплывчатости уокеровских словес выступающему нельзя было отказать в риторической изобретательности, и она вселяла некую тревогу; да, Уокер был нелеп, карикатурен, но его не следовало сбрасывать со счета. В его взгляде чувствовалась холодная, расчетливая зоркость, а наряду с ней какая-то опрометчивость без явного повода, какая-то осмотрительная отчаянность. Стоунер понял, что присутствует при блефе, до того масштабном и наглом, что сразу не поймешь, как ему противодействовать.

Ибо всем слушателям, даже самым невнимательным, было очевидно, что номер, исполняемый Уокером, — полнейший экспромт. Стоунер сомневался, что у него было сколько-нибудь ясное представление о том, что он скажет, пока он не сел за преподавательский стол и не обвел собравшихся своим холодным,

---

1   Цитата из “Элегии, написанной на сельском кладбище” Т. Грея. Перевод В. Жуковского.

надменным взглядом. Стопка бумаг перед ним, разумеется, была стопкой бумаг, и только; разгорячившись, он перестал даже притворно опускать на них глаза, а ближе к концу, взволнованный, резкий, он отодвинул их в сторону.

Он говорил почти час. Под конец участники семинара стали озабоченно переглядываться, как будто им грозила некая опасность и надо было искать путь к спасению; при этом они очень старались не встречаться глазами ни со Стоунером, ни с молодой женщиной, которая бесстрастно сидела рядом с ним. Внезапно, как будто уловив беспокойство присутствующих, Уокер завершил свой доклад и, откинувшись на спинку стула, торжествующе улыбнулся.

Едва Уокер умолк, Стоунер встал и объявил занятие оконченным; он поступил так, хоть и не понимал этого тогда, из смутной потребности позаботиться об Уокере, оградить его от критики со стороны остальных. Затем Стоунер подошел к столу, за которым продолжал сидеть Уокер, и попросил его немного задержаться. Уокер, словно его ум пребывал в других сферах, рассеянно кивнул. Стоунер за последними из покидающих аудиторию вышел в коридор. Он увидел там Кэтрин Дрисколл — она уже двинулась по коридору одна. Он окликнул ее, она остановилась, и он подошел к ней. Заговорив, он испытал такую же неловкость, как неделю назад, когда похвалил ее доклад.

— Мисс Дрисколл, я... мне очень жаль. Это было совершенно несправедливо. Я чувствую себя в какой-то мере виноватым. Может быть, мне следовало это прекратить.

Она не отвечала, и ее лицо по-прежнему ничего не выражало; она смотрела на него таким же взглядом, как на Уокера во время его выступления.

— Так или иначе, — продолжил он еще более смущенно, — прошу у вас прощения за эти нападки.

И тут она улыбнулась. Это была медленная улыбка: начавшись с глаз, она тронула губы и, наконец, озарила лицо, давая выход потаенной лучистой радости. Стоунер едва не отпрянул: до того внезапным было это невольное проявление теплоты.

— Да нет же, это не на меня! — промолвила она своим низким голосом, едва уловимо подрагивающим от смеха, который она удерживала внутри. — Я тут ни при чем. Это он *на вас* ополчился. Я подвернулась случайно.

Стоунер почувствовал, что сожаление и беспокойство, в которых он не отдавал себе отчета, больше на него не давят; облегчение было почти физическим, он ощущал невесомость и легкое головокружение. Он засмеялся.

— Разумеется, — сказал он. — Истинная правда.

Улыбка постепенно сошла с ее лица, и она несколько секунд смотрела на него серьезно. Потом тряхнула головой, повернулась и быстро пошла по коридору. В том, как она держалась, в ее стройной прямой фигуре чувствовалось скромное достоинство. После того как она скрылась из виду, Стоунер еще немного постоял, глядя в даль коридора. Потом вздохнул и вернулся в аудиторию, где его ждал Уокер.

Он продолжал сидеть за преподавательским столом. Он улыбнулся Стоунеру, на его лице читалась заносчивость, странно смешанная с подобострастием. Стоунер сел на то же место, какое занимал во время доклада, и посмотрел на Уокера с любопытством.

— Слушаю вас, сэр, — сказал Уокер.

— У вас есть объяснение? — тихо спросил Стоунер.

Круглое лицо Уокера стало удивленно-обиженным.

— Что вы имеете в виду, сэр?

— Мистер Уокер, прошу вас, — утомленно проговорил Стоунер. — День был длинный, мы оба устали. Вы можете объяснить свой сегодняшний спектакль?

— Поверьте, сэр, я не хотел никого обидеть. — Уокер снял очки и стал быстрыми движениями их протирать; Стоунеру вновь бросилась в глаза обнаженная уязвимость его лица. — Я сказал, что мои замечания не носят личного характера. Если молодая особа чувствует себя задетой, я готов объяснить ей…

— Мистер Уокер, — перебил его Стоунер. — Вы прекрасно понимаете, что суть не в этом.

— Молодая особа вам на меня пожаловалась? — спросил Уокер. Его пальцы, когда он надевал очки обратно, дрожали. В очках он сумел придать лицу сердитое, хмурое выражение. — Знаете ли, сэр, жалобы учащейся, которая чувствует себя задетой, не могут…

— Мистер Уокер! — Стоунер почувствовал, что его голос слегка выходит из-под контроля. Он сделал глубокий вдох. — Давайте оставим в стороне молодую особу, меня и все остальное, кроме вашего спектакля. Я по-прежнему жду от вас объяснений.

— В этом случае, боюсь, я совсем не понимаю вас, сэр. Разве только…

— Разве только что, мистер Уокер?

— Разве только это просто-напросто разница мнений, — сказал Уокер. — Я понимаю, что мои идеи не совпадают с вашими, но я всегда считал разномыслие здоровым явлением. Я полагал, что вы человек достаточно взрослый, чтобы…

— Нет, увиливать я вам не позволю. — Тон Стоунера был холодным, ровным. — Итак. Какая тема была вам дана для доклада на семинаре?

— Вы сердитесь, — сказал Уокер.

— Да, я сержусь. Какая тема была вам дана для доклада?

Уокер напустил на себя сухую, официальную вежливость.

— Моя тема — "Эллинизм и средневековая латинская традиция", сэр.

— Когда вы завершили над ней работу, мистер Уокер?

— Позавчера. Как я вам говорил, все было почти готово две недели назад, но книга, которую я заказал по межбиблиотечному абонементу, пришла только…

— Мистер Уокер, если ваша работа была *почти* окончена две недели назад, как могло получиться, что она целиком основана на докладе мисс Дрисколл, который она прочитала только на прошлой неделе?

— Я внес кое-какие изменения в последние дни, сэр. — В голосе Уокера явственно послышалась ирония. — Я полагал, что это допустимо. И я порой отклонялся от подготовленного текста. Другие докладчики, я замечал, тоже так поступали, и я счел, что имею на это право.

Стоунер подавил почти истерическое побуждение расхохотаться.

— Мистер Уокер, не могли бы вы мне объяснить, как связаны ваши нападки на доклад мисс Дрисколл с вопросом о том, как эллинизм продолжал жить в средневековой латинской традиции?

— Я использовал непрямой подход к теме, сэр, — сказал Уокер. — Я считал, что нам дозволены некоторые вольности в изложении наших мыслей.

Некоторое время Стоунер молчал. Потом устало произнес:

— Мистер Уокер, я терпеть не могу ставить неудовлетворительные оценки аспирантам. И особенно не люблю ставить их тем, кто попросту запутался.

— Сэр! — негодующе воскликнул Уокер.

— Но вы оставляете мне очень маленький выбор. Варианты я вижу следующие. Я могу написать вам неполное прохождение курса, если вы обязуетесь в течение трех недель представить удовлетворительную работу на ту тему, которую получили.

— Не понимаю, сэр, — возразил Уокер. — Я уже выполнил свою работу. Если я соглашусь сделать еще одну, я призна́ю тем самым… я…

— Хорошо, — сказал Стоунер. — Тогда дайте мне рукопись, от которой вы… отклонились сегодня, и я посмотрю, годится ли она на что-нибудь.

— Сэр! — воскликнул Уокер. — Я бы не хотел выпускать ее из рук в настоящий момент. Это *очень* сырой черновик.

— Ничего страшного, — сказал Стоунер, ощущая сумрачный, беспокойный стыд. — Я сумею выяснить то, что мне надо.

Уокер хитро прищурил глаза:

— Скажите мне, сэр, вы еще кому-нибудь предлагали передать вам рукопись?

— Нет, — ответил Стоунер.

— Тогда, — заявил Уокер торжествующе, почти радостно, — я из принципа должен отказаться дать вам *мою* рукопись. Если бы вы у всех требовали рукописи — тогда иное дело.

Стоунер посмотрел на него долгим, ровным взглядом.

— Ну что ж, мистер Уокер. Вы приняли решение. Значит, так тому и быть.

— Как мне это понимать, сэр? Какой оценки я могу ждать за этот курс?

Стоунер издал короткий смешок.

— Вы изумляете меня, мистер Уокер. Неудовлетворительной, какой же еще.

Уокер постарался сделать из круглого лица вытянутое. С горьким смирением мученика он произнес:

— Понимаю, сэр. Пусть так. Человек должен быть готов страдать за свои убеждения.

— И за свою лень, нечестность и невежество, — сказал Стоунер. — Мистер Уокер, от того, что я вам скажу, толку, подозреваю, будет мало, и все же настоятельно советую вам обдумать свое положение в этом учебном заведении. Я всерьез прихожу к мысли, что вам не место в аспирантуре.

Чувство, которое проявил, услышав это, Уокер, впервые за все время напомнило подлинное; негодование подарило ему нечто похожее на достоинство.

— Мистер Стоунер, вы слишком далеко зашли! Вы не можете так думать.

— Я, безусловно, так думаю, — возразил Стоунер.

Уокер помолчал, внимательно глядя на Стоунера. Потом сказал:

— Я был готов принять оценку, которую вы мне поставите. Но вы должны понимать, что *этого* я принять никак не могу. Вы подвергаете сомнению мою компетентность!

— Именно так, мистер Уокер, — утомленно согласился Стоунер и поднялся со стула. — А теперь извините меня...

Он двинулся было к двери — но его остановил возглас Уокера, выкрикнувшего его фамилию. Стоунер обернулся. Лицо Уокера побагровело и до того вздулось, что глаза за толстыми стеклами очков стали крохотными.

— Мистер Стоунер! — крикнул он снова. — Не думайте, что поставили на этом деле точку. Поверьте мне, она еще не поставлена!

Стоунер окинул его тусклым взглядом, лишенным любопытства. Рассеянно кивнул, повернулся и вышел в коридор. Он с усилием передвигал ноги по голому цементному полу. Он чувствовал себя опустошенным, старым, уставшим.

Глава X

Д а, точка еще не была поставлена. Семестр окончился пятницу, а в понедельник Стоунер выставил оценки. Эта часть преподавательской работы нравилась ему меньше всех остальных, и он всегда старался разделаться с ней как можно быстрей. Он поставил Уокеру "неудовлетворительно" и больше о нем не думал. Неделю между семестрами он потратил в основном на чтение первых вариантов двух диссертаций, которые в окончательном виде должны были быть представлены весной. В обеих он увидел много погрешностей, и диссертации потребовали пристального внимания с его стороны. Он почти не вспоминал про эпизод с Уокером.

Но через две недели после начала второго семестра ему пришлось о нем вспомнить. Однажды утром он обнаружил в своем почтовом ящике записку от Гордона Финча с просьбой зайти к нему в кабинет в удобное для него, Стоунера, время.

Дружба между Гордоном Финчем и Уильямом Стоунером достигла той стадии, какой достигают все подобные многолетние дружбы; она была непринужденной, глубокой и интимно-сдержанной чуть ли не до обезличенности. Они редко встречались во внерабочей обстановке, хотя Кэролайн Финч время от времени ненадолго заглядывала к Эдит. Когда Гордон и Уильям разговаривали, они вспоминали молодые годы, и каждый представлял себе другого таким, каким он был в прежние времена.

У Финча в его сорок с небольшим была прямая, но мягкая осанка человека, усиленно старающегося не потолстеть; лицо тяжеловатое и пока без морщин, хотя щеки начинали провисать и под затылком плоть круглилась валиком. Его волосы изрядно поредели, и он начал зачесывать их так, чтобы это меньше бросалось в глаза.

Когда Стоунер пришел к нему в кабинет, они первые несколько минут вели малозначащую беседу о семьях; Финч вежливо сделал вид, что воспринимает брак Стоунера как нормальный, Стоунер вежливо изумился, что у Гордона и Кэролайн уже такие большие дети, что младший из двоих ходит в детский сад.

После того как они почти автоматически отдали положенную дань своей давней дружбе, Финч рассеянно поглядел в окно и сказал:

— Так, о чем же я, собственно, хотел с тобой поговорить? Ах да. Декан аспирантского колледжа посчитал, что именно мне как твоему другу следует обсудить с тобой одну вещь. Ничего серьезного. — Он опустил глаза в свой блокнот. — Всего-навсего некий разгневанный аспирант. Он заявляет, что ты погано с ним обошелся в прошлом семестре.

— Уокер, — сказал Стоунер. — Чарльз Уокер.

Финч кивнул:

— Да, он самый. Что там у тебя с ним такое?

Стоунер пожал плечами.

— Полное впечатление, что он не прочел ничего из списка литературы, — это был мой семинар по латинской традиции. Чтобы завуалировать свое незнание, он, когда делал доклад, резко отклонился от темы. Я предоставил ему выбор: либо подготовить новый доклад, либо дать мне на проверку свои записки, но он отказался и от того, и от другого. У меня не было иного выхода, как поставить ему "неуд".

Финч снова кивнул:

— Я и представлял себе что-то в таком роде. Мне, ей-богу, досадно тратить время на подобные дела; но пришлось взять это на контроль — хотя бы ради того, чтобы оградить тебя от неприятностей.

— А тут что… какие-то особые трудности? — спросил Стоунер.

— Нет-нет, — заверил его Финч. — Никаких особых трудностей. Просто жалоба. Ну, ты знаешь, как это бывает. Уокер, надо сказать, за первый свой аспирантский курс получил только "удовлетворительно"; мы можем, если захотим, выгнать его из аспирантуры прямо сейчас. Но мы все же склонны допустить его в следующем месяце к предварительному устному экзамену, и тогда картина будет ясна. Зря я тебя вообще побеспокоил по этому поводу.

Они немного поговорили на другие темы. Потом, когда Стоунер уже собрался уходить, Финч непринужденно остановил его.

— Чуть не забыл, я еще кое-что хотел тебе сказать. Президент и попечительский совет наконец вознамерились что-то решить насчет Клэрмонта. Поэтому со следующего года я, вероятно, буду полноправным деканом колледжа гуманитарных и естественных наук.

— Я рад, Гордон, — сказал Стоунер. — Давно пора.

— И это значит, что нам понадобится новый заведующий кафедрой. У тебя есть какие-нибудь соображения?

— Нет, — ответил Стоунер. — Я не думал об этом, честно говоря.

— Мы можем либо пригласить человека со стороны, либо сделать заведующим кого-нибудь из своих. Я вот что хочу выяснить: если мы решим выбирать из имеющихся людей — ты хотел бы занять эту должность?

Стоунер немного поразмыслил.

— Я не думал на эту тему, но… нет. Нет, я бы не хотел.

Облегчение, которое испытал Финч, было до того очевидным, что Стоунер улыбнулся.

— Ладно, — сказал Финч. — Я предвидел, что ты откажешься. У тебя масса времени уходила бы на всякую ерунду. На приемы, на светское общение… — Он отвел от Стоунера взгляд. — Я знаю, что это не твоя стихия. Просто, поскольку старик Слоун умер, а Хаггинс и, как его там, Купер в прошлом году ушли на пенсию, ты, получается, на кафедре старший. Но если ты не бросаешь алчных взглядов, то…

— Не бросаю, — твердо заявил Стоунер. — Заведующий из меня, скорее всего, вышел бы никудышный. Я этого назначения не жду и не хочу.

— Хорошо, — сказал Финч. — Хорошо. Это очень сильно упрощает дело.

Они попрощались, и Стоунер забыл об этом разговоре на какое-то время.

Предварительный устный экзамен был назначен Чарльзу Уокеру на середину марта; Стоунер, к некоторому своему удивлению, получил от Финча извещение, что он включен в экзаменационную комиссию из трех человек. Он зашел к Финчу и попросил заменить его кем-нибудь другим: ведь он поставил Уокеру "неуд", на что аспирант страшно обиделся, заподозрив его в личной неприязни.

— Порядок есть порядок, — вздохнул в ответ Финч. — Ну, ты сам знаешь: в комиссию входят научный руководитель, преподаватель, который вел один из семинаров, где участвовал экзаменующийся, и специалист в какой-либо другой области. Руководитель — Ломакс, единственный аспирантский семинар, где он участвовал, вел ты, а третьим я выбрал Джима Холланда, новичка. Декан аспирантского колледжа Радерфорд и я будем присутствовать в неофициальном качестве. Я постараюсь сделать так, чтобы все прошло как можно более гладко.

Но для Стоунера это было испытание, которое не могло пройти гладко. Как бы ему ни хотелось задавать поменьше вопросов, правила предварительных устных экзаменов были незыблемы: каждому преподавателю — по сорок пять минут на любые вопросы аспиранту (при этом остальные двое тоже могут участвовать в разговоре).

В день экзамена Стоунер нарочно пришел в семинарскую аудиторию на третьем этаже Джесси-Холла с небольшим опозданием. Уокер сидел в торце длинного, гладко отполированного стола, вдоль которого расположились четыре экзаменатора: Финч, Ломакс, новый преподаватель Холланд и Генри Радерфорд. Стоунер тихо проскользнул в дверь и занял место в другом торце, напротив Уокера. Финч и Холланд кивнули ему; Ломакс, грузно осевший на стуле, глядел прямо перед собой и постукивал по зеркальной столешнице длинными белыми пальцами. Уокер держал голову высоко, жестко, презрительно, взгляд, которым он смотрел вдоль стола, был холодным.

Радерфорд откашлялся.

— Э-э, мистер... — Он сверился с листом бумаги перед ним. — Стоунер.

Радерфорд был щуплый сутулый седой человечек; его брови и даже глаза опускались вниз с наружной стороны, поэтому лицо всегда выражало мягкую безнадежность. Хотя он был знаком со Стоунером много лет, фамилию его он так и не запомнил. Он еще раз откашлялся.

— Мы как раз собирались начинать.

Стоунер кивнул, положил руки на стол, сплел пальцы и, глядя на них, рассеянно слушал, как Радерфорд нудно произносил обычные вступительные слова к устному экзамену.

Мистер Уокер будет проэкзаменован (голос Радерфорда упал до монотонного, ровного гудения) на предмет его способности продолжать работу над докторской диссертацией на кафедре английского языка университета Миссури. Такой экзамен сдают все соискатели докторской степени, и он предназначен не только для того, чтобы проверить общую подготовку аспиранта, но и для того, чтобы выявить его сильные и слабые стороны и соответственным образом направить его дальнейшую работу. Возможны три результата: "сдано", "условно сдано" и "не сдано". Радерфорд объяснил, в каком случае ставится какая из этих трех оценок, и, не поднимая глаз от бумажки, представил, как требует ритуал, экзаменаторов и испытуемого друг другу. Затем отодвинул от себя лист и безнадежным взором оглядел собравшихся.

— Принято, — тихо проговорил он, — чтобы первым задавал вопросы научный руководитель. Работой мистера Уокера руководит… — он поглядел на бумажку, — насколько я понимаю, мистер Ломакс. Так что…

Голова Ломакса дернулась назад, как будто он внезапно пробудился от дремоты. Губы тронула улыбка, он обвел всех моргающими точно со сна, но зоркими и проницательными глазами.

— Мистер Уокер, вы намерены писать диссертацию о Шелли и эллинистическом идеале. Вряд ли вы уже продумали тему досконально, но хотелось бы, чтобы вы для начала обрисовали нам, так сказать, фон: почему вы избрали именно эту тему, и так далее.

Уокер кивнул и бодро заговорил:

— Я намереваюсь начать с отказа молодого Шелли от годвиновского детерминизма в пользу более или менее платонического идеала в "Гимне интеллектуальной красоте", затем перейти к зрелой трактовке им этого идеала в "Освобожденном Прометее", где мы видим всеобъемлющий синтез его раннего атеизма, радикализма, христианства и научного детерминизма, и завершить работу рассмотрением заката этого идеала в его поздней поэме "Эллада". Я считаю эту тему важной по трем причинам. Во-первых, тут раскрываются особенности мышления Шелли, что ведет к лучшему пониманию его поэзии. Во-вторых, тут проявляются важнейшие философские и литературные конфликты начала девятнадцатого века, что расширяет и уточняет наше восприятие романтической поэзии. В-третьих, тема представляется весьма актуальной для нашего времени, когда мы имеем дело со многими из тех конфликтов, в которых участвовали Шелли и его современники.

Стоунер слушал его с растущим изумлением. Невозможно было поверить, что это тот самый человек, что ходил на его семинар, человек, которого, казалось ему, он знал. Уокер говорил ясно, прямо и умно, местами почти великолепно. Ломакс был прав: если диссертация Уокера оправдает обещания, она будет блестящей. Теплая, радостная надежда наполнила Стоунера, и он подался вперед, внимательно слушая.

Поговорив о теме своей диссертации минут десять, Уокер резко умолк. Ломакс мигом задал ему следующий вопрос, и он ответил без промедления. Гордон Финч, поймав взгляд Стоунера, посмотрел на него мягко-вопросительно; Стоунер чуть заметно улыбнулся виноватой улыбкой и слегка пожал плечами.

Когда Уокер снова замолчал, сразу вступил Джим Холланд. Это был худощавый молодой человек, бледный, напряженный, с голубыми глазами немного навыкате; он говорил нарочито медленно, с подрагиванием в голосе, которое, возможно, было вызвано каким-то внутренним сдерживающим усилием.

— Мистер Уокер, вы немного раньше упомянули год-
виновский детерминизм. Какую связь вы усматриваете
между ним и феноменализмом Джона Локка?

Стоунер вспомнил, что Холланд занимается во-
семнадцатым веком.

Несколько секунд было тихо. Уокер повернулся к Холланду. Снял круглые очки, протер; его глаза
то закрывались, то открывались, нерегулярно мигая.
Он надел очки обратно и еще раз мигнул.

— Прошу прощения, не могли бы вы повторить вопрос?

Холланд открыл было рот, но вмешался Ломакс.

— Джим, — промолвил он учтивым тоном, — вы
не против, если я слегка расширю ваш вопрос? — Не дожидаясь ответа, он быстро повернулся к Уокеру. — Мистер Уокер, отталкиваясь от всего того, что профессор
Холланд подразумевал в своем вопросе, — а именно
от приятия Годвином локковских идей о чувственной
природе познания, о "чистой доске" и тому подоб-
ном, отталкиваясь от разделяемого Годвином мнения
Локка, что ложные суждения, порождаемые случайными вспышками страсти и неизбежностью изначаль-
ного незнания, могут быть исправлены просвеще-
нием, — отталкиваясь от всего этого, не могли бы вы
сказать, как Шелли понимал познание? Точнее, каково
было его понимание красоты, выраженное в последних строфах "Адонаиса"?

Холланд, озадаченно нахмурив лицо, откинулся
на спинку стула. Уокер кивнул и затараторил:

— Хотя классическими принято считать начальные
строфы "Адонаиса" с их повторяющимися скорбными
возгласами, начальные строфы, где Шелли воздает

дань своему умершему и столь же великому другу Джону Китсу, где он пишет о мрачном часе, о матери-Урании и так далее, — классику в полном смысле слова он приберегает для завершающих строф, которые, по существу, представляют собой величественный гимн вечной идее красоты. Вспомним знаменитые строки:

> Жизнь — лишь собор, чьим стеклам разноцветным
> Дано пятнать во множестве огней
> Блеск белизны, которая видней,
> Когда раздроблен смертью свод поддельный[1].

Символика этих строк становится вполне ясна, если рассмотреть их в контексте. "Жить Одному, скончаться тьмам несметным", — пишет Шелли чуть выше. Вспоминаются столь же знаменитые строки Китса:

> В прекрасном — правда, в правде — красота.
> Вот знания земного смысл и суть[2].

Итак, основа всего — Красота; но красота есть также познание. Эта идея коренится...

Голос Уокера лился легко, уверенно, слова слетали с его быстро движущихся губ так, словно... Стоунер вздрогнул, и зародившаяся в нем надежда исчезла так же внезапно, как появилась. На короткое время он почувствовал себя больным почти физически.

---

1   Здесь и ниже поэма Перси Биши Шелли "Адонаис" цитируется в переводе В. Микушевича.
2   Из "Оды к греческой вазе" Джона Китса. Перевод В. Микушевича.

Он опустил глаза и увидел между лежащих рук отражение своего лица в зеркально отполированной ореховой столешнице. Черты были неразличимы, взгляд воспринимал лишь темный силуэт; Стоунеру показалось, что из глубин твердой древесины навстречу ему вышел какой-то смутный призрак.

Ломакс покончил со своими вопросами, настала очередь Холланда. Слушая, Стоунер не мог не признать, что делается все мастерски: ненавязчиво, добродушно, проявляя недюжинное обаяние, Ломакс направлял разговор в нужное ему и Уокеру русло. Иной раз, когда Холланд задавал вопрос, Ломакс разыгрывал дружелюбную озадаченность и просил разъяснить его. В других случаях, извиняясь за свой энтузиазм, он дополнял вопрос Холланда собственными соображениями и так вовлекал в беседу Уокера, чтобы тот выглядел полноправным ее участником. Он перефразировал вопросы (всегда с извинениями), изменяя их так, что первоначальный смысл пропадал. Он втягивал Уокера в подобия изощренных теоретических дискуссий, где говорил почти исключительно сам. И наконец — опять-таки с извинениями — он порой, не дав Холланду закончить вопрос, задавал Уокеру свой собственный, который вел экзаменуемого туда, куда ему, Ломаксу, хотелось.

Стоунер все это время молчал. Он слушал разговор, который вился вокруг; смотрел на Финча, чье лицо стало тяжелой маской; смотрел на Радерфорда, сидевшего с закрытыми глазами и клевавшего носом; смотрел на сбитого с толку Холланда, на учтиво-надменного Уокера, на лихорадочно оживленного Ломакса. Он ждал, когда придет время сделать то, что он должен сделать, ждал со страхом, гневом и печалью, становившимися все сильней с каждой минутой. Он был рад, что ни с кем, на кого смотрит, не встречается глазами.

Наконец время, отведенное Холланду, прошло. Словно разделяя в какой-то мере страх, который испытывал Стоунер, Финч посмотрел на часы и молча кивнул ему.

Стоунер сделал глубокий вдох. Вновь глядя на свое призрачное лицо, отраженное в столешнице, он бесцветным тоном произнес:

— Мистер Уокер, я хотел бы задать вам несколько вопросов по английской литературе. Это будут простые вопросы, не требующие развернутых ответов. Начну с ранних эпох и буду двигаться вперед хронологически, сколько позволит отпущенное мне время. Не могли бы вы для начала назвать принципы, на которых основано англосаксонское стихосложение?

— Мог бы, сэр, — сказал Уокер с каменным лицом. — Начнем с того, что англосаксонские поэты, живя в Раннем Средневековье, были лишены той тонкости чувств, которой обладали более поздние поэты в английской традиции. Их поэзии, я бы сказал, свойствен примитивизм. Вместе с тем в этом примитивизме заключены возможности, скрытые от поверхностного взгляда, возможности развития той чувствительности, которая характеризует…

— Мистер Уокер, — перебил его Стоунер. — Я спросил вас о принципах стихосложения. Вы можете мне их назвать?

— Видите ли, сэр, — сказал Уокер, — оно очень грубое и нерегулярное. Стихосложение, я имею в виду.

— Это все, что вы можете сказать?

— Мистер Уокер, — быстро и как-то судорожно, показалось Стоунеру, вмешался Ломакс, — эта грубость, о которой вы упомянули, — не могли бы вы раскрыть эту характеристику, имея в виду...

— Нет, — твердо проговорил Стоунер, не глядя ни на кого. — Я хочу получить ответ на свой вопрос. Это все, что вы мне можете сказать об англосаксонском стихосложении?

— Видите ли, сэр... — Уокер улыбнулся, и улыбка перешла в нервное хихиканье. — Честно говоря, я еще не прошел обязательного курса англосаксонской литературы, и это мешает мне рассуждать на такие темы.

— Понятно, — сказал Стоунер. — Что ж, давайте пропустим англосаксонскую литературу. Назовите, пожалуйста, какую-нибудь средневековую драму, повлиявшую на развитие ренессансной драматургии.

Уокер кивнул:

— Несомненно, все средневековые драмы, каждая по-своему, внесли вклад в выдающиеся достижения эпохи Ренессанса. С трудом верится, что на неплодородной почве Средних веков спустя немногие годы возросла драматургия Шекспира и...

— Мистер Уокер, я задаю вам простые вопросы. И настаиваю, чтобы ответы были простыми. Я сделаю вопрос еще более простым. Назовите три средневековые драмы.

— Ранние или поздние, сэр?

Уокер снял очки и яростно их протирал.

— *Любые* три, мистер Уокер.

— Их так много, — сказал Уокер. — Даже трудно... Была драма "Каждый человек"...

— А еще?

— Не знаю, сэр, — сказал Уокер. — Должен признаться в собственной слабости в тех областях, которые вы...

— Можете ли вы вспомнить какие-либо другие названия — просто названия — литературных произведений Средних веков?

Руки Уокера дрожали.

— Как я вам уже объяснил, сэр, я должен признать свою слабость в тех областях...

— Ладно, перейдем к Ренессансу. Какой жанр этого периода вы лучше знаете, мистер Уокер?

— Я лучше знаю... — Уокер заколебался и невольно с мольбой посмотрел на Ломакса, — стихи, сэр. Или... пьесы. Да, пьесы, пожалуй.

— Хорошо, пусть будут пьесы. Как называется первая английская трагедия, написанная белым стихом?

— Первая? — Уокер облизнул губы. — Среди специалистов нет на этот счет единого мнения, сэр. Я бы воздержался от...

— Можете назвать хотя бы одну значительную дошекспировскую драму?

— Конечно, сэр, — сказал Уокер. — Был Марло с его мощным стихом...[1]

— Назовите какие-нибудь пьесы Марло.

С усилием Уокер собрался с мыслями.

— Есть, конечно, по праву знаменитый "Доктор Фауст". И... и... "Еврей Мальфи".

— "Фаустус". И не "Мальфи", а "Мальтийский еврей". А еще?

---

[1] *"Мощный стих"* — слова из отзыва английского драматурга Бена Джонсона (1572/3–1637) о драматургии Кристофера Марло (1564–1593).

— Честно говоря, сэр, я только эти две пьесы имел случай перечитать за последний год-два. Поэтому я предпочел бы не…

— Ладно, расскажите мне что-нибудь про “Мальтийского еврея”.

— Мистер Уокер! — воскликнул Ломакс. — Если вы не против, я немного расширю вопрос. Если…

— Нет! — мрачно возразил Стоунер, не глядя на Ломакса. — Я хочу получать ответы именно на свои вопросы, мистер Уокер.

В отчаянии Уокер начал:

— Мощный стих Марло…

— Давайте оставим в покое мощный стих, — устало промолвил Стоунер. — Что происходит в пьесе?

— В пьесе, — заговорил Уокер слегка истеричным тоном, — Марло берется за проблему антисемитизма в тех его проявлениях, что характерны для начала шестнадцатого века. Сочувствие, я бы даже сказал — глубочайшее сочувствие…[1]

— Понятно, мистер Уокер. Давайте перейдем к…

— Дайте экзаменующемуся ответить на вопрос! — закричал Ломакс. — Предоставьте ему хотя бы время для ответа!

— Хорошо, — мягко согласился Стоунер. — Вы хотите продолжить ответ, мистер Уокер?

— Нет, сэр, — сказал Уокер, поколебавшись несколько секунд.

Стоунер упорно спрашивал его дальше. Гнев и возмущение, направленные и на Уокера, и на Ло-

[1] Уокер ошибается и в датировке (пьеса Марло “Мальтийский еврей” написана в 1589 или 1590 году), и в трактовке авторской позиции: главный герой пьесы еврей Варавва изображен в ней злодеем из злодеев.

макса, переросли в нем в какую-то болезненную, сокрушенную жалость, направленную на них же. Через некоторое время ему стало казаться, что он покинул оболочку своего тела, он слышал собственный голос как чужой, и этот голос звучал мертвяще, обезличенно.

Он услышал, как голос проговорил:

— Мистер Уокер, вы специализируетесь на девятнадцатом веке. О литературе более ранних периодов вы, как выясняется, знаете мало; но, возможно, вы лучше осведомлены о поэтах-романтиках?

Он старался не смотреть Уокеру в лицо, но невольно поднимал время от времени взгляд на эту круглую, бледную, зло и холодно уставившуюся на него маску. Уокер коротко кивнул.

— Вы знакомы с самыми значительными стихотворными произведениями лорда Байрона?

— Конечно, — сказал Уокер.

— Охарактеризуйте, пожалуйста, его поэму "Английские барды и шотландские обозреватели"[1].

Несколько мгновений Уокер смотрел на него подозрительным взглядом. Потом торжествующе улыбнулся.

— Вот оно что, сэр, — сказал он и энергично кивнул головой. — Понимаю. *Теперь* понимаю. Вы пытаетесь меня запутать. Ну конечно. "Английских бардов и шотландских обозревателей" написал не Байрон. Это знаменитая отповедь Джона Китса журналистам, которые пытались очернить его как поэта после публикации его первых стихов. Очень хорошо, сэр. Очень...

---

[1] Речь идет о сатирической поэме Дж. Байрона, написанной в 1809 году.

— Достаточно, мистер Уокер, — устало промолвил Стоунер. — У меня нет больше вопросов.

Все молчали; наконец Радерфорд откашлялся, пошелестел бумагами на столе и сказал:

— Благодарю вас, мистер Уокер. Попрошу вас выйти ненадолго и подождать, комиссия обсудит ваши ответы и сообщит вам свое решение.

За те секунды, что Радерфорд произносил эти слова, Уокер вполне обрел уверенность. Он встал и, положив плохо работающую левую руку на стол, улыбнулся всем чуть ли не снисходительно.

— Спасибо вам, коллеги, — сказал он. — Это было очень и очень полезно.

Хромая, он вышел из аудитории и закрыл за собой дверь. Радерфорд вздохнул.

— Итак, коллеги, нам есть о чем поговорить? — спросил он.

Опять воцарилось молчание.

— Я считаю, он *вполне* справился с моей частью экзамена, — сказал Ломакс. — И неплохо ответил на вопросы Холланда. Признаться, я был несколько разочарован тем, как прошла последняя треть экзамена, но думаю, он изрядно устал к тому времени. Он *очень* хороший аспирант, но под давлением не показывает всего, на что способен. — Он улыбнулся Стоунеру неискренней, обиженной улыбкой. — А вы давили на него, Билл. Вы не можете этого отрицать. Моя оценка — "сдано".

— Мистер... э... Холланд? — спросил Радерфорд.

Холланд смотрел то на Ломакса, то на Стоунера; он моргал и озадаченно хмурился.

— Но... вы знаете, он показался мне ужасно слабым. Мне трудно точно сформулировать... — Он сглотнул, испытывая неловкость. — Это мой первый устный экзамен здесь. Я пока не очень хорошо представляю, какие тут критерии, но… все-таки он выглядит ужасно слабым. Я хотел бы еще немного подумать.

Радерфорд кивнул.

— Мистер… э… Стоунер?

— "Не сдано", — сказал Стоунер. — Это явный провал.

— Да бросьте, Билл, ну что вы! — воскликнул Ломакс. — Ей-богу, вы слишком строги к парню.

— Нет, — ровным тоном произнес Стоунер, глядя прямо перед собой. — Не слишком, и вы это знаете, Холли.

— Что вы имеете в виду? — спросил Ломакс; казалось, он пытался, повышая голос, вдохнуть в него чувство. — Что вы имеете в виду, позвольте узнать?

— Ну хватит вам, Холли, — утомленно сказал Стоунер. — Он некомпетентен. Это не подлежит сомнению. Я задавал ему вопросы из тех, что задают рядовым студентам, и он не ответил удовлетворительно ни на один. Он лентяй и обманщик. На моем семинаре в прошлом семестре…

— На вашем семинаре! — Ломакс усмехнулся. — Наслышан, наслышан. Но это другое дело. Мы сейчас говорим о том, как он показал себя сегодня. И совершенно очевидно, — его глаза сузились, — что сегодня он отвечал вполне прилично до тех пор, как вы на него набросились.

— Я задавал ему вопросы, — возразил Стоунер. — Простейшие из всех, какие мог придумать. Я хотел дать ему наилучшие шансы. — Он помолчал и продолжил, аккуратно выбирая слова: — Вы руководитель его диссертации, и вполне естественно, что вы обсудили с ним тему. Поэтому на ваши вопросы по диссертации он отвечал очень хорошо. Но когда мы вышли в другие области...

— Что вы имеете в виду?! — крикнул Ломакс. — Вы намекаете, что я... что мы с ним...

— Я ни на что не намекаю, я просто говорю, что аспирант плохо подготовлен. Не могу считать, что он сдал экзамен.

— Послушайте меня, — сказал Ломакс, немного сбавив тон и пытаясь улыбнуться. — То, что я более высокого мнения о нем, чем вы, неудивительно. Он прослушал несколько моих курсов, и... впрочем, не важно. Я согласен на компромисс. Хоть это и несправедливо, я готов поставить ему "условно сдано". Это значит, что он получит два семестра на то, чтобы подтянуться, а потом...

— Мне кажется, — сказал Холланд с облегчением, — это было бы правильней, чем просто "сдано". Я не знаю этого аспиранта, но он явно не готов...

— Отлично, — промолвил Ломакс, усиленно улыбаясь Холланду. — Значит, решено. Мы...

— Нет, — отрезал Стоунер. — Я голосую за "не сдано".

— Это черт знает что! — закричал Ломакс. — Вы понимаете, чтó делаете, Стоунер? Вы понимаете, какие будут для него последствия?

— Понимаю, — негромко сказал Стоунер, — и мне его жаль. Я против того, чтобы он получил степень, и против того, чтобы его допустили к преподаванию в колледже или университете. Я противлюсь этому сознательно. Такой преподаватель — это... катастрофа.

Ломакс сделался каменно неподвижен.

— Это ваше последнее слово? — спросил он ледяным тоном.

— Да, — сказал Стоунер.

Ломакс тряхнул головой:

— Что ж, тогда предупреждаю вас, профессор Стоунер: я этого так не оставлю. Вы допустили… вы неявно выдвинули некие обвинения… вы проявили предубежденность, которая… которая…

— Коллеги, прошу вас, — взмолился Радерфорд. Он только что не плакал. — Нам надо помнить, что важно, а что нет. Как вы знаете, чтобы считать экзамен сданным, нужно единодушное решение комиссии. Есть какая-либо возможность устранить разногласия?

Все молчали. Радерфорд вздохнул:

— Тогда, увы, у меня нет другого выхода, как объявить…

— Погодите минутку.

Это был Гордон Финч; весь экзамен он просидел так тихо, что о нем почти забыли. Сейчас он немного выпрямился на стуле и, обращаясь к поверхности стола, заговорил усталым, но твердым тоном:

— Как исполняющий обязанности заведующего кафедрой я хотел бы выступить с рекомендацией. Очень надеюсь, что вы к ней прислушаетесь. Я рекомендую отложить выставление оценки до послезавтрашнего дня. За это время можно будет остыть и все обсудить.

— Тут нечего обсуждать, — запальчиво возразил Ломакс. — Если Стоунер хочет…

— Я дал свою рекомендацию, — негромко сказал Финч, — и вы должны к ней прислушаться. Декан Радерфорд, предлагаю сообщить экзаменующемуся о нашем решении.

Уокера они увидели удобно устроившимся на стуле в коридоре. Небрежно держа в правой руке сигарету, он со скучающим видом смотрел в потолок.

— Мистер Уокер! — обратился к нему Ломакс и заковылял в его сторону.

Уокер встал; он был на несколько дюймов выше Ломакса, и ему приходилось смотреть на него сверху вниз.

— Мистер Уокер, мне поручили сообщить вам, что комиссия не смогла достичь согласия относительно результата вашего экзамена; вы узнаете вашу оценку послезавтра. Но заверяю вас, — он повысил голос, — заверяю вас, что вам не о чем беспокоиться. Абсолютно не о чем.

Уокер немного постоял, переводя прохладный взгляд с одного преподавателя на другого.

— Еще раз спасибо вам, коллеги, за доброжелательность, — сказал он. Он встретился глазами со Стоунером, и губы его тронула улыбка.

Гордон Финч поспешно ушел, не сказав больше никому ни слова; Стоунер, Радерфорд и Холланд двинулись по коридору вместе; Ломакс остался сзади, он о чем-то увлеченно говорил с Уокером.

— Неприятное дело, скажу я вам, — заметил Радерфорд, идя между Стоунером и Холландом. — Как на него ни посмотри, неприятное дело.

— Да, это так, — согласился Стоунер и отделился от них. Он стал спускаться по мраморной лестнице, все убыстряя шаг. Выйдя наружу, он полной грудью вдохнул ароматный, отдающий дымком предвечерний воздух; потом вдохнул еще раз, как пловец, вынырнувший на поверхность. После этого он медленно зашагал домой.

В середине следующего дня — он еще не успел перекусить — ему позвонила секретарша Гордона Финча и попросила немедленно зайти к нему в кабинет.

Войдя, Стоунер почувствовал, что Финч ждет его с нетерпением. Гордон встал и жестом пригласил Стоунера сесть на стул, пододвинутый к столу.

— Это насчет Уокера? — спросил Стоунер.

— В определенном смысле, — ответил Финч. — Ломакс попросил меня о встрече на этот предмет. Разговор вряд ли будет приятным. Я хотел поговорить с тобой несколько минут наедине до того, как к нам присоединится Ломакс. — Он опять сел и некоторое время крутился туда-сюда во вращающемся кресле, задумчиво глядя на Стоунера. Потом отрывисто сказал: — Ломакс отличный профессионал.

— Я знаю, — согласился Стоунер. — В некоторых отношениях, я думаю, лучший на кафедре.

Как будто не услышав Стоунера, Финч продолжил:

— У него есть свои проблемы, но они проявляются не слишком часто; а когда они возникают, он обычно с ними справляется. Сейчас для склоки момент крайне неудачный. Раскол на кафедре в такое время… — Финч покачал головой.

— Гордон, — сказал Стоунер напряженным тоном, — надеюсь, ты не…

Финч поднял руку.

— Погоди, — сказал он. — Жаль, что я не дал тебе знать раньше. Но тогда про это нельзя было говорить, это не было утверждено официально. Да и сейчас это из разряда конфиденциальных сведений, но… помнишь, мы несколько недель назад говорили о должности заведующего?

Стоунер кивнул.

— В общем, так: это Ломакс. Он будет заведующим. Это решено окончательно. Кандидатуру предложили сверху, но должен тебе сказать, что я ее поддержал. — Он издал короткий смешок. — Правда, я и не мог высказывать иное мнение. Но даже если бы мог, все равно поддержал бы — тогда. Теперь я не так в этом уверен.

— Понимаю, — задумчиво проговорил Стоунер. После паузы он продолжил: — Хорошо, что ты мне не сказал. Это вряд ли изменило бы что-нибудь всерьез, но могло затемнить суть дела.

— Черт возьми, Билл, да пойми ты, мне плевать на Уокера, на Ломакса, на… но ты мой старинный друг. Послушай. Я думаю, правда здесь на твоей стороне. Черт, я *знаю*, что она на твоей стороне. Но давай посмотрим практически. Ломакс принимает это очень близко к сердцу, и он не отступится. И если дойдет до драки, это будет не подарок. Ты не хуже меня знаешь, что Ломакс — мстительный человек. Уволить тебя он не сможет, но он до хрена всего сможет помимо этого. И в какой-то мере мне придется с ним соглашаться. — Он еще раз горько усмехнулся. — Мне в *изрядной* мере, черт бы его подрал, придется с ним соглашаться. Если декан начинает отменять решения заведующего кафедрой, ему надо убрать этого заведующего с должности.

Если Ломакс выйдет за рамки приличий, я могу снять его с поста заведующего; по крайней мере могу попытаться. Возможно, у меня получится, возможно, нет. Но даже если получится, будет драка, которая расколет кафедру, а может быть, и весь колледж. А мне, черт побери… — Финчу вдруг стало неловко; он пробормотал: — Мне, черт побери, надо думать о колледже. — Он посмотрел Стоунеру в глаза. — Понимаешь, что я хочу сказать?

На Стоунера нахлынула теплая волна чувства, волна уважения и любви к старому другу.

— Конечно понимаю, Гордон. Еще бы я не понимал.

— Хорошо, — сказал Финч. — И еще одно. Каким-то образом Ломакс взял нашего президента на поводок и водит его как собачку. Так что все может еще хуже обернуться, чем ты думаешь. Послушай, вполне достаточно будет, если ты скажешь, что передумал. Можешь даже взвалить все на меня: говори, что я тебя заставил.

— Гордон, вопрос не в том, сохраню я лицо или нет.

— Я знаю, — согласился Финч. — Я не то сказал. Но посмотри таким образом: разве Уокер настолько важен? Понимаю, это дело принципа; но есть и другой принцип, о нем тоже не надо забывать.

— Дело не в принципе, — возразил Стоунер. — Дело в Уокере. Допустить его до преподавания, позволить творить в аудитории, что ему вздумается, — это будет катастрофа.

— Самое гадство в том, — устало проговорил Финч — что если у него не выйдет здесь, он может отправиться куда-нибудь еще и там получить степень; он даже и здесь, возможно, ее получит, несмотря ни на что. Ты можешь и проиграть этот бой, что бы ты ни делал. Мы не в состоянии оградить университет от уокеров.

— Может, и не в состоянии, — сказал Стоунер. — Но стараться все же стоит.

Помолчав, Финч вздохнул:

— Ладно. Нет смысла заставлять Ломакса ждать еще дольше. Пора наконец с этим разделаться.

Он встал из-за стола и двинулся было к двери, которая вела в маленькую приемную, примыкавшую к кабинету. Но Стоунер остановил его, положив ладонь ему на руку.

— Гордон, помнишь, что нам сказал однажды Дэйв Мастерс?

Финч удивленно поднял брови:

— При чем тут Дэйв Мастерс?

Стоунер повернул голову к окну, стараясь вспомнить поточнее.

— Мы сидели втроем, и он сказал… примерно вот что: университет — приют, убежище от внешнего мира для обездоленных, для увечных. Но он не имел в виду таких, как Уокер. Уокера он счел бы… счел бы порождением внешнего мира. Нельзя впускать его сюда. Если впустим, сами станем подобны миру, станем такими же фальшивыми, такими же… Единственная надежда — оградить себя.

Финч смотрел на него несколько секунд. Потом улыбнулся.

— Сукин ты сын! — сказал он приподнятым тоном. — Ладно, пора пригласить Ломакса.

Он открыл дверь, жестом позвал Ломакса, и тот вошел в кабинет.

Он вошел такой чопорной, такой официальной походкой, что небольшая хромота на правую ногу была едва заметна; на тонком красивом лице застыло холодное выражение, и голову он держал высоко, так что волнистые, довольно длинные волосы почти касались горба, выступавшего на спине под левым плечом. Не взглянув ни на одного из двоих, он пододвинул себе стул напротив стола Финча и сел так прямо, как только мог, взирая в промежуток между Финчем и Стоунером. Потом чуть-чуть повернул голову в сторону Финча.

— Я попросил о встрече втроем по простой причине, — сказал он. — Я хотел бы знать, пересмотрел ли профессор Стоунер свое вчерашнее ложное суждение.

— Мы с мистером Стоунером только что обсудили вопрос, — отозвался Финч. — И разрешить его, увы, не смогли.

Ломакс повернулся к Стоунеру и уставился на него; его светло-голубые глаза были тусклыми, словно подернутыми пленкой.

— Что ж, тогда мне придется выступить с довольно серьезными обвинениями.

— Обвинениями? — Голос Финча был удивленным и слегка рассерженным. — Вы никогда не упоминали о…

— Сожалею, — сказал Ломакс, — но это необходимо. — Он обратился к Стоунеру: — Вы впервые говорили с Чарльзом Уокером, когда он попросился к вам в аспирантский семинар. Это так?

— Так, — подтвердил Стоунер.

— Вы приняли его нехотя, если я не ошибаюсь?

— Да, — сказал Стоунер. — К тому времени уже записалось двенадцать человек.

Ломакс бросил взгляд на бумажки у себя в правой руке.

— Но когда аспирант сказал вам, что ему *непременно* надо участвовать, вы нехотя приняли его, заметив при этом, что его участие практически погубит семинар. Это так?

— Не совсем. Насколько помню, я сказал, что если добавится еще один человек, то...

Ломакс махнул рукой:

— Это не имеет значения. Я просто хочу увидеть фон. Далее, во время этого разговора вы поставили под вопрос его способность выполнить требования семинара. Это правда?

— Холли, — устало спросил Гордон Финч, — куда вы клоните? Ради чего...

— Прошу вас, дайте мне кончить, — перебил его Ломакс. — Я сказал, что собираюсь выдвинуть обвинения. Вы должны позволить мне их изложить. Итак, не поставили ли вы под вопрос его компетентность?

— Да, я задал ему несколько вопросов, — спокойно ответил Стоунер, — чтобы увидеть, сможет ли он работать на семинаре.

— И увидели, что сможет?

— Кажется, я не вполне был в этом уверен, — сказал Стоунер. — Мне трудно сейчас вспомнить.

Ломакс повернулся к Финчу.

— Таким образом, мы установили, первое, что профессор Стоунер взял Уокера к себе в семинар неохотно; второе, что он пытался воздействовать на Уокера, угрожая, что его участие погубит семинар; третье, что он как минимум сомневался в способности Уокера выполнить необходимую работу; и, четвертое, что, несмотря на эти сомнения и на свои весьма недобрые чувства, он позволил ему участвовать в семинаре.

Финч с безнадежным видом покачал головой:

— Холли, все это бессмысленно.

— Погодите. — Ломакс бросил быстрый взгляд на свои записки, а потом с прищуром посмотрел на Финча. — Я еще далеко не все сказал. Я мог бы раскрыть суть своих претензий посредством "перекрестного допроса", — эти слова он произнес с иронической интонацией, — но я не юрист. Однако заверяю вас: я готов в случае необходимости конкретизировать свои обвинения. — Он сделал паузу, словно собираясь с силами. — Я готов продемонстрировать, во-первых, что профессор Стоунер, принимая мистера Уокера в свой семинар, уже испытывал к нему начатки предубеждения; я готов продемонстрировать, далее, что это предубеждение усилилось вследствие возникшего на семинарских занятиях конфликта характеров, что мистер Стоунер обострял этот конфликт, позволяя другим участникам семинара высмеивать мистера Уокера, а в иных случаях и поощряя их к этому. Я готов продемонстрировать, что это предубеждение не раз проявлялось в высказываниях профессора Стоунера, адресованных учащимся и другим лицам; что он обвинял мистера Уокера в "нападках" на одну из участниц, хотя мистер Уокер всего-навсего выразил противоположное мнение; что он не скрывал своего раздражения из-за этих так называемых "нападок" и, более того, распространялся о "глупом поведении" мистера Уокера. Я готов продемонстрировать также, что профессор Стоунер, будучи предубежден, без всякой причины назвал мистера Уокера ленивым, невежественным и нечестным человеком. И наконец, что из всех тринадцати учащихся мистер Уокер был единственным — единственным! — к кому профессор Стоунер проявил недоверие, что *у него одного* он требовал текст семинарского доклада. Пусть теперь профессор Стоунер отрицает эти обвинения, если хочет, — хоть по одному, хоть все сразу.

Стоунер чуть ли не восхищенно покачал головой.

— О господи, — сказал он. — Как вы все представили! К фактам не придерешься, а правды — ни единого слова.

Ломакс кивнул, словно ожидал такого ответа.

— Я готов доказать истинность всего, о чем я говорил. Если необходимо, нетрудно будет опросить участников семинара по одному.

— Нет! — резко возразил Стоунер. — Вот это, пожалуй, самое возмутительное, что вы сказали сегодня. Я не позволю втягивать учащихся в эту склоку.

— У вас, возможно, не будет выбора, Стоунер, — мягко промолвил Ломакс. — Совсем не будет.

Гордон Финч посмотрел на Ломакса и тихо спросил:

— К чему вы клоните?

Ломакс пропустил это мимо ушей. Он сказал Стоунеру:

— Мистер Уокер сообщил мне, что, хотя в принципе он против этого, сейчас он хочет передать вам текст доклада, который вы подвергли безобразным сомнениям; он готов подчиниться тому решению, что вынесете вы и любые два других квалифицированных преподавателя кафедры, каким бы это решение ни было. Если большинство из троих поставит ему положительную оценку, семинар будет ему зачтен и он останется в аспирантуре.

Стоунер покачал головой; он не мог поднять на Ломакса глаз от стыда за него.

— Вы знаете, что я не могу на это пойти.

— Что ж, прекрасно. Мне не нравится так поступать, но... если вы не проголосуете иначе, чем вчера, мне придется выдвинуть против вас официальные обвинения.

Гордон Финч повысил голос:

— Вам *что* придется сделать?!

Холодным тоном Ломакс разъяснил:

— Устав университета Миссури разрешает любому преподавателю, работающему на постоянной должности, выдвигать обвинения против любого другого преподавателя на постоянной должности, если имеются убедительные доводы в пользу того, что обвиняемый проявляет некомпетентность, ведет себя неэтично или не руководствуется в своей деятельности моральными принципами, перечисленными в статье шестой раздела третьего устава. Эти обвинения и подкрепляющие их свидетельства рассматриваются всем преподавательским составом и в итоге либо признаются достоверными, набрав две трети голосов или больше, либо снимаются, не набрав такого количества.

Гордон Финч сидел, откинувшись на спинку стула и открыв рот; он покачал головой, точно не веря своим ушам.

— Послушайте, Холли, — сказал он. — Это ни в какие ворота не лезет. Вы, конечно, шутите?

— Заверяю вас, нисколько, — возразил Ломакс. — Вопрос весьма серьезный. Это дело принципа; и… и была поставлена под вопрос моя честность. Я имею право выдвинуть обвинения, если считаю нужным.

— Вы не сможете добиться признания их справедливыми, — сказал Финч.

— Так или иначе, я имею право их выдвинуть.

Некоторое время Финч смотрел на Ломакса. Потом тихо, почти дружелюбно сказал ему:

— Обвинений выдвинуто не будет. Не знаю, как все это разрешится, да и мне, честно говоря, это не особенно важно. Но обвинений выдвинуто не будет. Через несколько минут мы, все трое, выйдем из этого кабинета и постараемся забыть большую часть того, что сейчас было произнесено. По крайней мере, сделаем вид, что забыли. Я не допущу, чтобы кафедру втягивали в склоку. Никаких обвинений. Потому что, — добавил он нарочито приятным тоном, — если они будут, не сомневайтесь: я сделаю все от меня зависящее, чтобы вас уничтожить. Я ни перед чем не остановлюсь. Я пущу в ход все свое влияние до последней капельки; я солгу, если будет нужно; я подставлю вас, если понадобится. Я сообщаю декану Радерфорду, что решение по мистеру Уокеру остается неизменным. Если вы намерены и дальше настаивать на своем, идите к декану, к президенту, да хоть к Господу Богу. Но в моем кабинете этот вопрос больше не обсуждается. Не хочу больше ничего слышать на эту тему.

Пока Финч говорил, лицо Ломакса стало глубокомысленным и спокойным. Когда он кончил, Ломакс кивнул ему почти небрежно и встал со стула. Бросил короткий взгляд на Стоунера, а затем, хромая, прошел через кабинет и покинул его. Несколько секунд Финч и Стоунер сидели молча. Наконец Финч спросил:

— Что, интересно, между ним и Уокером такое?

Стоунер покачал головой:

— Не то, что ты думаешь, — сказал он. — А что — не знаю. И, пожалуй, не хочу знать.

Десять дней спустя было объявлено, что Холлис Ломакс назначен заведующим кафедрой английского языка; а еще через две недели преподаватели кафедры получили расписание занятий на следующий учебный год. Стоунер не удивился, увидев, что в каждом из двух семестров он должен будет вести письменную практику в трех группах первокурсников и читать обзорный курс одной группе студентов второго года обучения; его углубленный курс средневековой литературы и его аспирантский семинар исключили из расписания. Ему дали то, понял Стоунер, что могли бы дать начинающему преподавателю. Даже хуже в определенном смысле: его расписание было составлено так, что ему надо было вести занятия в широко разбросанные часы шесть дней в неделю. Он не протестовал, решив работать в следующем году, как будто ничего не произошло.

Но в первый раз с тех пор, как он начал преподавать, ему пришло в голову, что ему, может быть, надо перейти в какое-нибудь другое место. Он завел разговор об этом с Эдит, но она посмотрела на него так, словно он ударил ее.

— Я не могу, — сказала она. — О нет, я не могу.

Почувствовав, что выдала себя, что обнаружила свой страх, она рассердилась:

— Ты в своем уме? А наш дом, наш милый дом? А наши друзья? А школа Грейс? Ничего хорошего для ребенка, если его перебрасывают из школы в школу!

— Может быть, я вынужден буду уйти, — сказал он. Он не говорил ей про эпизод с Уокером и Ломаксом, но ему быстро стало ясно, что она все знает.

— Безответственность с твоей стороны! — заявила она. — Полнейшая безответственность.

Но ее гнев был каким-то неглубоким, в нем чувствовалась странная рассеянность; бледные голубые глаза, перестав смотреть на него, блуждали по гостиной, останавливаясь то на одном, то на другом предмете, как будто ей нужно было убедиться, что они продолжают существовать; ее тонкие, слегка припорошенные веснушками пальцы беспрестанно двигались.

— Я знаю, все знаю про твою неприятность. Я никогда не вмешивалась в твою работу, но... твое упрямство переходит все границы. Ведь это отразится на мне и *Грейс*! И разумеется, ты не можешь требовать, чтобы мы снялись с места и переехали только из-за того, что ты поставил себя в невыгодное положение.

— Но как раз из-за тебя и Грейс — отчасти, по крайней мере, — я и думаю об этом. Маловероятно, что я... что я далеко продвинусь здесь, если останусь.

— А... — отрешенно произнесла Эдит, придав голосу горькое звучание. — Не важно. Мы жили бедно все эти годы, можем и дальше так жить. Калека... Ты раньше должен был подумать, к чему это может привести. — Внезапно ее тон изменился, и она рассмеялась снисходительно, даже с нежностью: — Надо же, какую важность ты придаешь подобным вещам! Ну скажи, что, *что* это меняет?

Уезжать из Колумбии она не хотела ни под каким видом. Если дойдет до этого, сказала она, они с Грейс всегда могут перебраться к тете Эмме; ее здоровье чем дальше, тем хуже, и их присутствие будет для нее не лишним.

Поэтому он отказался от мысли о переезде почти сразу. Он должен был преподавать и летом, и две группы интересовали его особо: их ему дали до того, как Ломакс стал заведующим. Он решил уделить им максимум внимания, ведь он знал, что ему вряд ли скоро доведется опять читать этот курс.

Глава XI

Через несколько недель после того, как начался осенний семестр 1932 года, Уильяму Стоунеру стало ясно, что его борьба за исключение Чарльза Уокера из аспирантуры была безуспешной. После летних каникул Уокер вернулся в кампус триумфатором; встречая Стоунера в коридорах Джесси-Холла, он иронически кивал ему и злорадно улыбался. Стоунер узнал от Джима Холланда, что декан Радерфорд отложил официальное объявление результата прошлогоднего голосования и что в конце концов было решено позволить Уокеру сдать предварительный устный экзамен еще раз, причем экзаменаторов должен был назначить заведующий кафедрой.

Итак, битва была проиграна, и Стоунер был готов признать поражение; но враждебность никуда не делась. Встречая Ломакса в коридорах, на заседаниях кафедры, на университетских мероприятиях, Стоунер заговаривал с ним, как раньше, словно ничего между ними не произошло. Но Ломакс не отвечал на его приветствия; бросив на него холодный взгляд, он отводил глаза, словно говоря, что подольститься к нему невозможно.

Однажды поздней осенью Стоунер без предупреждения вошел в кабинет Ломакса и довольно долго стоял около его стола, пока Ломакс нехотя не повернул к нему лицо, твердо сжав губы и придав взгляду холодность.

Поняв, что говорить Ломакс не собирается, Стоунер неуклюже начал:

— Послушайте, Холли, это дело кончено. Нельзя ли просто-напросто оставить его в прошлом?

Ломакс смотрел на него непреклонным взглядом. Стоунер продолжил:

— Мы разошлись во мнениях, но это бывает. Мы были друзьями, и я не вижу причины...

— Мы никогда не были друзьями, — отчеканил Ломакс.

— Пусть так, — сказал Стоунер. — Но по крайней мере мы ладили. Разногласия могут сохраняться, но, бога ради, не надо выставлять их напоказ. Даже учащиеся начинают замечать.

— Пусть замечают, — со злобой в голосе сказал Ломакс, — ведь карьеру одного из них вы едва не погубили. Карьеру блестящего аспиранта, чьими "прегрешениями" были всего-навсего богатство воображения, энтузиазм и прямота, которые довели его до конфликта с вами. А еще одним его "прегрешением" — не побоюсь сказать — стал в ваших глазах прискорбный физический недостаток, у всякого нормального человека вызывающий сочувствие.

Карандаш, который Ломакс держал в здоровой правой руке, дрожал; почти с ужасом Стоунер понял, что Ломакс страшно, безнадежно искренен.

— Нет, — со страстью продолжил Ломакс, — за это я не могу вас простить.

Стоунер постарался сделать голос как можно менее жестким.

— Дело не в прощении. Дело только в том, что нам, по-моему, надо вести себя по отношению друг к другу так, чтобы не очень сильно смущать студентов и преподавателей.

— Я буду предельно откровенен с вами, Стоунер, — сказал Ломакс. Его гнев поутих, голос звучал спокойно, прозаично. — Я считаю, что вы не годитесь в преподаватели, как не годится всякий, чьи предрассудки превалируют над способностями и знаниями. Я, вероятно, уволил бы вас, имей я такую возможность; но такой возможности, как мы оба знаем, у меня нет. Вы защищены системой пожизненного найма. Мне приходится с этим считаться. Но лицемерить я не собираюсь. Я не хочу иметь с вами дела. Совсем не хочу. И не намерен это скрывать.

Стоунер посмотрел на него долгим ровным взглядом. Потом покачал головой.

— Как вам угодно, Холли, — устало промолвил он и двинулся к выходу.

— Постойте, — раздался сзади голос Ломакса.

Стоунер обернулся. Ломакс пристально рассматривал какие-то бумаги у себя на столе; лицо у него было красное и выдавало внутреннюю борьбу. Стоунер понял: это краска стыда, а не проявление злости.

— С этого дня, — сказал Ломакс, — если у вас будут ко мне вопросы по учебным делам — обращайтесь к секретарше.

Хотя Стоунер еще некоторое время стоял и смотрел на него, Ломакс не поднял головы. Короткая судорога прошла по его лицу; потом оно стало неподвижно. Стоунер вышел из кабинета.

И после этого они более двадцати лет не разговаривали друг с другом.

То, что произошедшее затронуло и учащихся, было, понял позднее Стоунер, неизбежно; уговори даже он Ломакса надеть мирную маску, последствия столкновения все равно рано или поздно должны были на них сказаться.

В том, как его бывшие студенты — даже те, с кем он был довольно коротко знаком, — кивали ему и разговаривали с ним, стала ощущаться оглядка и даже какая-то опаска. Иные, правда, выказывали нарочитое дружелюбие, используя всякий случай, чтобы обратиться к нему или пройти с ним по коридору на глазах у других. Но былое взаимопонимание исчезло; он стал особой фигурой, и за тем, что кого-то видели с ним, а кого-то нет, всегда стояла особая причина.

Постепенно он начал чувствовать, что его общество смущает и друзей, и недоброжелателей, и он все больше и больше замыкался в себе.

На него напала какая-то летаргия. Преподавая, он старался делать это как можно лучше, но рутина занятий с младшекурсниками по стандартной, обязательной для всех программе высасывала из него все соки и оставляла к концу дня истощенным и оцепенелым. Как мог, он заполнял промежутки между широко разбросанными аудиторными часами консультациями со студентами, кропотливо разбирая их работы, подолгу не отпуская их, вызывая у них досаду и нетерпение.

Время тянулось для него медленно. Он попробовал больше бывать с женой и дочкой; но его появления дома в те необычные часы посреди дня, что он из-за неудобного учебного расписания только и мог там проводить, вступали в противоречие с жестким графиком, которому Эдит старалась подчинять жизнь Грейс; он не удивился, увидев, что его регулярные приходы так расстраивают жену, что она становится нервной, молчаливой, а то и физически больной. К тому же он далеко не всегда заставал Грейс дома. Усилиями Эдит чуть ли не весь день девочки был расписан; "свободное" время у нее оставалось только вечером, а у Стоунера четыре раза в неделю были вечерние занятия. Когда он приходил после них, Грейс обычно уже спала.

Так что он по-прежнему виделся с Грейс только коротко, за завтраком; наедине с ней он был лишь в те минуты, когда Эдит убирала остатки завтрака со стола. Он замечал, как дочка вытягивается, как ее тело приобретает неловкую грациозность, как в спокойных глазах и внимательном лице накапливается ум. Порой он чувствовал, что между ними сохранилась некая близость — близость, в которой ни он, ни она не могли открыто признаться.

В конце концов он вернулся к своей былой привычке проводить большую часть свободного времени у себя в кабинете в Джесси-Холле. Он говорил себе, что надо радоваться возможности читать по своему усмотрению, читать что захочется, а не ради подготовки к очередному занятию. Он пытался читать по прихоти, для удовольствия, брался за книги, до которых у него годами не доходили руки. Но ум и воображение не желали идти туда, куда он их направлял; он отвлекался от страницы и все чаще ловил себя на том, что тупо смотрит вперед, в никуда; в иные минуты все, что он знал, казалось, улетучивалось из его головы и вся сила воли оставляла его. Бывало, он ощущал себя каким-то растением, овощем и тосковал по чему угодно, что пронзило бы его, взрезало, вернуло к жизни, пусть даже причиняя боль.

Он достиг той поры существования, когда перед ним встал и делался все более настоятельным вопрос, до того ошеломляющий в своей простоте, что он не знал, как ему с этим вопросом быть. Имеет ли его жизнь сейчас какой-нибудь значимый смысл? Имела ли в прошлом? Он подозревал, что этот вопрос на том или ином этапе жизни встает перед каждым, но сомневался, что перед многими он встает с такой безличной, надчеловеческой силой. Вопрос нес с собой печаль, но это была общая печаль, мало связанная, думалось ему, с его личностью или судьбой; он даже не был уверен, что поводом к этим мыслям послужили события, сделавшие его жизнь такой, какой она стала. Они возникли, полагал он, из-за приращения лет, их породила плотность событий и обстоятельств, дополненных всем тем, что он понял в произошедшем и что из него вынес. Он испытывал мрачное и ироническое удовольствие, говоря себе, что все те скромные познания, какие он приобрел, возможно,

ведут к заключению, что в конечном счете все на свете, включая даже сами познания, позволившие ему понять это, бесплодно и пусто и в итоге сводится к веч-
ному, неизменному нулю.

Однажды после вечерних занятий он пришел
в свой кабинет, сел за стол, открыл книгу и попытался читать. Стояла зима, и целый день шел снег,
поэтому снаружи повсюду расстилалась мягкая бе-
лизна. В кабинете было жарко, душно; он открыл окно, чтобы впустить свежий воздух. Он дышал глубоко и, отвлекшись от книги, позволил взгляду блу-
ждать по белому простору кампуса. Поддавшись
внезапному побуждению, погасил настольную лампу и остался в темноте натопленного кабинета; холодный воздух наполнял его легкие; он, сидя за столом, наклонился к открытому окну. Тишина зимнего
вечера была слышна ему, он каким-то образом, казалось, воспринимал звуки, поглощенные нежной,
утонченно-многоклеточной снеговой субстанцией.
Ничто не двигалось по этому снегу; Стоунера ма-
нил мертвый пейзаж, он словно бы вбирал в себя
его сознание, как вбирал звуки из воздуха, упряты-
вая их под мягкий белый покров. Стоунер чувствовал, как его тянет наружу, в белизну, которая прости-
ралась, сколько хватал глаз, и была частью тьмы, откуда она светила, тьмы ночного безоблачного неба,
лишенного высоты и глубины. На какой-то миг ему
почудилось, будто он покинул собственное тело, неподвижно сидящее перед окном; почудилось, будто
он, летя в вышине, видит все — заснеженный про-
стор, деревья, высокие колонны, ночное звездное небо — из дальнего далека, видит уменьшенным до ни-

чтожных размеров. Но тут сзади щелкнул радиатор. Он пошевелился, и окружающее снова сделалось каким было. С облегчением и странной неохотой он опять зажег лампу. Потом положил в портфель книгу и кое-какие бумаги, вышел из кабинета, прошел темными коридорами и покинул Джесси-Холл через широкую двойную заднюю дверь. Он медленно направился домой, слыша каждый свой приглушенногромкий скрипучий шаг по сухому снегу.

Глава XII

В том году, особенно зимой, он все чаще и чаще испытывал такой отрыв от реальности; по своему желанию он мог делать так, чтобы сознание покинуло телесную оболочку, и тогда он смотрел на себя извне, смотрел как на знакомого незнакомца, совершающего привычные и в то же время странные действия. Раньше с ним ничего подобного не случалось; он понимал, что следовало бы из-за этого обеспокоиться, но весь был какой-то оцепенелый и не мог по-настоящему убедить себя, что происходящее важно. Ему было сорок два года, и впереди он не видел ничего, что обещало бы радость, а позади почти ничего, памятью о чем он бы дорожил.

В этом возрасте Уильям Стоунер был почти таким же худощавым, как в юности, когда он впервые, завороженный, вошел в кампус, до сих пор, надо сказать, не вполне утративший свою волшебную власть над ним. Сутулился он год от года все больше, и он приучился замедлять свои движения, чтобы деревенская неуклюжесть рук и ног казалась заурядной неторопливостью, а не проявлением чего-то глубинного, присущего ему от рождения. Черты вытянутого лица стали с годами более мягкими; кожа, и теперь словно бы дубленая, уже не так туго обтягивала выступающие скулы; вокруг глаз и около углов рта появились тонкие морщины. Серые глаза, все еще зоркие и ясные, запали глубже, их проницательность была теперь полускрыта; волосы, в прошлом русые, потемнели, а на висках появилась седина. Он мало думал о годах, не сожалел, что они прошли; но, видя себя в зеркале или бросая взгляд на свое отражение в стеклянной входной двери Джесси-Холла, он ощущал легкий удар, ибо перемен нельзя было не заметить.

Однажды ранней весной под вечер он сидел один в своем кабинете. На столе перед ним лежала стопка работ первокурсников; одну он держал в руке, но не читал. Как с ним последнее время нередко бывало, он загляделся в окно на ту часть кампуса, что была видна из кабинета. День был солнечный, и, пока он смотрел, тень Джесси-Холла доползла почти до оснований пяти колонн, одиноко, с мощным изяществом высившихся посреди прямоугольной площадки. Та часть площадки, что лежала в тени, была темно-бурой, а на солнце из-под очень бледной переливчатой зелени перезимовавшей травы проглядывала рыжина. Черная паутина ползучих стеблей, обвивших колонны, подчеркивала ослепительную белизну мрамора; скоро, думалось Стоунеру, тень покроет базы колонн и двинется вверх, сначала медленно, потом быстрее, пока... И тут он почувствовал, что сзади него кто-то стоит.

Он повернулся на стуле и поднял глаза. Это была Кэтрин Дрисколл, молодая преподавательница, которая в прошлом году посещала его семинар. С тех пор они, хоть иногда встречались в коридорах и кивали друг другу, ни разу толком не разговаривали. Увидев ее сейчас, он испытал смутную досаду: ему не хотелось напоминаний о семинаре и о том, что было после него. Он подвинул свой стул и неуклюже поднялся на ноги.

— Здравствуйте, мисс Дрисколл, — суховато проговорил он и показал ей на другой стул. Она на мгновение задержала на Стоунере взгляд; глаза были темные и большие, и он отметил про себя необычайную бледность ее лица. С легким, как бы ныряющим движением головой она шагнула от него ко второму стулу и села.

Стоунер тоже сел и несколько секунд смотрел на нее, не видя по-настоящему. Потом, почувствовав, что такой взгляд может показаться ей невежливым, попытался улыбнуться и выдавил из себя ничего не значащий вопрос о ее занятиях со студентами.

Она заговорила отрывисто:

— Вы... вы однажды согласились проглядеть мою диссертацию, когда я хорошо продвинусь в работе над ней.

— Да, — сказал Стоунер, кивая. — Помню, было такое. Конечно.

И только тут он заметил, что она держит на коленях папку.

— Но разумеется, если вы заняты... — неуверенно промолвила она.

— Вовсе нет, — сказал Стоунер, пытаясь придать голосу воодушевление. — Вы меня ни от чего важного не отвлекли, не думайте.

Она нерешительно протянула ему папку. Он взял ее, взвесил в руке и улыбнулся:

— Я думал, вы побольше наработаете.

— Я наработала много, — сказала она. — Но начала заново. Я изменила подход и… и очень хотела бы услышать ваше мнение.

Он еще раз улыбнулся и кивнул, не зная, что теперь сказать. Они немного посидели в неловком молчании. Наконец он спросил:

— Когда вам это вернуть?

Она покачала головой:

— Когда угодно. Я же знаю, у вас много других дел.

— Мне не хочется вас задерживать, — сказал он. — Может быть, встретимся в пятницу? Это даст мне уйму времени. Скажем, часа в три?

Она поднялась так же резко, как села.

— Спасибо, — сказала она. — Не буду вам дальше мешать. Спасибо.

Она повернулась, худощавая и прямая, и вышла из кабинета.

Он подержал папку в руках, глядя на нее. Потом положил ее на стол и вернулся к работам первокурсников.

Это было во вторник, и два последующих дня рукопись лежала на столе нетронутая. Сам не зная почему, он не мог заставить себя открыть папку и приняться за чтение, которое несколько месяцев назад было бы для него приятным долгом. Он смотрел на нее с опаской, как на недруга, пытающегося опять вовлечь его в войну, от которой он отказался.

И вот уже пятница, а он еще ничего не прочел. Утром, собирая в кабинете книги и бумаги для восьмичасового занятия, он бросил взгляд на папку — она лежала, показалось ему, с укоризненным видом; когда он в начале десятого вернулся в кабинет, он надумал было оставить на кафедре в почтовом ящике мисс Дрисколл записку с просьбой дать ему еще несколько дней; но затем решил бегло просмотреть работу перед одиннадцатичасовым занятием и сказать ей, когда они встретятся, хотя бы пару слов о своем первом впечатлении. Однако он и теперь не в силах был приступить к чтению; когда ему уже пора было идти на занятие, последнее на тот день, он взял папку со стола, сунул в портфель среди других бумаг и поспешил через кампус в аудиторию.

В полдень, когда занятие окончилось, несколько студентов подошли к нему поговорить, и освободился он только во втором часу. Испытывая какую-то мрачную решимость, он отправился в библиотеку; он намеревался найти свободный отсек и перед трехчасовой встречей с мисс Дрисколл посвятить ее работе хотя бы час торопливого чтения.

Но даже в знакомой сумрачной тиши библиотеки, в пустом дальнем отсеке среди стеллажей ему трудно было принудить себя взглянуть на принесенные страницы. Он открывал другие книги и прочитывал абзацы, на которые случайно падал взгляд; просто сидел, вдыхая затхлый дух старых книг. Наконец вздохнул; откладывать дальше было невозможно, он открыл папку и поспешно просмотрел первые страницы.

Вначале то, что он читал, затрагивало лишь край его сознания; но постепенно слова заставили его вникнуть. Он нахмурился, стал читать вдумчивее.

И его зацепило; он вернулся туда, откуда начал, и его внимание хлынуло на страницу. Да, сказал он себе, конечно. Многое из того, о чем она говорила в докладе на семинаре, было и здесь, но в переосмысленном и перекомпонованном виде, с указаниями на то, что он и сам раньше если и видел, то смутно. Ничего себе, подумал он изумленно; его пальцы, когда он переворачивал страницы, дрожали от волнения.

Прочтя последнюю машинописную страницу, он в счастливом изнеможении откинулся назад и уставился на серую цементную стену библиотеки. С тех пор как он начал читать, прошло, казалось, всего несколько минут; он посмотрел на часы. Было почти полпятого. Он вскочил на ноги, торопливо собрал листы рукописи и пулей вылетел из библиотеки; хотя он знал, что уже безнадежно опоздал, он, направляясь через кампус к Джесси-Холлу, то и дело переходил на бег.

Проходя по пути в свой кабинет мимо открытой двери кафедры, он услышал, как его окликнули. Он остановился и просунул голову в дверь. Секретарша — новая девушка, которую недавно нанял Ломакс, — с укором, тоном чуть ли не грубым, сообщила ему:

— Мисс Дрисколл была тут с трех часов. Ждала вас почти час.

Он кивнул, поблагодарил ее и, замедлив шаг, пошел к себе в кабинет. Ничего страшного, сказал он себе, можно будет с извинениями вернуть ей рукопись в понедельник. Но волнение, которое он испытывал, читая ее работу, не проходило, и он беспокойно мерил шагами кабинет, то и дело останавливаясь и кивая самому себе. Наконец он подошел к книжным полкам и после коротких поисков вытащил тонкую брошюрку с черной слепой печатной надписью на обложке: "Университет Миссури. Преподаватели и учебно-вспомогательный персонал. Справочник". Он отыскал там Кэтрин Дрисколл; телефона у нее не было. Он переписал ее адрес, взял со стола папку и вышел из кабинета.

Примерно в трех кварталах от кампуса, если идти к центру города, стояли большие старые здания, которые несколько лет назад переоборудовали в дома с квартирами, сдающимися внаймы; в них жили аспиранты, молодые преподаватели, сотрудники университета и просто горожане. Дом, где снимала квартиру Кэтрин Дрисколл, стоял в окружении других. Это было массивное трехэтажное строение из серого камня с обескураживающим количеством входов и выходов, с выступавшими со всех сторон башенками, эркерами и балкончиками. Поискав, Стоунер обнаружил имя Кэтрин Дрисколл на почтовом ящике перед короткой цементной лестницей, которая вела вниз, в полуподвал. Секунду поколебавшись, он спустился и постучал.

Когда Кэтрин Дрисколл ему открыла, он едва ее узнал; она зачесала волосы назад и небрежно перехватила на затылке, обнажив маленькие розоватые уши; на ней были очки в темной оправе, за которыми темные глаза выглядели очень большими и испуганными; в рубашке мужского покроя с отложным воротником и темных свободных брюках она показалась ему более худощавой и элегантной, чем в университете.

— Я... Простите, что заставил вас напрасно прождать, — неуклюже сказал Стоунер. Он протянул ей папку. — Я подумал, она вам может понадобиться в выходные.

Она ответила не сразу. Стояла и смотрела на него без всякого выражения, закусив нижнюю губу. Затем подалась назад от двери:

— Может быть, войдете?

Миновав узенький короткий коридорчик, он вошел следом за ней в крохотную, довольно сумрачную комнату с невысоким потолком; из мебели там были низкая кровать-кушетка немного шире односпальной, продолговатый кофейный столик перед ней, одно мягкое кресло, маленький письменный стол, стул, книжные полки. На полу и на кушетке он увидел несколько раскрытых книг, на письменном столе в беспорядке лежали бумаги.

— Тут очень тесно, — сказала Кэтрин Дрисколл, нагнувшись, чтобы поднять с пола одну из книг, — но мне и не нужно много места.

Он сел в кресло напротив кушетки. Она предложила ему кофе, и он согласился. Она пошла в маленькую кухню, а он откинулся на спинку кресла и стал осматриваться, слыша между тем, как она негромко хлопочет на кухне.

Она принесла кофе в изящных белых фарфоровых чашечках на черном лакированном подносе и поставила на столик перед кушеткой. Какое-то время они пили кофе и скованно беседовали. Потом Стоунер перешел к ее работе, и его охватило то же волнение, что он испытал в библиотеке; подавшись вперед, он заговорил с жаром.

Немало минут длился их непринужденный обмен мыслями; тема служила им защитой, раскрепощала их. Кэтрин Дрисколл сидела на краю кушетки, ее глаза блестели, стройные пальцы рук, лежавших на кофейном столике, сжимались и разжимались. Уильям Стоунер подвинул свое кресло вперед и, увлеченный разговором, наклонился к собеседнице; они теперь сидели так близко, что он мог протянуть руку и прикоснуться к ней.

Они обсуждали вопросы, поднятые в первых главах диссертации, говорили о том, к чему это исследование может подвести и в чем его важность.

— Вы не должны бросать эту работу, — сказал он, удивив самого себя настоятельностью тона. — Какой бы трудной она ни выглядела, вам непременно надо довести ее до конца. Вы слишком хорошо начали, чтобы бросать. Чрезвычайно хорошо, в этом нет никаких сомнений.

Она помолчала, и живость вдруг оставила ее лицо. Она откинулась назад, посмотрела в сторону и задумчиво проговорила:

— Ваш семинар... мысли, которые вы на нем высказали... это было очень полезно.

Он улыбнулся и покачал головой:

— Семинар вам не был особенно нужен. Но я рад, что вы участвовали. Неплохой получился семинар, по-моему.

— Это стыд и позор! — вырвалось у нее. — Стыд и позор. Семинар... вы были... я *обязана* была после него начать все заново. Это такой позор, что они вас... — Она осеклась; горько, яростно смущенная, встала с кушетки и беспокойно двинулась к письменному столу.

Стоунер, застигнутый врасплох ее вспышкой, на секунду потерял дар речи. Потом проговорил:

— Не переживайте из-за этого. Бывает. Со временем все образуется. Ничего особенного не случилось.

И вдруг, стоило ему произнести эти слова, и правда так стало: ничего особенного. Он мгновенно почувствовал, что высказал истину, что так оно и есть, и впервые за долгие месяцы ощутил, что на него не давит отчаяние, тяжесть которого он все это время не вполне сознавал. В легком опьянении, чуть ли не смеясь, он повторил:

— *Ничего* особенного не случилось.

Но теперь на обоих напала какая-то неловкость, и они уже не могли разговаривать так свободно, как пару минут назад. Через некоторое время Стоунер встал, поблагодарил ее за кофе и вышел. Она проводила его до двери и попрощалась отрывисто, почти резко.

Снаружи было уже темно, в вечернем воздухе чувствовалась весенняя свежесть. Он дышал глубоко, холодок щекотал спину и грудь. Между прямоугольниками многоквартирных домов светились сквозь легкий туман городские огни. Угловой фонарь едва рассеивал смыкавшуюся вокруг него мглу; внезапно прозвучал и умолк чей-то смех, донесшийся из более дальней темноты. В тумане задерживался запах дыма с задних дворов, где сжигали мусор; Стоунер медленно шел по мглистой улице, вдыхая и ощущая на вкус терпкий вечерний воздух, и ему казалось, что сегодняшнего достаточно, что большего ему и не нужно.

Так-то и случилась с ним его любовная история.

В своем чувстве к Кэтрин Дрисколл он отдал себе отчет не сразу. Он начал ловить себя на том, что ищет предлоги, чтобы зайти к ней домой после занятий: ему приходила на ум какая-нибудь книга или статья, он записывал название для памяти и нарочно избегал встреч с ней в коридорах Джесси-Холла, чтобы во второй половине дня заглянуть к ней, дать это название, выпить чашечку кофе и поговорить. Однажды он полдня просидел в библиотеке в поисках ссылки, подкрепляющей утверждение во второй главе ее работы, которое показалось ему слабовато обоснованным; в другой раз терпеливо переписал с фотокопии, имевшейся в библиотеке, фрагмент малоизвестной латинской рукописи, и это дало ему возможность провести у нее несколько вечеров, помогая ей с переводом.

В те часы, что они проводили вместе, Кэтрин Дрисколл была вежлива, доброжелательна и сдержанна; она была полна тихой благодарности за интерес к ее работе, за потраченное время и выражала надежду, что это не идет в ущерб его более важным занятиям. Ему ни разу не приходило в голову, что она может относиться к нему иначе, нежели как к вызывающему ее восхищение преподавателю-энтузиасту, чья помощь, хотя и дружеская, лишь ненамного превосходит ту, к которой его обязывает профессиональный долг. Он думал о себе как о слегка комичном субъекте, как о человеке, к которому можно испытывать только отвлеченный интерес; и, поняв, что неравнодушен к Кэтрин Дрисколл, он стал крайне осторожен, чтобы ненароком не выказать ей свое чувство.

Месяц с лишним он бывал у нее по два-три раза в неделю, оставаясь самое большее часа на два; он боялся ей надоесть, поэтому приходил, только когда был уверен, что действительно может помочь ей в работе. С каким-то сумрачным удовольствием он отметил, что готовится к беседам с ней так же прилежно, как к лекциям; и он сказал себе, что этого довольно, что с него хватит тех встреч и разговоров, какие были и какие еще будут, пока ей не наскучит его общество.

Но, несмотря на всю его осторожность, им обоим во время этих посещений становилось все больше не по себе. Возникали долгие паузы, когда им нечего было сказать; они пили потихоньку кофе, не глядя друг на друга; нерешительными, деревянными голосами произносили ничего не значащие фразы; испытывая беспокойство, находили поводы встать и отойти в другой конец комнаты. С грустью такой силы, какой он не ожидал, Стоунер сказал себе, что его присутствие стало ее тяготить и лишь вежливость удерживает ее от того, чтобы дать ему это понять. И он принял решение, неизбежность которого понимал и раньше: он отдалится от нее, причем сделает это постепенно, и благодаря постепенности она не увидит, что он заметил ее состояние, а будет думать, что он просто-напросто оказал ей всю помощь, какую мог.

На следующей неделе он побывал у нее только однажды, а за неделю после той — ни разу. Он не предвидел, какую борьбу с собой придется выносить; сидя после занятий у себя в кабинете, он должен был почти физически удерживать себя от того, чтобы встать из-за стола и поспешить к ней. Раз или два он видел ее издали в коридоре, торопливо идущую на занятия или с занятий; он тогда поворачивал в другую сторону, чтобы не встречаться.

Некоторое время спустя им овладело какое-то оцепенение, и он сказал себе, что все будет в порядке, что через несколько дней он в состоянии будет встречаться с ней в коридорах, кивать, улыбаться, может быть, даже останавливать ее на минутку, чтобы спросить, как подвигается работа.

Но однажды на кафедре, вынимая почту из своего ящика, он случайно услышал, как молодой преподаватель говорит другому, что Кэтрин Дрисколл заболела, что она уже два дня не ведет занятий. И оцепенения как не бывало; он почувствовал острую боль в груди, и вся решимость, вся сила воли покинула его. Он судорожными шагами отправился в свой кабинет, оглядел в каком-то отчаянии книжные полки, выбрал книгу и вышел. К тому времени, как он добрался до дома Кэтрин Дрисколл, он совсем запыхался, и ему пришлось, чтобы отдышаться, немного постоять перед дверью. Он приладил к лицу улыбку, уповая на то, что она будет выглядеть естественно, и постучал.

Она была еще бледней обычного, под глазами — темные круги; на ней был темно-синий халат без рисунка, волосы она аскетически стянула на затылке.

Стоунер знал, что говорит нервно и глупо, но остановить поток слов был не в силах.

— Привет! — бодрым тоном сказал он. — Я услыхал, что вы нездоровы, и решил вас проведать, я захватил с собой книгу, которая может быть вам полезна, как вы себя чувствуете? Я бы не хотел…

Он слушал звуки, катившиеся с его губ, растянутых в наклеенной улыбке, и не мог ничего поделать с глазами, которые шарили по ее лицу.

Когда он наконец умолк, она отошла от двери и тихо промолвила:

— Входите.

В маленькой спальне-гостиной его дурацкая нервозность уменьшилась. Он сел в кресло, и, когда Кэтрин Дрисколл села напротив него на кровать, он почувствовал, как возвращается былая непринужденность. Несколько секунд оба молчали. Наконец она спросила:

— Хотите кофе?

— Не надо, не трудитесь, — сказал Стоунер.

— Да какой там труд. — Ее голос прозвучал резко, и в нем слышалась знакомая ему скрытая злость. — Только подогреть.

Она пошла в кухню. Стоунер, оставшись в комнате один, мрачно взирал на кофейный столик и говорил себе, что зря он сюда заявился. Он досадовал на мужскую глупость, толкающую мужчин на глупые поступки.

Кэтрин Дрисколл вернулась с кофейником и двумя чашками, налила кофе ему и себе, и они сидели, глядя на пар, поднимающийся от темного напитка. Она вытащила сигарету из мятой пачки, зажгла и нервно затянулась. Стоунер вдруг вспомнил про книгу, которую принес и по-прежнему держал в руках. Он положил ее на кофейный столик.

— Возможно, сейчас не время, — проговорил он, — но я наткнулся на одно место, которое может быть вам полезным, и подумал…

— Я почти две недели вас не видела, — сказала она и погасила сигарету, яростно раздавив ее в пепельнице.

Он был застигнут врасплох.

— Я был довольно-таки занят… очень много дел… — промямлил он.

— Впрочем, не важно, — сказала она. — Не важно, не важно. Я не должна была…

Она провела ладонью по лбу, потерла его. Он смотрел на нее с беспокойством: похоже, у нее жар.

— Очень жаль, что вы заболели. Если я могу чем-нибудь…

— Я не заболела, — возразила она. И добавила спокойным, задумчивым, почти равнодушным тоном: — Я страшно, страшно несчастна.

Но он и теперь не понимал. Ее слова вошли в него острым оголенным лезвием; слегка отвернувшись от нее, он смущенно проговорил:

— Простите. Может быть, расскажете мне? Если в моих силах что-нибудь сделать…

Она подняла голову. На застывшем лице блестели глаза, полные слез.

— Я не хотела вас затруднять. Простите меня. Это было очень глупо с моей стороны.

— Нет, — сказал он. Он еще какое-то время смотрел на нее, на бледное лицо, которому отсутствие выражения, похоже, давалось лишь усилием воли. Потом перевел взгляд на свои большие костлявые руки, на сплетенные на колене массивные неуклюжие пальцы, темные, с белыми выпуклостями суставов. Наконец медленно, отягченно проговорил: — Во многих отношениях я невежественный человек; это не вы, а я веду себя глупо. Я не приходил, потому что думал… мне показалось, что мои посещения начали вас обременять. Может быть, я ошибался.

— Да, — сказала она. — Вы ошибались.

Все еще не глядя на нее, он продолжил:

— И я не хотел причинять вам неудобство… своими чувствами к вам, которые наверняка рано или поздно стали бы очевидны, если бы я не перестал здесь бывать.

Она не шевелилась; две слезы перекатились через ресницы и поползли по щекам; она их не утирала.

— Видимо, я поступил эгоистично. Мне казалось, что из этого ничего не может получиться, кроме досады для вас и несчастья для меня. Вы знаете мои… обстоятельства. Я считал невозможным, чтобы вы… чтобы вы относились ко мне не просто как…

— Молчи, — промолвила она тихо, исступленно. — О, милый мой, молчи и иди сюда.

Он почувствовал, что дрожит; неуклюже, как мальчик, он обошел кофейный столик и сел рядом с ней. Нерешительно, неловко их руки двинулись одна навстречу другой; они нескладно, напряженно обнялись и долго, долго сидели не шевелясь, как будто малейшее движение — и ускользнет из рук то странное и пугающее, что они вместе держали.

Ее глаза, казавшиеся ему раньше темно-карими или черными, на самом деле были темно-фиолетовые. Иногда в них отражался тусклый свет лампы, и они влажно блестели; он перемещал голову, и ее глаза меняли цвет, не переставая жить даже в неподвижности. Ее кожа, которая издали казалась такой бледной, такой прохладной, вблизи обнаруживала скрытый теплый румянец, как бы просвечивающий сквозь млечную оболочку. И точно так же спокойствие, уравновешенность, сдержанность, на которых, считал он, зиждется ее характер, таили под собой теплоту, игривость и юмор, не растраченные, сохранившие силу и свежесть именно благодаря защитной маскировке.

На сорок третьем году жизни Уильям Стоунер узнал то, что многим становится известно гораздо раньше: что человек, каким ты его полюбил, не равняется человеку, каким ты его будешь любить в итоге, что любовь — не цель, а процесс, посредством которого человек пытается познать человека.

Они оба были очень застенчивы и познавали друг друга медленно, робко; то сближались, льнули друг к другу, то отступали, отдалялись, не желая навязываться, быть в тягость. Но день ото дня слои защитной сдержанности отшелушивались один за другим, и в конце концов они, как многие очень застенчивые люди, открылись друг другу полностью, без опаски и смущения.

Он приходил к ней после занятий почти каждый день. Они занимались любовью, разговаривали и снова занимались любовью; они были как дети, которым даже в голову не приходит, что они могут устать от своей игры. Весенние дни становились все длиннее, и они предвкушали лето.

Глава XIII

В ранней юности Стоунер представлял себе любовь как некое абсолютное состояние бытия, доступное тем, кому улыбнулась судьба; повзрослев, он стал думать о ней как о небесах ложной религии, на которые разумный человек может взирать либо с добродушным неверием, либо с мягко-фамильярным презрением, либо со смущением и ностальгической печалью. Ныне, в среднем возрасте, он начал понимать, что любовь — и не божественная благодать, и не иллюзия; он увидел в ней человеческий акт становления, состояние, которое поминутно и день ото дня творят и совершенствуют воля, ум и сердце.

Те часы, что он раньше просиживал у себя в кабинете, глядя в окно на пейзаж, который то светился, то тускнел под его пустым взором, он теперь проводил с Кэтрин. Каждый день ранним утром он приходил в кабинет, нетерпеливо сидел там минут десять — пятнадцать, а потом, не в силах обрести покой, покидал Джесси-Холл и шел через кампус в библиотеку, где еще десять — пятнадцать минут бродил среди стеллажей. И наконец, словно это была такая игра с самим собой, прекращал отсрочку, которой сам же себя и подверг, выскальзывал из библиотеки через боковую дверь и отправлялся к Кэтрин.

Она часто работала допоздна, поэтому иной раз, придя к ней утром, он заставал ее едва пробудившейся, теплой со сна и чувственной, голой под темно-синим халатом, который она накидывала, чтобы подойти к двери. В такие утра они обычно сразу, едва обменявшись несколькими фразами, ложились в ее узковатую для двоих постель, смятую и еще теплую.

У нее было длинное, изящное, нежно-яростное тело; когда он к ней прикасался, ее плоть, казалось, наделяла жизнью его неуклюжую руку. Иногда он принимался разглядывать ее тело, как заветное сокровище; он позволял своим тупым шершавым пальцам играть с влажной розоватой кожей ее бедер и живота, дивился утонченной простоте, с какой были выточены ее маленькие упругие груди. Ему подумалось однажды, что тело другого человека всегда раньше было для него чем-то неведомым; и подумалось еще, что именно поэтому он всегда каким-то образом отделял чужое "я" от тела, в котором это "я" обитало. И наконец ему подумалось — с окончательностью твердого знания, — что он никого до сих пор не знал по-настоящему близко, ни к кому не испытывал ни полного доверия, ни подлинно теплой привязанности.

Как все любящие, они много говорили друг о друге и о себе: словно бы надеялись благодаря этому понять мир, сделавший их любовь возможной.

— Боже мой, как я тебя хотела! — призналась однажды Кэтрин. — Ты перед нами стоял, объяснял что-то, такой большой, милый, неуклюжий, а я хотела тебя просто не знаю как. А ты и не догадывался, правда ведь?

— Не догадывался, — подтвердил Уильям. — Я думал, ты благовоспитанная молодая особа.

Она радостно засмеялась:

— Благовоспитанная, как же!

Немного отрезвев, она задумчиво улыбнулась:

— Я ведь тоже про себя так думала. Какими благовоспитанными мы себе кажемся, когда нет повода быть неблаговоспитанными! Надо полюбить, чтобы узнать что-то о себе. Когда я с тобой, я иной раз чувствую себя шлюхой из шлюх, твоей преданной, ненасытной шлюхой из шлюх. Что в этом благовоспитанного?

— Ничего, — улыбнулся Уильям и протянул к ней руки. — Иди ко мне.

У нее был, сказала она Уильяму, один возлюбленный до него. Она тогда училась на последнем курсе, и кончилось все плохо: слезами, обвинениями, нарушением обещаний.

— Большинство романов кончаются плохо, — заметила она, и оба ненадолго погрустнели.

Уильям был поражен тем, как он удивился, узнав, что у нее кто-то был; он уже стал думать, понял он, что они с Кэтрин толком не существовали, пока не сошлись.

— Он был очень застенчивый молодой человек, — сказала она. — В чем-то похож на тебя; но только ожесточенный и испуганный, а почему, я так и не докопалась. Он обычно ждал меня под большим деревом в конце дорожки, которая шла от общежития: от застенчивости не мог подойти туда, где много людей. Мы много миль с ним прошагали по сельской местности, где никого не встретишь. Но ни разу по-настоящему не были... вместе. Даже когда занимались любовью.

Стоунер почти видел эту фигуру, эту безликую и безымянную тень; его удивление сменилось печалью, и он почувствовал великодушную жалость к незнакомому парню, который из непонятной неприкаянной ожесточенности оттолкнул то, чем Стоунер теперь обладал.

Иногда, ленивый и сонный после любви, он лежал, омываемый каким-то медленным, ласковым потоком ощущений и неторопливых мыслей; пребывая внутри этого потока, он не знал наверняка, говорит он вслух или просто принимает в свое сознание слова, рождаемые этими ощущениями и мыслями.

Ему мечталось о чем-то идеальном, о мирах, где они могли бы всегда быть вместе, и он наполовину верил в осуществимость того, о чем ему мечталось. "А вот если бы мы с тобой..." — говорил он и продолжал говорить, конструируя возможность, едва ли намного более привлекательную, чем их нынешнее положение. Они оба знали, не высказывая этого вслух, что возможности, которые они изобретали и обдумывали, — своего рода ритуальные жесты во славу их любви и той жизни, что была у них сейчас.

А жизнь эта была такой, какой ни он, ни она раньше и представить себе не могли. Их влечение друг к другу переросло в страсть, а та — в глубокую чувственность, обновлявшуюся день ото дня.

— Любовь и книги, — сказала однажды Кэтрин. — Что еще нужно?

И Стоунер подумал, что ровно так оно и есть, что это одна из истин, которые он теперь узнал.

Ибо их жизнь в то лето не сводилась к любовной близости и разговорам. Они научились быть вместе и молча, им обоим было не привыкать к тихой сосредоточенности; Стоунер приносил в квартиру Кэтрин книги и оставлял их там, так что в конце концов им пришлось обзавестись еще одной книжной полкой. Как-то само так вышло, что Стоунер в те дни, что они проводили вдвоем, стал возвращаться к изысканиям, которые почти забросил; Кэтрин же продолжала работать над диссертацией. Час за часом она сидела за своим крохотным письменным столом у стены, сосредоточенно наклонясь к бумагам и книгам, изящно изогнув стройную бледную шею над воротником темно-синего халата, который обычно носила; Стоунер, столь же сосредоточенный, работал, откинувшись на спинку кресла или лежа на кровати.

Время от времени они поднимали головы, улыбались друг другу и возвращались к чтению; порой Стоунер отрывал глаза от книги и позволял взгляду скользить по грациозной спине Кэтрин и по ее нежной шее, на которой всегда лежала выбившаяся прядка волос. Потом легко, неспешно приходило спокойное желание, и тогда он вставал, приближался к ней сзади и бережно клал руки ей на плечи. Она выпрямлялась и, откинув голову назад, прижималась затылком к его груди; его ладони двигались дальше, под неплотно запахнутый халат, и нежно касались ее грудей. Уильям и Кэтрин давали волю своему желанию, потом тихо лежали рядом, а потом возвращались к своим занятиям, как будто любовь и эти труды были чем-то единым.

И этим опровергалось одно из расхожих мнений, которые они тем летом начали коллекционировать. Их обоих воспитывали в традиции, так или иначе утверждавшей, что жизнь ума и жизнь телесная, чувственная разделены между собой и, более того, враждебны друг другу; они бездумно принимали на веру, что, выбирая из двух одно, человек всегда делает это за счет другого и в ущерб ему. Что одно может придавать другому полноты и яркости, им никогда раньше не приходило в голову; и поскольку эту истину они вначале испытали на себе и лишь затем осознали, она показалась им их собственным открытием. Подобные опровергнутые расхожие мнения они копили, точно сокровища; так они отделяли себя от мира, навязывавшего им предвзятые суждения, и это помогало им сближаться еще тесней.

Но об одном своем открытии Стоунер не стал говорить Кэтрин. Оно касалось его отношений с женой и дочерью.

Эти отношения, по расхожему мнению, должны были с развитием того, что на расхожем языке называется "внебрачной связью", неуклонно ухудшаться. Но ничего подобного не происходило. Напротив, они, казалось ему, неуклонно улучшались. Всё более долгие отлучки из жилища, которое ему по-прежнему надо было называть своим домом, как ни странно, уменьшили отчуждение последних лет между ним и Эдит, между ним и Грейс. Он начал испытывать к Эдит диковинное дружелюбие, чуть ли не сердечную привязанность, и время от времени они даже беседовали о том о сем. Тем летом она даже делала уборку на его веранде, наняла рабочего исправить там ущерб от грозы и поставила на веранде кушетку, чтобы ему не приходилось больше спать на диване в гостиной.

В выходные она иногда отправлялась в гости к соседям, оставляя Грейс с отцом. Случалось, Эдит уходила так надолго, что он мог погулять с дочкой за городом. Вне дома Грейс уже не была такой настороженной, такой скованной, и порой он видел на ее лице ту тихую очаровательную улыбку, что успел почти позабыть. За последний год она сильно вытянулась и была очень стройная.

Да, он изменял Эдит, но, чтобы напомнить себе об этом, ему нужно было сделать над собой усилие. Две части его жизни были разгорожены так, как только могут быть разгорожены две части одной жизни; и хотя он невысоко ставил свою способность к анализу и допускал, что может себя обманывать, он не мог поверить, что причиняет вред кому-то, за кого обязан отвечать.

У него не было таланта к сокрытию и маскировке, да ему и не приходило в голову принять меры к тому, чтобы об их связи с Кэтрин никто не узнал; не было у него и желания афишировать эту связь. Ему просто казалось невозможным, чтобы кому-нибудь могло стать о ней известно, чтобы вообще кого-нибудь могло заинтересовать его поведение.

Поэтому в конце лета он был глубоко, хоть и как-то отвлеченно, потрясен, обнаружив, что Эдит кое-что известно о его романе и что она знала о нем почти с самого начала.

Она как бы мимоходом подняла эту тему однажды утром, когда он, болтая с Грейс, засиделся за кофе чуть дольше обычного. Эдит резковатым тоном велела дочери поторопиться с завтраком: согласно распорядку дня, у нее теперь час игры на пианино. Проводив взглядом прямую тоненькую фигурку Грейс, Уильям сидел с рассеянным видом; когда от старого инструмента донеслись первые аккорды, Эдит, в голосе которой и теперь чувствовалась резкость, сказала:

— Что-то ты опаздываешь сегодня. С чего бы это?

Уильям посмотрел на нее вопросительно; лицо у него по-прежнему было рассеянное.

— Боюсь, рассердится твоя студенточка, если заставишь ее ждать, — сказала Эдит.

К губам, он почувствовал, подступила немота.

— Что? — спросил он. — Ты о чем?

— Уилли, Уилли!.. — Эдит снисходительно рассмеялась. — Ты думал, я не знаю про твою... маленькую интрижку? Знаю, давным-давно знаю. Как ее зовут? Слыхала, да запамятовала.

Его потрясенный, смущенный ум ухватился за одно услышанное слово; когда он заговорил, собственный голос показался ему раздраженным.

— Ты не понимаешь. Это не интрижка, напрасно ты так говоришь. Это...

— Уилли, Уилли... — Она опять рассмеялась. — У тебя такой взволнованный вид! К твоему сведе-

нию, я немножко в этом понимаю. Мужчины за сорок... Видимо, это естественно. Так, по крайней мере,
говорят.

Несколько секунд он молчал. Потом неохотно
промолвил:

— Эдит, если ты хочешь это обсудить...

— Нет! — возразила она; в ее голосе послышался
страх. — Тут нечего обсуждать. Совсем нечего.

И они не стали ничего обсуждать ни тогда,
ни позже. Большую часть времени Эдит делала вид,
будто у нее и в мыслях нет, что он, когда его нет дома, может быть где-нибудь помимо университета;
но иногда она как бы рассеянно проговаривалась
о том, что постоянно было где-то внутри нее. Порой
высказывалась игриво, словно поддразнивая его и даже с намеком на некую сердечность; порой — без всякого чувства, как о чем-то самом малозначительном
на свете; порой — досадливо, точно о какой-то раз-
дражающей ее мелочи.

— Я все понимаю, — сказала она однажды. — Когда
мужчина входит в этот возраст... Но боже мой, Уилли,
ты же в отцы ей годишься, разве не так?

До поры он не задумывался о том, как он может
выглядеть в глазах третьего лица, в глазах окружающе-
го мира. Но в какой-то момент, отчасти под влиянием
слов Эдит, он посмотрел на себя со стороны. Посмотрел и увидел постоянного персонажа дешевого чти-
ва и анекдотов, какие слышишь в курилках: жалкого
стареющего субъекта, которого ни во что не ставит
жена и который пытается скинуть десяток-другой лет,
затеяв роман с женщиной намного его моложе. Неуклюже и по-обезьяньи этот глупый, безвкусно оде-

тый клоун пытается копировать молодежь, вызывая смех, в котором звучат неловкость за него, жалость и презрение. Стоунер вглядывался в эту фигуру так пристально, как только мог; но чем дольше он смотрел, тем меньше он себя в ней узнавал. Нет, это был не он; и внезапно он понял, что это вообще никто.

Но он знал, что мир надвигается на него, на Кэтрин, на маленькую нишу, которую они считали своим убежищем; видя это, он испытывал печаль, которой ни с кем, даже с Кэтрин, не мог поделиться.

Осенний семестр в том году начался с очень красочного бабьего лета, пришедшего после ранних заморозков. Стоунер входил в аудитории с энтузиазмом, какого не испытывал давно; этого энтузиазма не уменьшало даже то, что надо было учить сотню мало в чем сведущих первокурсников.

Его жизнь с Кэтрин шла более или менее по-прежнему; но после возвращения студентов, аспирантов и преподавателей из каникулярных отлучек он счел необходимым вести себя осторожней. Летом старый дом, где жила Кэтрин, стоял почти пустой, и благодаря этому они спокойно могли быть вместе, мало опасаясь посторонних глаз. Теперь же Уильям, приходя к ней днем, должен был проявлять осмотрительность; приближаясь к дому, он оглядывал улицу в оба конца, и по лестнице, ведущей в ее полуподвальную квартиру, он спускался торопливо.

Они думали о демонстративных жестах и говорили о бунте; признавались друг другу в желании повести себя возмутительно, сделать тайное явным.

Но в поступки это не выливалось, да им на самом деле и не хотелось их совершать. Они хотели только, чтобы в их жизнь не вмешивались, чтобы им позволяли быть самими собой, и при этом они знали, что вмешиваться будут, и подозревали, что быть самими собой не удастся. Им казалось, однако, что они достаточно осторожны, и они не предполагали, что об их отношениях уже сейчас может стать известно в университете. Они старались там не встречаться, а когда этого нельзя было избежать, здоровались вежливо и официально, вкладывая в эту официальность иронию, которую считали незаметной со стороны.

Но об их романе знали, причем знали чуть ли не с самого начала семестра. Открытие, скорее всего, было сделано благодаря диковинному ясновидению, которое люди проявляют в таких вещах; ибо ни он, ни она свою личную жизнь никак не обнаруживали. Или, может быть, кто-то высказал досужий домысел, в котором кто-то другой углядел нечто похожее на правду, и это побудило обоих присмотреться внимательнее, что, в свой черед... и так далее. Особого смысла в том, чтобы строить эти домыслы, ни один ни другой, пожалуй, и не видел, однако же они продолжали их строить.

По некоторым признакам Уильям и Кэтрин поняли, что их раскусили. Однажды, идя позади двоих аспирантов, Стоунер услышал, как один полувосхищенно-полупрезрительно говорит другому: "Надо же, каков старина Стоунер. Кто бы мог подумать". И они покачали головами, насмехаясь и дивясь тому, что может приключиться с человеком. Женщины, с которыми Кэтрин была знакома, туманно намекали ей на Стоунера и без всяких поводов с ее стороны принимались откровенничать насчет своих собственных сердечных дел.

Удивило их обоих то, что особого значения это, похоже, не имело. Никто не перестал с ними разговаривать, никто не бросал на них осуждающих взглядов; мир, которого они боялись, пока не причинял им страданий. Они начали верить, что смогут выжить в окружении, которое считали враждебным их любви, выжить даже с определенным достоинством и без титанических усилий.

На рождественские каникулы Эдит решила поехать с Грейс к матери в Сент-Луис; и единственный раз за все время Уильям и Кэтрин смогли быть вместе постоянно.

Раздельно и как бы вскользь оба дали знать в университете, что уедут на каникулы: Кэтрин — к родственникам на восточное побережье, Уильям — в Канзас-Сити позаниматься в библиографическом центре при музее. После этого они в разное время на разных автобусах отправились на озеро Озарк и встретились в курортном местечке в горах.

Они были единственными отдыхающими в единственной открытой круглый год гостинице местечка; и в их распоряжении было десять дней.

Перед их приездом трое суток подряд валил снег, и в эти десять дней тоже случались снегопады, так что горы с их мягкими округлыми склонами все время оставались белыми.

У них был коттедж со спальней, гостиной и кухонькой; он находился немного в стороне от других коттеджей и смотрел на озеро, покрытое льдом. Утром просыпались сплетенные, теплые, блаженно разомлевшие под тяжелым одеялом. Высовывали из-под одеяла головы и видели в холодном воздухе облачка от своего дыхания; смеялись как дети, снова натягивали одеяло на головы и прижимались друг к другу еще теснее. Иногда лежали в постели все утро, занимались любовью, разговаривали, пока в восточное окно не принималось светить солнце; а бывало, Стоунер, едва они просыпались, быстро вылезал из постели, сдергивал с голой Кэтрин одеяло, смеялся, слушая ее крики, и разводил огонь в большом камине. Потом они сидели перед камином обнявшись, закутанные в одеяло, и ждали, когда их согреют разгорающийся огонь и природное тепло собственных тел.

Несмотря на холод, почти каждый день гуляли по лесу. К светло-голубому безоблачному небу мощно вздымались огромные сосны, черные с зеленью на фоне снега; порой с той или другой ветки соскальзывал и глухо падал ком снега, лишь усиливая окрестную тишину, как усиливал ощущение безлюдья редкий крик одинокой птицы. Однажды увидели оленуху, сошедшую с более высоких гор в поисках пищи. Желтовато-коричневая, она ярко выделялась на суровом фоне темных сосен и снега. Когда они приблизились шагов на пятьдесят, она, грациозно подняв переднюю ногу и навострив небольшие уши, посмотрела на них своими карими, идеально круглыми и невероятно нежными глазами. Никто не шевелился. Оленуха склонила изящную голову набок, глядя на них вежливо и в то же время пытливо; затем не спеша повернулась и двинулась прочь, красиво поднимая копыта и аккуратно, с легким хрустом ставя их в снег.

После прогулки шли к офису гостиницы, при котором торговал местный магазин и работал ресторанчик. Пили кофе, беседовали с другими посетителями и покупали что-нибудь для ужина, который потом готовили у себя в коттедже.

Вечерами иногда зажигали масляную лампу и читали; но чаще сидели на сложенных одеялах перед камином, разговаривали, молчали, смотрели, как огонь затейливо играет на поленьях, и видели его пляшущие отсветы на лицах друг друга.

Однажды вечером, под конец их пребывания на озере, Кэтрин тихо, почти рассеянно проговорила:

— Билл, если я скажу: "Пусть даже у нас ничего больше не будет, у нас с тобой была эта неделя", это очень по-девчачьи прозвучит?

— Не важно, как это прозвучит, — отозвался Стоунер и кивнул. — Это правда.

— Тогда я скажу. У нас была эта неделя.

Последним утром Кэтрин медленно, тщательно прибралась в коттедже и ровно расставила стулья. Потом сняла с пальца кольцо, которое он ей подарил, и втиснула в щель между стеной и камином. Смущенно улыбнувшись, объяснила:

— Хочется оставить здесь что-то из нашего; оставить и знать, что оно тут будет все время, пока стоит этот домик. Это очень глупо выглядит?

Стоунер не нашелся с ответом. Взял ее под руку, они вышли из коттеджа и двинулись по рыхлому снегу к офису гостиницы, откуда автобус должен был увезти их обратно в Колумбию.

Однажды в конце февраля, через несколько дней после начала второго семестра, Стоунеру позвонила секретарша Гордона Финча; декан, сказала она, хочет с ним поговорить и просит зайти либо сегодня, либо завтра утром. Стоунер пообещал зайти — и долго сидел, повесив трубку и не снимая с нее руки. Потом вздохнул, кивнул, вышел из кабинета и спустился к Финчу.

Гордон Финч сидел во вращающемся кресле в одной рубашке, распустив галстук, откинувшись назад и сплетя пальцы на затылке. Увидев Стоунера, он радушно кивнул и показал на кожаное кресло, стоявшее под углом подле его стола:

— Садись, Билл. Как дела?

Стоунер кивнул:

— Ничего.

— Загружен плотно?

— Довольно-таки, — сухо подтвердил Стоунер. — У меня не слишком удобное расписание.

— Я знаю. — Финч покачал головой. — В эти дела, как ты понимаешь, я не могу вмешиваться. Но это сущее безобразие.

— Ничего, я справляюсь, — сказал Стоунер чуточку раздраженно.

— Хорошо. — Финч выпрямился в кресле и положил сплетенные руки на стол. — Билл, не рассматривай этот разговор как официальный. Я просто хотел немного с тобой побеседовать.

После долгой паузы Стоунер мягко спросил:

— В чем дело, Гордон?

Финч вздохнул и отрывисто начал:

— Ну, хорошо. Итак, я говорю с тобой как друг. Ходят толки. Пока ничего такого, на что я должен обратить внимание как декан, но — кто знает, может быть, когда-нибудь мне придется-таки обратить на это внимание, поэтому я решил с тобой поговорить — как друг, имей это в виду — до того, как может возникнуть что-то серьезное.

Стоунер кивнул:

— Что за толки?

— Черт возьми, Билл, ты же понимаешь. Про тебя и Дрисколл.

— Да, — подтвердил Стоунер, — понимаю. Я только хотел бы знать, как далеко зашли эти разговоры.

— Пока недалеко. Намеки, краткие реплики, не более того.

— Ясно, — сказал Стоунер. — Боюсь, ничего не могу с этим поделать.

Финч аккуратно сложил листок бумаги.

— Билл, это у тебя серьезно?

Стоунер кивнул и посмотрел в окно:

— Серьезно.

— И что ты собираешься делать?

— Не знаю.

Финч раздосадованно скомкал бумажку, которую только что тщательно сложил, и бросил ее в корзину.

— В теории, — сказал он, — это твоя личная жизнь, и только. В теории ты должен иметь право спать с кем тебе угодно, заниматься чем тебе угодно, и никому не должно быть дела, если это не сказывается на преподавании. Но на практике, черт побери, это *не только* твоя личная жизнь. Это... а, к дьяволу. Ты понимаешь, о чем я.

Стоунер улыбнулся:

— Боюсь, что да.

— Тяжелая ситуация. А Эдит?

— Мне кажется, — сказал Стоунер, — она относится к этому куда менее серьезно, чем остальные. И, как ни смешно, Гордон, мы, по-моему, никогда так хорошо не ладили, как в последний год.

Финч хохотнул:

— Да, странная штука жизнь, я тебе скажу. Но мой вопрос был о том, будет ли развод или что-нибудь в таком роде.

— Не знаю. Возможно. Но Эдит будет противиться. Это будет куча неприятностей.

— А Грейс?

Стоунеру вдруг болезненно сдавило горло, и его лицо, он знал, показало, чтó он чувствует.

— Это… другое. Не знаю, Гордон.

Без эмоций, словно обсуждая кого-то третьего, Финч проговорил:

— Развод ты, может быть, и переживешь — если он не будет слишком скандальным. Это будет непросто, но переживешь, скорее всего. И если бы твой… роман с этой Дрисколл не был серьезным, если бы ты с ней так, пошалил немножко, это тоже можно было бы уладить. Но ты лезешь на рожон, Билл, ты напрашиваешься.

— Похоже, что так, — согласился Стоунер.

Они помолчали.

— Ну что за дерьмовая у меня работа, — сокрушенно произнес Финч. — Порой мне кажется, я совсем для нее не подхожу.

Стоунер улыбнулся:

— Помнишь, что сказал о тебе Дэйв Мастерс? Что ты не такой большой сукин сын, чтобы добиться настоящего успеха.

— Возможно, он был прав, — сказал Финч. — Но я что-то слишком часто чувствую себя сукиным сыном.

— Не переживай, Гордон. Я понимаю твое положение. И если бы я мог его облегчить... — Стоунер умолк и резко мотнул головой. — Но сейчас я ничего не могу поделать. Надо подождать. Потом как-нибудь...

Финч кивнул, не глядя на Стоунера; он уставился на свой письменный стол с таким видом, будто оттуда на него медленно, неостановимо надвигалось проклятие. Стоунер немного выждал и, не услышав от Финча ничего, тихо встал и вышел из кабинета.

Из-за разговора с Финчем Стоунер в тот день явился к Кэтрин позже обычного. Не оглядев на этот раз улицу, он спустился к двери, открыл ее и вошел. Кэтрин ждала; она не переоделась в домашнее и выглядела почти официально. Прямая, сидела на кушетке в тревожном ожидании.

— Ты поздно сегодня, — произнесла она бесцветным тоном.

— Извини, — сказал он. — Меня задержали.

Кэтрин зажгла сигарету; ее рука слегка дрожала. Пару секунд смотрела на горящую спичку, потом задула ее, выпустив изо рта дым. После этого сказала:

— Знакомая преподавательница мне со значением сообщила, что декан Финч пригласил тебя на разговор.

— Да, — подтвердил Стоунер. — Он-то меня и задержал.

— Говорили, видимо, про нас с тобой.

Стоунер кивнул:

— Да, кто-то ему насплетничал.

— Так я и думала, — сказала Кэтрин. — На лице моей знакомой было написано, что она кое-что знает, но не хочет говорить. О господи, Билл!

— Все не так страшно, — сказал Стоунер. — Гордон мой старый друг. Я уверен, он хочет нас защитить. И защитит, если сможет.

Кэтрин некоторое время молчала. Потом скинула туфли, легла на спину и уставилась в потолок.

— Вот и началось, — спокойно проговорила она. — Надеяться, что они оставят нас в покое, — это было бы слишком. Мне кажется, мы никогда всерьез на это и не рассчитывали.

— Если будет совсем плохо, — сказал Стоунер, — мы можем уехать. Что-нибудь да придумаем.

— О, Билл! — Кэтрин издала тихий гортанный смешок и села, не спуская ног с кушетки. — Ты милый, милый, невероятно милый! И я не позволю им вмешиваться. Не позволю!

И несколько недель они старались жить по возможности так же, как прежде. Применяя стратегию, которая годом раньше была бы им не по силам, проявляя твердость, на которую не считали себя способными, они таились и хитрили, они использовали свои скудные ресурсы наподобие искусных военачальников, сдерживающих превосходящие силы противника. Они сделались не на шутку осмотрительны; их уловки и маневры доставляли им мрачное удовольствие. Стоунер приходил к ней только в темное время суток; днем, в промежутках между занятиями, Кэтрин нарочно стала появляться в кафе в обществе молодых преподавателей. Их с Уильямом общая решимость делала те часы, что они проводили вместе, еще более насыщенными. Они говорили себе и друг другу, что близки сейчас, как никогда, и, к своему удивлению, сознавали, что так оно и есть, что слова, которыми они стараются поддержать друг друга, — не просто успокоительные слова, а нечто большее, то, благодаря чему близость становится возможной, а преданность неизбежной.

Они жили в своем собственном сумеречном мире и принесли туда лучшее, что в них было, так что с некоторых пор внешний мир, где люди ходили и разговаривали, мир перемен и беспрерывного движения стал для них фальшивым и иллюзорным. Их бытие резко разделилось между этими двумя мирами, и разделение казалось им естественным.

В конце зимы и ранней весной их свидания были тихими, как никогда прежде. Чем тесней сжимался вокруг них внешний мир, тем меньше они его чувствовали; и счастье их было такого свойства, что им не было нужды ни говорить об этом счастье друг другу, ни даже думать о нем. Укрытые, точно в пещере, в маленькой полутемной квартирке Кэтрин под массивным старым домом, они, казалось им, пребывали вне времени, в некоей открытой ими самими вселенной, где время стояло на месте.

А потом однажды, в конце апреля, Гордон Финч опять позвонил Стоунеру в кабинет, и Стоунер, спускаясь к нему, ощутил оцепенение, происходившее от знания, которое он не хотел в себя впускать.

Ход событий был классически прост, но Стоунер его не предвидел, хотя должен был.

— Ломакс, — сообщил ему Финч. — Сукин сын каким-то образом все разнюхал и не намерен с этим мириться.

Стоунер кивнул.

— Я должен был об этом подумать, — сказал он. — Должен был ожидать. Как ты думаешь, потолковать мне с ним или не надо?

Финч покачал головой, пересек кабинет и встал у окна. Под лучами предвечернего солнца его лицо блестело от пота. Он устало проговорил:

— Ты не понял, Билл. Ломакс идет с другого конца. Твое имя даже не звучало. Он копает под Дрисколл.

— Как ты сказал? — тупо переспросил Стоунер.

— Им восхищаться можно, пожалуй. Откуда-то он прознал, что я в курсе. Вчера вдруг заявляется ко мне, говорит, что ему, мол, придется уволить Дрисколл, и предупреждает, что может быть скандал.

— Да ты что, — сказал Стоунер. Он так стиснул кожаные подлокотники кресла, что ладоням стало больно.

— Он заявил мне, — продолжил Финч, — что были жалобы, большей частью со стороны учащихся, но и от соседей тоже. Якобы к ней постоянно, во всякое время дня и ночи ходят мужчины. В общем, возмутительно безнравственное поведение. Нет, он тонко все проделал: мол, лично у него возражений нет — он скорее восхищен этой женщиной, если уж на то пошло, — но ведь приходится же думать о репутации кафедры и всего университета. Мы с ним посетовали на необходимость склоняться перед диктатом обывательской морали, согласились, что академическому сообществу следовало бы предоставлять убежище тем, кто бунтует против протестантской этики, а в итоге констатировали, что на практике мы бессильны. Он сказал — он бы не хотел давать делу ход в этом семестре, но сомневается, что получится. И с начала до конца ведь знал сукин сын, что мы понимаем друг друга отлично.

Ком в горле не давал Стоунеру заговорить. Он дважды сглотнул и проверил свой голос; он звучал бесстрастно и ровно.

— Чего он хочет, совершенно ясно.

— Боюсь, что так, — подтвердил Финч.

— Я знал, что он меня ненавидит, — сухо проговорил Стоунер. — Но я не отдавал себе отчета... Я и представить себе не мог, что он...

— Я тоже. — Финч вернулся к своему столу и тяжело опустился в кресло. — И я ничем не могу помочь, Билл. Я бессилен. Если Ломаксу нужны будут жалобщики — они появятся; нужны будут свидетели — появятся. У него много приверженцев, как ты знаешь. И если дойдет до ушей президента...

Он покачал головой.

— Что, по-твоему, будет, — спросил Стоунер, — если я не стану увольняться? Если мы просто-напросто решим, что не даем себя запугать?

— Он ее растерзает, — ровным тоном ответил Финч. — И как бы невзначай притянет тебя. Тут все продумано.

— Что ж, тогда, похоже, ничего поделать нельзя.

— Билл, — промолвил Финч и замолчал. Подпер голову сжатыми кулаками. Потом глухо сказал: — Есть один выход. Ровно один. Я думаю, он уймется, если ты... если Дрисколл просто-напросто...

— Нет, — отрезал Стоунер. — Я не могу так поступить. Не могу — и точка.

— Черт тебя дери! — страдальчески воскликнул Финч. — На это-то у него и расчет! Ну раскинь мозгами. Что ты будешь делать? Сейчас апрель, почти уже май; какую работу ты найдешь в это время года — если найдешь вообще?

— Не знаю, — сказал Стоунер. — Какую-нибудь…

— А Эдит? Ты думаешь, она уступит, даст тебе развод без борьбы? А Грейс? Каково ей придется здесь, в этом городишке, если ты просто возьмешь и уйдешь? А Кэтрин? Что за жизнь у вас с ней будет? Какое будущее вас обоих ждет?

Стоунер не отвечал. Где-то внутри него зарождалась пустота; он чувствовал себя вянущим, отсыхающим листом. Наконец он проговорил:

— Можешь дать мне неделю? Мне надо подумать. Одну неделю.

Финч кивнул:

— Неделю я, пожалуй, смогу его сдерживать. Но вряд ли дольше. Прости, Билл. Ты сам все понимаешь.

— Да. — Стоунер поднялся с кресла и немного постоял на тяжелых, онемевших ногах. — Я дам тебе знать. Как только решу, я сразу дам тебе знать.

Он вышел из кабинета в сумрачный длинный коридор, а оттуда, тяжело ступая, — на солнце, в широкий мир, который был теперь для него тюрьмой, куда бы он ни направился.

Потом, годы спустя, он, бывало, пытался вызвать в памяти дни после разговора с Гордоном Финчем — и не мог их вспомнить хоть сколько-нибудь ясно. Он был похож на ходячего мертвеца, движимого только привычкой, только упрямой волей. При этом он был в эти несколько дней странно восприимчив к самому себе, к окружающим местам, к людям и событиям; и он знал, что его наружность и поведение не дают другим верного понятия о его состоянии. Он вел занятия, здоровался с коллегами, участвовал в заседаниях — и никто из тех, с кем он виделся день ото дня, не подозревал неладного.

Но с первой же минуты после встречи с Финчем он где-то внутри онемелости, которая распространялась из крохотной сердцевины его бытия, сознавал, что некая часть жизни кончена, что некая его, Стоунера, часть до того близка к смерти, что можно почти спокойно наблюдать за ее умиранием. Выйдя из Джесси-Холла, он смутно чувствовал, что движется через кампус под ярким и бодрящим весенним солнцем; вдоль тротуаров и во дворах вовсю цвел кизил, являя взору мягкие колышущиеся облака, разреженные и полупрозрачные; воздух был пропитан сладким ароматом отцветающей сирени.

У Кэтрин он сделался лихорадочно и как-то грубо весел. Он отмахивался от ее вопросов о сегодняшнем разговоре с деканом, он принуждал ее смеяться — и притом он словно бы со стороны, с безмерной затаенной печалью, смотрел на последнюю попытку двоих людей повеселиться, похожую на танец на костях.

Но рано или поздно, он понимал, им придется поговорить начистоту; пока же слова, которые они произносили в эти дни, были театральными репликами, не раз отрепетированными каждым из них наедине со своим знанием. Это знание проявилось в грамматике: от настоящего времени ("Какое счастье... мне так хорошо") они перешли к прошедшему ("Мы были счастливы... нам хорошо с тобой было, правда?"); и в конце концов они поняли, что объяснение уже нельзя откладывать.

Через несколько дней после его разговора с Финчем, в тихую минуту, сменившую полуистерическую веселость, которую они выбрали для своих последних встреч как самый подходящий способ самозащиты, Кэтрин спросила:

— У нас не так много времени осталось, я правильно понимаю?

— Да, — тихо ответил Стоунер.

— Сколько?

— Два дня, от силы три.

Кэтрин кивнула:

— Я думала, я не вынесу. Но я просто-напросто вся деревянная. Ничего не чувствую.

— Понимаю, — сказал Стоунер. Они немного помолчали. — Ты ведь знаешь, что если бы я мог что-нибудь — *что-нибудь* — сделать, я бы...

— Не продолжай, — перебила его она. — Конечно, я знаю.

Он откинулся назад, сидя на кушетке, и уставил взгляд в низкий сероватый потолок, который был небом их мироздания. Потом спокойно проговорил:

— Если бы я со всем этим порвал — просто ушел, и все, — ты бы ушла со мной?

— Да, — сказала она.

— Но ты понимаешь, что я этого не сделаю?

— Понимаю.

— Потому что тогда, — принялся Стоунер объяснять самому себе, — все потеряло бы смысл. Все, что мы делали, все, чем мы были. Я почти наверняка не смог бы преподавать, а ты — ты тоже стала бы другой. Мы оба стали бы другими, изменили бы себе. Мы превратились бы... в ничто.

— В ничто, — повторила она.

— По крайней мере, мы будем жить дальше, оставаясь собой. Будем знать, что мы... то, что мы есть.

— Да, — сказала Кэтрин.

— Потому что в конечном счете, — продолжил Стоунер, — меня не Эдит здесь держит и даже не Грейс, не мысль о том, что я неизбежно ее потеряю; не скандал, не те неприятности, что нас ждут; не будущие тяготы и даже не страх перед возможной утратой любви. Главное — разрушение нас самих, того, что мы делаем.

— Я знаю, — сказала Кэтрин.

— Так что мы, оказывается, принадлежим миру; нам следовало это знать. Да мы и знали, я думаю; но нам очень нужно было отойти на время, притвориться на время, чтобы...

— Я знаю, — сказала Кэтрин. — Мне кажется, я все время знала. Даже про наше притворство я понимала, что когда-нибудь, когда-нибудь нам придется... я понимала. — Она замолчала и пристально посмотрела на него. В ее глазах вдруг блеснули слезы. — Но черт подери все это, Билл! Черт подери!

Больше они ничего не говорили. Обнялись, чтобы не смотреть друг другу в глаза, и предались любви, чтобы можно было молчать. Предались с былой нежностью, с чувственностью любовников, знающих друг о друге все, но и с новой, исступленной страстностью утраты. Потом, ночью, в темноте маленькой комнаты, они лежали по-прежнему молча, слегка соприкасаясь телами. Минута шла за минутой, и наконец дыхание Кэтрин стало ровным, сонным. Тогда Стоунер тихо встал, оделся, не зажигая света, и вышел из комнаты. Он ходил по пустым безмолвным улицам Колумбии, пока восток не посерел; тогда он направился к университетскому кампусу. Он сел на каменную ступеньку перед входом в Джесси-Холл и стал смотреть, как рассвет мало-помалу извлекает из полумрака громадные колонны посреди прямоугольной площадки. Ему пришел на ум пожар, уничтоживший еще до его рождения старое здание, и, глядя на то, что осталось, он ощутил смутную печаль. Когда совсем рассвело, он вошел в Джесси-Холл, поднялся в свой кабинет и стал ждать начала занятий.

Кэтрин Дрисколл он больше не видел. Ночью, когда он ушел, она встала, собрала все свои вещи, упаковала книги в коробки и оставила записку управляющему домом, где объяснила, куда их выслать. Утром она почтой отправила на кафедру оценки, которые поставила студентам, извещение о том, что в последние полторы недели семестра ее занятия отменяются, и заявление об уходе. В два часа дня она уже сидела в поезде, увозившем ее из Колумбии.

Стоунер понял, что свой отъезд она спланировала заранее; он был ей благодарен, что она его не предупредила и не попыталась прощальной запиской высказать то, что высказать невозможно.

Глава XIV

Тем летом он не преподавал; и он перенес первую в своей жизни болезнь. Он пролежал с высокой температурой, вызванной инфекцией неясной природы, всего неделю, но эта неделя его подкосила: он страшно обессилел, исхудал, и у него развилось осложнение, сказавшееся на слухе. Все лето он был так слаб и вял, что, пройдя всего несколько шагов, чувствовал большую усталость; почти все время он проводил на своей маленькой застекленной веранде с тыльной стороны дома, лежа на кушетке или сидя в старом кресле, которое принес из подвала. Он смотрел наружу или в дощатый потолок, изредка заставлял себя сходить на кухню и что-то съесть.

Разговаривать с Эдит и даже с Грейс у него почти не было сил; но Эдит порой заходила к нему, рассеянно беседовала с ним несколько минут, а потом оставляла его одного так же неожиданно, как заявлялась.

Однажды в середине лета она заговорила о Кэтрин.

— Я только день-два назад узнала, — сказала она. — Итак, она уехала, твоя студенточка?

Стоунер с усилием отвлек внимание от окна и повернулся к Эдит.

— Да, — мягко подтвердил он.

— Как ее звали? — спросила Эдит. — Мне говорили, но я забыла.

— Кэтрин, — ответил он. — Кэтрин Дрисколл.

— Ах да, — сказала Эдит. — Кэтрин Дрисколл. Ну, видишь теперь? Я же говорила. Я тебе говорила, что это все глупости.

Он кивнул с отсутствующим видом. Снаружи в ветвях старого вяза, стоявшего вплотную к забору, затрещала большая черно-белая сорока. Он прислушался к ее одинокому напряженному крику, глядя на широко открытый клюв птицы с задумчивым восхищением.

Он очень постарел за лето, и, когда осенью пришел в университет, мало кто встретил его без удивления. На исхудалом костлявом лице углубились морщины, в волосах стало гораздо больше седины, и он сильно сутулился, как будто нес невидимую ношу. Голос сделался немного скрипучим, речь — отрывистой, и у него развилась привычка смотреть на собеседника слегка опустив голову, чуть исподлобья, так что ясные серые глаза глядели из-под спутанных бровей недовольно, остро. Кроме студентов, он почти ни с кем не разговаривал, на вопросы и приветствия отвечал обычно с долей раздражения, а порой и резко.

Усердие, с каким он делал свое дело, забавляло коллег постарше и бесило молодых преподавателей, которые вели, подобно ему, только письменную практику на первом курсе; он тщательнейшим образом проверял и правил студенческие работы, он каждый день консультировал, он добросовестно посещал все заседания кафедры. Он редко выступал на этих заседаниях, но, когда выступал, отбрасывал такт и дипломатию, поэтому прослыл на кафедре человеком с дурным, сварливым характером. Однако с первокурсниками он был терпелив и ровен, хотя требовал от них большего, чем им хотелось, проявляя обезличенную твердость, которую мало кто из них мог понять.

Коллеги, особенно молодые, отзывались о нем как о преподавателе, фанатично преданном своему делу, — отзывались наполовину завистливо, наполовину презрительно, подразумевая, что фанатизм делает его слепым ко всему за пределами аудиторий, в лучшем случае — за пределами университета. Над ним подшучивали: после заседания кафедры, где Стоунер беспощадно раскритиковал последние эксперименты в обучении грамматике, один молодой преподаватель заметил, что Стоунер "испытывает нежность только к деепричастиям". Он сам удивился тому, как расхохотались и знающе переглянулись иные из старших коллег. Кто-то запустил другую остроту, ставшую ходячей: старина Стоунер, наверно, думает, что Рузвельт — автор учебника под названием "Новый курс".

Но Уильям Стоунер знал жизнь своим особым знанием, едва ли доступным кому-либо из молодых. Глубоко, глубже памяти, он носил в себе историю тягот, голода, терпения и боли. Хотя он редко вспоминал свои ранние годы на бунвиллской ферме, под верхним слоем сознания всегда жило ощущение кровной связи с предками, чье существование было незаметным, тяжким и стоическим, чья повседневная этика состояла в том, чтобы обращать к недоброму миру непроницаемое, твердое, сумрачное лицо.

И хотя он смотрел вокруг с видимой бесстрастностью, он понимал, в какое время живет. То было десятилетие, когда на лицах множества людей, словно при виде разверзшейся бездны, застыло мрачное, суровое выражение; Уильяму Стоунеру это выражение было знакомо как воздух, которым он дышал, он видел в нем частный случай общего отчаяния, окружавшего его с раннего детства. Он видел, как достойные люди медленно сползали в трясину безнадежности, как они ломались, поняв несбыточность своих упований на достойную жизнь; он видел, как они бесцельно шатались по улицам с пустыми глазами, похожими на осколки битого стекла; он видел, как они подходили к задним дверям с горьким и гордым видом идущих на казнь и просили на хлеб, который позволит им нищенствовать дальше; он видел, как люди, прежде уверенные в себе, ходившие расправив плечи, теперь бросали на него завистливые и ненавидящие взгляды: ведь он был хоть и скромно, но пожизненно обеспечен благодаря постоянной должности в учреждении, которое не могло обанкротиться по определению. Он не высказывался обо всем этом вслух, но понимание общей беды волновало и меняло его внутри незримо для окружающих, и тихое сокрушение из-за людских страданий он в любую минуту чувствовал в себе где-то близко.

Он не оставлял без внимания и европейские дела, похожие на дальний кошмар; в июле 1936 года, когда Франко поднял мятеж против испанского правительства и Гитлер раздул этот мятеж в большую войну, Стоунер, как и многие, испытал тоску и смятение, видя, как кошмар становится явью. Когда начался осенний семестр, молодые преподаватели только об этом и говорили; некоторые заявили, что хотят поехать в Испанию драться или служить в санчастях. К концу семестра иные и правда решились и поспешно уволились. Стоунер подумал про Дэйва Мастерса, и ощущение утраты вернулось с новой силой; на память пришел и Арчер Слоун, живо вспомнилось, хотя прошло без малого двадцать лет, как на его ироническое лицо медленно наползла страдальческая туча, как эту крепкую личность разъело и разрушило отчаяние. Стоунеру подумалось, что теперь и ему довелось изведать, пусть и с меньшей остротой, то чувство тщеты, что мучило Слоуна. Стоунер предчувствовал тяжелые годы, он понимал, что худшее впереди.

Подобно Арчеру Слоуну, он сознавал бессмысленность и тщетность полной отдачи себя во власть иррациональных и темных сил, толкающих мир к неведомому концу; но, в отличие от Арчера Слоуна, он, чтобы не попасть в несущуюся лавину, отошел немного в сторону, к источникам жалости и любви. И, как и в другие периоды кризиса и отчаяния, он искал утешения в робкой вере, обращенной к университету как воплощению чего-то высшего. Он признавался себе, что это негусто, но понимал, что это все, чем он располагает.

Летом 1937 года он ощутил былую тягу к чтению и изысканиям; и с диковинно бесплотным энтузиазмом исследователя, мало зависящим от возраста, он вернулся к той жизни, которая одна не подвела его ни разу. Он обнаружил, что даже отчаяние не увело его от этой жизни далеко.

Его расписание на ту осень было особенно скверным. Занятия письменной практикой с четырьмя группами первокурсников были широко раскиданы по шести дням в неделю. Все свои годы в должности заведующего Ломакс неизменно давал Стоунеру расписания, которые не мог бы счесть мало-мальски сносными даже самый зеленый из новичков.

Рано утром в первый день учебного года Стоунер сидел у себя в кабинете и перечитывал аккуратно напечатанное расписание. Накануне он засиделся допоздна, читая новую монографию о влиянии средневековой традиции на культуру Ренессанса, и нечто от вчерашнего волнения сохранилось в нем до утра. Теперь он смотрел на расписание, и в нем поднималась глухая злость. Он перевел взгляд на стену кабинета, потом опять опустил глаза на листок бумаги и кивнул сам себе. Бросил расписание и приложенный к нему учебный план в корзину и направился к шкафу, стоявшему в углу. Выдвинул верхний ящик, рассеянно оглядел коричневые папки и взял одну. Тихонько насвистывая, быстро перелистал содержимое папки. После этого задвинул ящик и с папкой под мышкой вышел из кабинета и двинулся через кампус на первое занятие.

Здание было старое, с деревянными полами и использовалось для учебных занятий только в крайних случаях; назначенная Стоунеру аудитория была слишком мала для такой многочисленной группы, и иные из юношей сидели на подоконниках, а то и стояли. На вошедшего Стоунера посмотрели насторожен-

ДЖОН УИЛЬЯМС СТОУНЕР

но: он мог быть и другом и врагом, и неизвестно было, что хуже.

Он извинился перед студентами за аудиторию, шутливо посетовал на администрацию и заверил стоящих, что завтра они будут обеспечены стульями. Потом положил папку на видавший виды покосившийся пюпитр и обвел глазами лица учащихся.

После короткой паузы он сказал:

— Те из вас, кто уже купил учебную литературу для этого курса, могут вернуть ее в наш магазин и получить деньги обратно. Мы не будем пользоваться книгой, указанной в учебном плане, который вы все, вероятно, получили, когда записывались на мой курс. Да и сам этот учебный план нам не понадобится. Я намерен читать свой курс по-иному, и вам необходимо будет купить две другие книги.

Он повернулся к истертой доске и взял из желобка кусок мела; секунду помедлил, слыша из-за спины шелест тетрадей и дыхание студентов, усаживающихся поудобнее и приноравливающихся к рутине занятий.

— Нашими учебниками будут... — Он писал на доске названия и медленно проговаривал их вслух: — "Средневековая английская поэзия и проза" под редакцией Лумиса и Уилларда и "Английская литературная критика. Средневековый этап" Джона Аткинса. — Он повернулся к слушателям. — Наш магазин этих книг еще не получил, они появятся недели через две. Пока же я дам вам некоторые общие сведения о теме и целях курса, и вы получите кое-какие библиотечные задания.

Он помолчал. Многие, склонясь над тетрадями, прилежно записывали то, что он сказал; иные неот-

280

рывно смотрели на него, слегка улыбаясь, желая выглядеть умными и понимающими; кое-кто глазел с явным недоумением.

— Основной материал для этого курса, — сказал Стоунер, — содержится в антологии Лумиса и Уилларда. Мы будем рассматривать образцы средневековой поэзии и прозы с трех точек зрения: во-первых, как литературные произведения, значительные сами по себе; во-вторых, как начальные проявления литературного стиля и метода в английской традиции; и, в-третьих, как риторические и грамматические решения проблем рассуждения, практически применимые даже сегодня.

К этому моменту почти все студенты перестали записывать и подняли головы; даже "понимающие" улыбки сделались чуточку напряженными; в воздух взмыло несколько рук. Стоунер показал на одну, которую высоко и ровно держал рослый темноволосый молодой человек в очках.

— Сэр, это общий английский для четвертой группы первого курса?

Стоунер улыбнулся юноше:

— Могу я узнать ваше имя?

— Джессуп, сэр, — ответил студент, сглотнув. — Фрэнк Джессуп.

— Да, мистер Джессуп, — кивнул ему Стоунер. — Это общий английский для четвертой группы первого курса; и моя фамилия Стоунер — и то и другое я, конечно, должен был сказать в начале занятия. У вас есть еще вопросы?

Молодой человек снова сглотнул.

— Нет, сэр.

Стоунер еще раз кивнул и окинул аудиторию доброжелательным взглядом.

— У кого-нибудь есть ко мне вопросы?

Студенты молча смотрели на него; улыбок уже не было, и кое-кто удивленно открыл рот.

— Вот и хорошо, — сказал Стоунер. — Я продолжу. Как я уже объявил вам вначале, цель этого курса — изучить ряд произведений, написанных в промежутке приблизительно между тысяча двухсотым и тысяча пятисотым годом. На пути нам встретятся кое-какие исторические события; придется преодолевать разнообразные трудности — языковые и философские, социальные и религиозные, теоретические и практические. Школьное образование в каком-то смысле будет нам мешать, ибо наши мыслительные привычки, с помощью которых мы пытаемся постичь суть пережитого и воспринятого, оказывают на наши ожидания такое же сильное определяющее влияние, какое привычки средневекового человека оказывали на его ожидания. Давайте для начала рассмотрим некоторые из привычек ума, под воздействием которых средневековый человек жил, мыслил и писал...

На первом занятии он не стал держать студентов все положенное время. Не прошло и получаса, как он завершил вступительную лекцию и дал задание на следующую неделю.

— Я попрошу каждого написать короткую работу — страницы три, не больше, — об аристотелевской концепции топоса, то есть, грубо говоря, общего места. Подробное обсуждение этого понятия вы найдете во второй книге "Риторики" Аристотеля, и весьма полезно будет прочесть вступительную статью к переводу Лейна Купера. Работу надо будет сдать в... понедельник. На сегодня, пожалуй, все.

Он сказал студентам, что они могут расходиться, но они продолжали сидеть, и он посмотрел на них озабоченно. Потом коротко кивнул, взял коричневую папку под мышку и вышел из аудитории.

К понедельнику задание выполнили менее половины учащихся; тех, кто сдал работу, он отпустил, а с остальными прозанимался до конца часа, разъясняя вдоль и поперек, что от них требуется, пока не убедился, что они его поняли и смогут написать сочинение к среде.

Во вторник он заметил в коридоре Джесси-Холла, около кабинета Ломакса, нескольких студентов; он узнал в них людей из своей утренней группы. Когда он проходил мимо, студенты отвернулись — кто глядел в пол, кто в потолок, кто на дверь кабинета. Он улыбнулся сам себе, вошел в свой кабинет и стал ждать неизбежного телефонного звонка.

Он прозвучал в два часа дня. Стоунер взял трубку и услышал в ней учтиво-ледяной голос секретарши Ломакса.

— Профессор Стоунер? Профессор Ломакс просит вас посетить сегодня как можно скорее профессора Эрхардта. Профессор Эрхардт вас ждет.

— Ломакс там будет? — спросил Стоунер.

Ошеломленная пауза. Потом неуверенный голос:

— Я... полагаю, что нет... назначена другая встреча. Но профессор Эрхардт уполномочен...

— Скажите Ломаксу, чтобы пришел. Скажите ему, что я буду у Эрхардта через десять минут.

Джоэл Эрхардт, несмотря на свои тридцать с небольшим, уже начал лысеть. Ломакс взял его на кафедру три года назад, и когда выяснилось, что этот приятный и серьезный молодой человек лишен особых дарований и преподавательского таланта, ему поручили руководить программой английского языка для первокурсников. Его кабинетом служило маленькое помещение за большой общей комнатой, где стояли столы двадцати с лишним молодых преподавателей, и Стоунеру, чтобы попасть к нему, пришлось миновать их всех. Пока он шел, иные из сидевших поднимали на него глаза, открыто ухмылялись и смотрели ему вслед. Стоунер открыл дверь Эрхардта без стука, вошел в кабинет и сел напротив хозяина. Ломакса не было.

— Вы хотели меня видеть? — спросил Стоунер.

Эрхардт, человек с очень белой кожей, слегка зарделся. Потом сформировал на лице улыбку и с деланым энтузиазмом произнес:

— Очень хорошо, что вы зашли, Билл.

Он ненадолго замешкался, зажигая трубку. Табак не хотел гореть как следует.

— Влажность, чтоб ее, — сказал он угрюмо. — Табак отсыревает.

— Ломакс не придет, судя по всему, — заметил Стоунер.

— Нет, — подтвердил Эрхардт, положив трубку на стол. — Но, признаться, именно профессор Ломакс попросил меня поговорить с вами, так что в некотором смысле, — он нервно хохотнул, — я передаточное звено.

— И что же вам поручено мне передать? — сухо спросил Стоунер.

— Насколько я понимаю, были кое-какие жалобы. Студенты — ох уж эти студенты. — Он соболезнующе покачал головой. — Некоторые из них, похоже, думают... в общем, им не вполне ясно, что происходит на вашем восьмичасовом занятии. Профессор Ломакс считает... в общем, он сомневается в разумности преподавания письменной практики первокурсникам на... на материале...

— Средневекового языка и литературы, — помог ему Стоунер.

— Да, — сказал Эрхардт. — Должен вам заметить, лично я понимаю ваш замысел: встряхнуть их маленько, вывести из сонного состояния, заставить включить мозги, показать им предмет с другого угла. Верно?

Стоунер серьезно, сумрачно кивнул.

— Во время наших последних обсуждений методики преподавания этого предмета много говорилось о новых подходах, об экспериментировании, — сказал он.

— Совершенно верно, — подтвердил Эрхардт. — Я всей душой за экспериментирование, за... но, возможно, иногда мы из лучших побуждений перегибаем палку. — Он усмехнулся и покачал головой. — О себе точно могу сказать, что порой перегибаю; готов признаться в этом первый. Но я... или, верней, профессор Ломакс... в общем, желателен некий компромисс, хотя бы частичное возвращение к учебному плану, использование стандартной учебной литературы... ну, вы понимаете.

Стоунер сжал губы и посмотрел в потолок; поставив локти на подлокотники кресла, он свел домиком пальцы обеих рук и опустил на них подбородок. Ответил хоть и не сразу, но твердо:

— Нет, я не хочу и не буду прерывать эксперимент на этой стадии. Передайте Ломаксу, что я намерен продолжить его до конца семестра. Окажете мне такую услугу?

Лицо Эрхардта было уже багровым. Он напряженно проговорил:

— Я ему передам. Но я предвижу… я уверен, что профессор Ломакс будет крайне… разочарован. Крайне.

— Поначалу — возможно. Но он справится с собой. Я убежден, что профессор Ломакс не захочет вмешиваться в учебную деятельность преподавателя с большим стажем. Он может не соглашаться с методами, которые этот преподаватель использует, но пытаться навязать ему свои методы было бы в высшей степени неэтично — и, между прочим, небезопасно. Как вы считаете?

Эрхардт взял трубку со стола, крепко сжал чашечку и свирепо посмотрел на нее.

— Я… извещу профессора Ломакса о вашем решении.

— Я буду благодарен вам за это, — сказал Стоунер. Он встал, двинулся было к двери, но остановился, словно бы вспомнив о чем-то, и повернулся к Эрхардту. Небрежным тоном заметил: — Да, чуть не забыл. Я тут немного думал и про следующий семестр. Если мой эксперимент удастся, во втором семестре я, вероятно, испробую еще одну новинку. Я изучаю возможность преподавать некоторые разделы письменной практики через рассмотрение того, какой след оставила в пьесах Шекспира античная и средневековая латинская традиция. Звучит, может быть, чуточку специально, но, полагаю, мне удастся сделать материал доступным первокурсникам. Просил бы вас дать про-

фессору Ломаксу знать о моей скромной идее; пусть
поразмыслит о ней на досуге. Может быть, через несколько недель мы с вами…

Эрхардт осел в своем кресле. Уронил трубку
на стол и устало промолвил:

— Ладно, Билл. Я ему сообщу. Я… спасибо, что зашли.

Стоунер кивнул. Он открыл дверь, вышел, аккуратно закрыл ее за собой и прошел через длинную
комнату. Когда один из молодых преподавателей вопросительно взглянул на него, он от души ему под-
мигнул, кивнул и широко улыбнулся.

Войдя в свой кабинет, он сел за стол и стал ждать,
поглядывая в открытую дверь. Через несколько минут дальше по коридору хлопнула дверь, он услышал
неравномерные шаги и увидел в дверном проеме Ломакса, который прошел мимо так быстро, как только
позволяла хромота.

Стоунер продолжал нести свою вахту. Не прошло и получаса, как он понял по нечастым шаркаю-
щим звукам, что Ломакс поднимается по лестнице,
а потом заведующий кафедрой вновь прошел мимо
по коридору. Стоунер дождался звука закрывающейся за Ломаксом двери, кивнул самому себе, встал и отправился домой.

Через несколько недель Стоунер услышал из уст
самого Финча, как прошел разговор между ним и Ломаксом, когда тот ворвался к нему в кабинет. Ломакс
стал ожесточенно жаловаться на поведение Стоунера, рассказал, как он, по существу, заменил письменную практику у вновь поступивших своим курсом
среднеанглийской литературы для старшекурсников,
и потребовал, чтобы Финч принял дисциплинарные

меры. Потом наступил момент тишины. Финч заговорил было — и расхохотался. Он смеялся долго, несколько раз пытался что-то сказать, но смех не давал. В конце концов он успокоился, извинился перед Ломаксом и сказал: "Он победил вас, Холли; как вы этого не видите? Он не сдастся, и вы ни шиша с ним не сделаете. Хотите бороться с ним *моими* руками? А как, по-вашему, это будет выглядеть — декан вмешивается в то, как один из опытнейших преподавателей ведет занятия, причем вмешивается по наущению заведующего кафедрой? Нет, сэр. Разберитесь с этим сами наилучшим способом, какой есть у вас в распоряжении. Впрочем, способ, по-моему, только один".

Через две недели после этого разговора Стоунер получил от Ломакса извещение о том, что его расписание на следующий семестр изменено: он будет вести свой старый аспирантский семинар "Латинская традиция и литература Ренессанса", читать старшекурсникам и аспирантам курс среднеанглийского языка и литературы, читать обзорный курс литературы студентам второго года обучения и вести письменную практику в одной группе первокурсников.

В своем роде это был триумф, но Стоунер всегда вспоминал о нем с презрительной усмешкой как о победе, которую помогли одержать скука и безразличие.

Глава XV

И это была одна из легенд, которыми он начал обрастать, легенд, становившихся год от года все подробнее и изощреннее, постепенно превращавшихся на манер мифов из фактов биографии в ритуальные истины. Ему еще не было пятидесяти, но он выглядел много старше. Волосы, густые и непослушные, как в молодости, стали уже почти совсем седыми; лицо изрезали морщины, глаза запали; глухота, которой он начал страдать летом после отъезда Кэтрин Дрисколл, мало-помалу прогрессировала, так что, слушая кого-то, он наклонял голову набок и напряженно вглядывался в собеседника, напоминая естествоиспытателя, в научных целях рассматривающего особь незнакомого ему вида.

Эта глухота была довольно странного свойства. Хотя иногда ему трудно было расслышать человека, обращающегося к нему с близкого расстояния, он нередко отчетливо слышал то, о чем люди перешептывались в другом конце шумного помещения. Благодаря этой диковинной особенности своего слуха он постепенно начал понимать, что его считают одним из тех, кого в годы его молодости называли "чудиками на кампусе".

Он не раз, к примеру, слышал приукрашенную историю своего преподавания среднеанглийского языка на первом курсе и капитуляции Холлиса Ломакса. "А когда первокурсники, поступившие в тридцать седьмом, сдавали английский, какая, по-твоему, группа получила наивысшие баллы? — спросил один не слишком старательный молодой преподаватель у другого. — Правильно. Среднеанглийская команда нашего Стоунера. А мы заставляем их корпеть над упражнениями и учебниками!"

Стоунеру пришлось признать, что он стал в глазах университетской молодежи, которая приходила и уходила, не задерживаясь настолько, чтобы он успевал надежно присоединить к лицу имя, фигурой почти мифической, сколь бы изменчивыми свойства этой фигуры ни были.

Иногда он был злодеем. По одной из версий, с помощью которых пытались объяснить долгую вражду между ним и Ломаксом, он соблазнил и бросил молодую аспирантку, к которой Ломакс питал чистую и возвышенную страсть. Иногда — дураком: по другой версии, он обиделся на Ломакса и перестал с ним разговаривать, потому что Ломакс отказался написать рекомендательное письмо для одного из аспирантов Стоунера. Иногда — героем: по третьей версии, в которую, впрочем, верили немногие, Ломакс потому возненавидел его и не желает повышать в должности, что Стоунер однажды поймал Ломакса на передаче студенту-любимчику ответов на экзаменационные вопросы по одному из стоунеровских курсов.

Сотворению легенд способствовала его манера вести занятия. С каждым годом он становился в аудитории все более рассеянным и при этом все более увлеченным. Начинал лекции и обсуждения как-то неуверенно и неуклюже, но очень быстро входил в тему, погружался в нее настолько, что забывал обо всем и всех вокруг. Однажды в аудитории, где Стоунер вел свой семинар по латинской традиции, была назначена встреча президента университета с несколькими членами попечительского совета; Стоунеру сообщили об этом заранее, но он забыл, и очередной его семинар начался в обычное время и в обычном месте. Посреди занятия в дверь робко постучали; Стоунер, вслух переводя без подготовки фрагмент латинской поэмы, был так погружен в это дело, что стука не услышал. Через некоторое время дверь открылась, в нее на цыпочках вошел маленький пухленький человечек средних лет в очках без оправы и легонько похлопал Стоунера по плечу. Не поднимая на него глаз, Стоунер отмахнулся. Человечек ретировался; через открытую дверь было слышно, как он шепотом совещается еще с несколькими. Стоунер продолжал переводить. Потом в аудиторию решительно вошли четверо во главе с президентом университета, высоким, дородным, с внушительной грудью и красным лицом; вошли и остановились, как отряд, у стола Стоунера. Президент нахмурил брови и громко откашлялся. Стоунер, не перестав переводить с листа и не сделав даже паузы, поднял взгляд на президента и его свиту и негромко произнес очередную стихотворную строчку: "Изыдите, бессовестные галлы!" И, снова без малейшей паузы, он опустил глаза в книгу и стал говорить дальше, в то время как вошедшие, открыв рты, попятились, повернулись и покинули аудиторию.

Подпитываемая такими событиями, легенда ширилась, пока практически все главные виды деятельности Стоунера не обросли анекдотами, ширилась, захватывая и его жизнь вне университета. Она добралась и до Эдит, которую так редко видели с ним на университетских мероприятиях, что она стала фигурой слегка таинственной, этаким призраком, тревожащим коллективное воображение: она тайно пьет, заглушая какое-то неизвестное и давнее горе; она медленно умирает от редкой и конечно же неизлечимой болезни; она блестяще одаренная художница, пожертвовавшая карьерой ради Стоунера. На встречах в университете вспышка улыбки, озарявшая ее узкое лицо, была такой краткой и нервной, ее глаза блестели так лихорадочно, она говорила таким пронзительным тоном и так бессвязно, что все были убеждены: ее наружность — только маска, скрывающая за собой нечто невероятное.

После своей болезни Стоунер из-за слабости и от безразличия, становившегося образом жизни, начал все больше времени проводить дома. Поначалу его присутствие приводило Эдит в такое замешательство, что она молчала, словно чем-то озадаченная. Потом, поняв, что он теперь постоянно будет день за днем после работы, ночь за ночью, уикенд за уикендом находиться рядом, она с новой силой возобновила былую войну с ним. Из-за сущих пустяков принималась горько плакать и бродить по комнатам; Стоунер бесстрастно смотрел на нее и рассеянно бормотал несколько сочувственных слов. Запиралась у себя в спальне и часами не показывалась; Стоунер готовил вместо нее еду и, казалось, не замечал ее отсутствия, пока она наконец не выходила из спальни, бледная, с ввалившимися щеками и запавшими глазами. Высмеивала его по малейшему поводу, а он точно и не слышал ее; выкрикивала проклятия в его адрес, а он слушал их с вежливым интересом. Выбирала момент, когда он был погружен в чтение, чтобы войти в гостиную и бешено забарабанить на пианино, на котором вообще-то играла редко; когда он затевал тихий разговор с дочерью, Эдит сердито обрушивалась на одного из них или сразу на обоих. А Стоунер воспринимал все это — и ярость, и огорчение, и крик, и полное ненависти молчание — так, словно наблюдал за другой супружеской парой, к которой лишь усилием воли мог вызвать в себе поверхностный интерес.

И в конце концов Эдит устало и чуть ли не с облегчением признала поражение. Приступы ярости становились все слабей, пока ее недовольство во время этих приступов не сделалось таким же поверхностным, как внимание к ним Стоунера; в ее долгих молчаниях он уже не находил ничего удивительного, они были заурядными проявлениями задумчивости, а не признаками обиды на его безразличие.

К сорока годам Эдит Стоунер сохранила девическую стройность, но в ее фигуре, в прямой осанке чувствовалась теперь какая-то жесткость, ломкость, каждое движение словно бы давалось ей через силу.

Черты лица заострились, линии стали резче, тонкая бледная кожа была, чудилось, натянута прямо на кости, как на каркас. Из-за своей чрезвычайной бледности она очень сильно пудрилась и красилась, и возникало ощущение, будто она каждый день заново наносит черты на пустую маску. Под сухой кожей кистей рук тоже, казалось, сразу начиналась твердая кость, и эти кисти постоянно, даже в самые спокойные минуты, были в движении: крутились, сжимались, разжимались, щипали воздух.

Вечно погруженная в себя, она становилась в эти годы все более отрешенной и рассеянной. После краткого периода последних отчаянных, исступленных атак на Стоунера она сделалась похожа на привидение, она замкнулась в себе и никогда полностью не выбиралась на свет. Начала разговаривать сама с собой мягким, матерински терпеливым голосом, точно с ребенком, причем делала это открыто и без всякого стеснения, как будто ничего натуральнее и быть не могло. Из разнообразных творческих устремлений, которым она в годы замужества отдавала дань, она в конце концов остановилась на скульптуре, приносившей ей, она считала, наибольшее удовлетворение. В основном работала в глине, реже в мягком камне; по всему дому были расставлены бюсты, фигуры в полный рост и всевозможные композиции. Она шла в ногу с веком: бюсты были шарообразной формы, с минимумом черт; фигуры — комками глины с продолговатыми конечностями; композиции — случайными наборами геометрически правильных кубов, шаров и стержней. Порой, проходя мимо ее мастерской (где некогда был его кабинет), Стоунер приостанавливался и слушал, что там происходит. Она давала себе указания, как ребенку: "Так, теперь прибавь здесь — нет, не столько, поменьше — здесь, около этой выемки. Ох, гляди, все у нас отваливается. Влаги было маловато, правда? Ничего, дело поправимо. Чуточку воды, и — вот теперь хорошо. Согласна?"

Она завела привычку, обращаясь к мужу или дочери, говорить о них в третьем лице. Могла, например, сказать Стоунеру: "Уилли следовало бы поторопиться с кофе, уже почти девять, он же не хочет опоздать на занятия". Дочь могла услышать от нее: "Грейс слишком мало играет на пианино. Надо самое меньшее час в день, а лучше два. Такой талант — и что с ним будет? Стыдно, стыдно".

Как ее самоизоляция сказывается на Грейс, Стоунер не мог узнать, ибо на свой лад девочка стала такой же замкнутой и отрешенной, как мать. У нее развилась привычка к молчанию; хоть она и приберегала для отца застенчивую, мягкую улыбку, она с ним очень мало разговаривала. Во время его летней болезни она, если могла пробраться к нему в комнатку незамеченной, тихо входила, садилась рядом и смотрела вместе с ним в окно, довольная, похоже, уже тем, что они вдвоем; но и тогда она молчала и, если он пытался извлечь ее из самой себя, делалась беспокойной.

Тем летом, когда он заболел, ей было двенадцать: высокая, стройная девочка с нежным лицом и светлыми, чуть рыжеватыми волосами. Осенью, когда Эдит бросилась в последнюю яростную атаку на мужа, на свой брак, на самое себя, какой она себе казалась, Грейс почти окаменела, словно боялась, что малейшее движение может низвергнуть ее в пропасть, откуда уже не выбраться. Потом, когда ярость стала иссякать, Эдит с безрассудной уверенностью, на которую была способна, сказала себе: Грейс молчит потому, что несчастна, а несчастна потому, что непопулярна в школе. И она изменила направление удара: вместо Стоунера обрушилась на ту сторону жизни Грейс, которую называла "общением". Она вновь начала проявлять к дочери "интерес": покупала ей яркие модные платья с оборками, подчеркивавшие ее стройность, устраивала вечеринки, играла на пианино, бодро настаивала, чтобы все танцевали, требовала от Грейс, чтобы она всем улыбалась, разговаривала, шутила, смеялась.

Эта атака продолжалась меньше месяца; затем Эдит свернула кампанию и пустилась в свой долгий медленный путь неведомо куда. Но на Грейс эта короткая кампания подействовала куда сильнее, чем можно было бы предположить.

После атаки она почти все свободное время проводила одна у себя в комнате у маленького радиоприемника, который отец ей подарил на двенадцатилетие. Неподвижно лежала на неубранной кровати или неподвижно сидела за письменным столом и слушала худосочные звуки, летевшие из механических недр уродливого, тяжелого на вид устройства на прикроватном столике; от ее личности словно бы только и осталось, что эти голоса, музыка и смех, да и они, отзвучав, отрешенно и безвозвратно гасли, тонули в тишине.

И она начала толстеть. С той зимы до своего тринадцатого дня рождения она прибавила почти пятьдесят фунтов; лицо стало пухлым и рыхлым, как поднимающееся тесто, руки и ноги — мягкими, медлительными и неуклюжими. Ела она ненамного больше прежнего, но пристрастилась к сладостям и постоянно держала у себя в комнате коробку конфет; словно бы она, потеряв надежду, дала волю чему-то бесформенному и размягченному внутри себя, выпустила это тайное из тьмы наружу, позволила ему заполонить собой ее плоть и стать явным.

Стоунер смотрел на эту метаморфозу с печалью, скрытой за бесстрастным лицом, которое он обращал к миру. Растравлять себе душу чувством вины — простой путь, и Стоунер по нему не пошел; зная себя и обстоятельства своей жизни с Эдит, он понимал, что ничего поделать не мог. И это понимание было для него горше любого чувства вины, оно делало его любовь к дочери еще более ищущей и сильной.

Он знал — причем знал, думалось ему, с очень ранних пор, — что она из тех редких и неизменно привлекательных душ, чья внутренняя организация столь хрупка, что они не могут реализовать себя без заботливой, теплой поддержки. Чуждые миру, они вынуждены обитать там, где не могут чувствовать себя дома; жаждущие нежности и тишины, они вынуждены мириться с безразличием, нечуткостью и шумом. Живя в странной и неблагоприятной среде, эта девочка не имела в себе даже той капли грубости, что нужна хоть для какой-то защиты от атакующих тебя грубых сил, и могла укрываться лишь в мягком молчании, в потерянности, в умаленности.

Когда ей исполнилось семнадцать — в первые месяцы последнего школьного года, — с ней произошла новая метаморфоза. Ее душа словно бы отыскала наконец для себя защитную оболочку, в которой могла предстать перед миром. Так же стремительно, как три года назад потолстела, она избавилась от лишнего веса; тем, кто ее знал, это превращение показалось волшебным, она точно сбросила кокон ради вольного воздуха, для которого была рождена. Она стала почти красавицей; ее тело, сначала слишком худенькое, а потом вдруг сильно пополневшее, теперь обрело соразмерность и мягкое изящество, походка сделалась легкой, грациозной. Красота ее была пассивной, почти безмятежной; лицо, похожее на маску, мало что выражало; светло-голубые глаза смотрели без любопытства и опаски прямо на собеседника; голос у нее был очень тихий, чуточку монотонный, и говорила она редко.

Внезапно она стала, по выражению Эдит, "популярна". Ей то и дело звонили по телефону, она сидела с трубкой в гостиной, время от времени кивала, отвечала тихо и коротко; под вечер иногда подъезжала чья-нибудь машина и увозила ее, растворившуюся в криках и общем смехе. Порой Стоунер стоял у окна, выходящего на улицу, смотрел на автомобиль, с ревом уносящийся в облаке пыли, и испытывал некоторую тревогу и легкое чувство преклонения: у него никогда не было машины, и он не умел водить.

Эдит была довольна. "Вот видишь! — сказала она с отрешенным торжеством, как будто после ее исступленной атаки на проблему "популярности" Грейс не прошло трех лет с лишним. — Вот видишь! Я была права. Ее всего-навсего надо было немного подтолкнуть. А Уилли был против. Я же видела. Уилли всегда против".

Стоунер год за годом откладывал каждый месяц небольшую сумму, чтобы Грейс, когда придет время, смогла уехать из Колумбии учиться в колледж, может быть, в восточные штаты. Эдит об этих планах знала и, казалось, одобряла их; но, когда время пришло, она и слушать ни о чем не захотела.

— Ни в коем случае! — заявила она. — Я этого не вынесу! Моя доченька! У нее все так хорошо здесь складывалось в последний год! Она популярна, она радуется жизни. А там придется приспосабливаться и… Грейси, доченька! — Она повернулась к девушке. — *На самом деле* Грейси никуда не хочет уезжать от мамочки. Правда же? Она ее одну не оставит?

Грейс молча посмотрела на мать долгим взглядом. Потом, на секунду повернувшись к отцу, покачала головой. И сказала матери:

— Если ты хочешь, чтобы я осталась, я, конечно, останусь.

— Грейс, — сказал Стоунер. — Послушай меня. Если ты хочешь поехать… Прошу тебя, если ты действительно хочешь поехать…

Она не стала поворачиваться к нему второй раз.

— Не имеет значения, — сказала она.

Не успел Стоунер открыть рот, как Эдит начала говорить дочери, что скопленные им деньги можно потратить, во-первых, на новый гардероб, она видела в продаже очень симпатичный, во-вторых, может быть, даже и на маленькую машину, чтобы она с друзьями и подругами… Грейс в ответ улыбалась своей неспешной полуулыбкой и время от времени, точно по обязанности, вставляла слово-другое.

Дело было решено, и Стоунер так и не узнал, что чувствовала Грейс, почему она осталась: потому, что так хотела, или потому, что так хотела ее мать, или из глубокого безразличия к своей судьбе. Было решено, что она поступит в университет Миссури, проучится там как минимум два года, а потом, если пожелает, сможет отправиться заканчивать колледж куда-нибудь еще, в другой штат. Стоунер сказал себе, что так будет лучше для Грейс: пусть лучше еще два года тюрьмы, которую она вряд ли воспринимает как тюрьму, чем снова быть вздернутой на дыбу беспомощной воли Эдит.

Так что ничего не изменилось. Грейс получила гардероб, отказалась от машины и с осени начала учиться на первом курсе университета Миссури. Телефон продолжал звонить, у входной двери продолжали появляться те же (или очень похожие) лица, звучали те же крики и тот же смех, и те же автомобили с ревом уносили ее в вечерние сумерки. Грейс еще чаще теперь, чем в старших классах, не было дома, и Эдит это радовало как признак ее растущей популярности.

— Она пошла в свою мать, — заметила Эдит однажды. — Перед замужеством она была *очень* популярна. Столько молодых людей... Папу они сердили, но втайне он очень гордился, я это видела.

— Да, Эдит, — мягко сказал Стоунер, и сердце у него сжалось.

Осенний семестр у Стоунера был тяжелый: пришла его очередь руководить общеуниверситетским экзаменом по английскому языку на третьем курсе, и в то же время под его началом два аспиранта писали диссертации на очень трудные темы, что заставляло его тратить много сил на чтение по этим темам. Поэтому он чаще, чем в предыдущие годы, задерживался на работе.

Однажды вечером в конце ноября он вернулся домой еще позже обычного. В гостиной свет не горел, и в доме было тихо; он подумал, что Грейс и Эдит легли спать. Он зашел к себе в заднюю комнатку и оставил там принесенные с работы бумаги, чтобы хотя бы часть из них просмотреть в постели. Потом отправился на кухню съесть сандвич и выпить молока; отрезал себе хлеба, открыл холодильник — и вдруг тишину, как нож, прорезал крик, пронзительный и долгий. Он бросился в гостиную; крик прозвучал опять, теперь короткий и насыщенный злостью. Стоунер опрометью пересек гостиную и открыл дверь мастерской Эдит.

Она сидела на полу ногами врозь, словно откуда-то упала; взгляд дикий, рот открыт — кажется, вот-вот завопит еще раз. В другом конце комнаты в мягком кресле, положив ногу на ногу, сидела Грейс и смотрела на мать почти спокойно. Горела только лампа на рабочем столе Эдит, так что часть комнаты была ярко освещена, часть наполнена густым мраком.

— Что тут происходит? — спросил Стоунер. — Что случилось?

Голова Эдит повернулась к нему, точно на шарнире; глаза у нее были пустые. Диковинно капризным тоном она произнесла:

— Ох, Уилли. Ох, Уилли.

Она продолжала смотреть на него, ее голова чуть подрагивала.

Он обратил взгляд к дочери — она по-прежнему хранила спокойствие.

— Я беременна, папа, — сказала она обыденным тоном.

И тут крик раздался снова, резкий и невыразимо злой; они с Грейс повернулись к Эдит, которая, не переставая кричать, смотрела то на него, то на нее отсутствующими холодными глазами. Стоунер пересек мастерскую, наклонился к жене и поднял ее; она чуть ли не висела на его руках, приходилось ее поддерживать.

— Эдит! — отрывисто скомандовал он. — Замолчи.

Она напряглась и отстранилась от него. Нетвердыми ногами проковыляла через комнату и встала над Грейс; та сидела не шевелясь.

— Да как ты... — захлебнулась Эдит. — Боже мой. Грейси. Ну как ты могла... О господи. В отца. Его кровь. Да, конечно. Мерзость. Мерзость...

— Эдит! — Стоунер заговорил еще резче и подошел к ней. Он крепко взял ее за плечи и повернул, заставив оторвать взгляд от Грейс. — Иди в ванную и хорошенько плесни себе на лицо холодной водой. А потом в постель.

— Ох, Уилли, — с мольбой проговорила Эдит. — Моя родная доченька. Моя родненькая. Ну как это могло случиться? Как она могла...

— Иди, — сказал Стоунер. — Я к тебе потом зайду.

Неверной походкой она вышла из комнаты. Стоунер, не двигаясь, смотрел ей вслед, пока не услышал, как в ванной полилась вода. Потом повернулся к Грейс, которая глядела на него с кресла. Улыбнулся ей быстрой улыбкой, подошел к рабочему столу Эдит, взял стул и поставил перед креслом Грейс, чтобы их лица были на одном уровне.

— Ну вот, — сказал он. — Расскажи мне теперь, если хочешь.

На лице Грейс появилась ее мягкая полуулыбка.

— Тут нечего особенно рассказывать. Я беременна.

— Это точно?

Она кивнула:

— Я была у врача. Сегодня получила ответ.

— Ну что ж. — Он неловко дотронулся до ее руки. — Не беспокойся. Все будет хорошо.

— Да, — сказала она.

— Есть желание рассказать, кто будущий отец? — мягко спросил он.

— Студент, — ответила она. — В университете.

— Не хочешь со мной делиться?

— Да нет, почему, — сказала она. — Мне все равно. Его фамилия Фрай. Эд Фрай. Он на втором курсе. По-моему, он учился у тебя в прошлом году письменной практике.

— Не помню такого, — признался Стоунер. — Никаких воспоминаний.

— Мы сглупили, папа, — сказала Грейс. — Очень досадно. Он был не совсем трезвый, и мы… не приняли мер.

Стоунер опустил глаза в пол.

— Прости меня, папа. Я тебя шокировала, наверно?

— Да нет, — ответил Стоунер. — Удивила — это, пожалуй, да. Мы мало что друг о друге знали последние годы, правда?

Она отвела взгляд и нехотя подтвердила:

— Пожалуй… правда.

— Ты… любишь этого парня, Грейс?

— Нет, нет, — сказала она. — Я и не знаю его толком.

Он кивнул.

— Что ты намерена делать?

— Не знаю, — сказала она. — Мне, честно говоря, безразлично. Я не хочу быть обузой.

Довольно долго сидели молча. Наконец Стоунер проговорил:

— Не волнуйся ни о чем. Все будет хорошо. Что бы ты ни решила... как бы ни поступила, все будет нормально.

— Да, — отозвалась Грейс. Она встала с кресла, посмотрела на отца сверху вниз. — Ты и я, мы теперь можем разговаривать.

— Да, — согласился Стоунер. — Мы можем разговаривать.

Она вышла из мастерской, и Стоунер дождался, чтобы наверху раздался звук закрывающейся двери ее спальни. Потом, прежде чем идти к себе, он тихонько поднялся на второй этаж и открыл дверь спальни Эдит. Она крепко спала, раскинувшись на кровати, полностью одетая, и резкий свет прикроватной лампы бил ей в лицо. Стоунер погасил лампу и спустился вниз.

Наутро за завтраком Эдит была почти весела; от вчерашней истерики не осталось и следа, и она говорила о будущем как о вполне разрешимой задаче. Узнав имя юноши, она бодро сказала:

— Ну что ж. Как нам, по-вашему, поступить: встретиться с его родителями или сначала с ним самим поговорить? Так, давайте сообразим... Сейчас конец ноября. Скажем, две недели. Этого времени хватит, чтобы все организовать, можно даже устроить скромное бракосочетание в церкви. Грейси, этот твой друг, забыла, как его зовут...

— Эдит, — перебил ее Стоунер. — Погоди. Ты слишком много на себя берешь. Может быть, Грейс и этот молодой человек вовсе не хотят пожениться. Надо у Грейс сначала спросить.

— О чем тут спрашивать? Разумеется, они захотят. В конце концов, они… они… Грейси, *скажи* своему отцу. Объясни ему.

— Не имеет значения, папа, — сказала Грейс. — Мне все равно.

Ей, понял Стоунер, действительно было все равно; взгляд Грейс был устремлен куда-то сквозь него, в некую даль, которой она не видела и к которой не испытывала любопытства. Он не стал ничего говорить и позволил жене и дочери строить планы без него.

Было решено пригласить "молодого человека" Грейс, как Эдит его называла, словно его имя было под запретом, к ним домой, чтобы Эдит могла с ним "поговорить". Она срежиссировала встречу, как сцену в спектакле, со "входами" и "выходами" и даже с двумя-тремя готовыми репликами. Стоунер должен был извиниться и выйти почти сразу, Грейс чуть погодя, и это давало Эдит возможность побеседовать с молодым человеком наедине. Через полчаса, по плану, Стоунер возвращается, затем возвращается Грейс, и к этому моменту все уже должно быть обсуждено и устроено.

План Эдит сработал безукоризненно. Позднее Стоунер не без внутренней усмешки пытался представить себе, о чем мог думать юный Эдвард Фрай, робко стучась в дверь и входя в дом, полный — так, вероятно, ему казалось — смертельных врагов. Он был высокий тяжеловатый молодой человек с размытыми чертами немного сумрачного лица; испытывая парализующее смущение и страх, он не поднимал ни на кого глаз. Когда Стоунер выходил из гостиной, Фрай сидел в кресле ссутулясь, его руки лежали на коленях, взгляд был уставлен в пол; когда через полчаса он вернулся, молодой человек пребывал в том же положении, словно и головы не мог поднять под заградительным огнем приветливого щебета Эдит.

Но за эти полчаса все было решено. На высоких нотах, искусственным голосом, в котором звучала, однако, неподдельная радость, Эдит сообщила мужу, что "молодой человек Грейс" происходит из очень хорошей сент-луисской семьи, что его отец брокер и, вероятно, был в свое время связан по деловой линии с *ее* отцом или, по крайней мере, с отцовским банком, что "молодые люди" решили устроить свадьбу "как можно скорее и очень непритязательную", что оба самое меньшее на год или на два прекращают учебу и поселяются в Сент-Луисе — "новая жизнь в новой обстановке", — и что, хотя они не смогут окончить семестр, они будут посещать занятия до каникул и поженятся в последний день перед ними — это будет пятница. И разве все это не мило — при всех сопутствующих обстоятельствах?

Бракосочетание состоялось в тесном кабинете мирового судьи. Кроме него и новобрачных, присутствовали только Уильям и Эдит; жена судьи, помятая и седая, с постоянной хмурой складкой на лбу, во время церемонии стряпала на кухне и вышла только к концу расписаться как свидетельница. День был холодный, угрюмый; дата на календаре — 12 декабря 1941 года.

Пятью днями раньше японцы атаковали Перл-Харбор; смесь переживаний, которые испытывал

Уильям Стоунер, глядя на церемонию, была такой, какой он еще не знал. Подобно многим, прошедшим через эти времена, он ощущал то, для чего не мог подобрать иного названия, кроме как "оцепенение", хотя знал, что это сложное чувство, состоящее из переживаний такой глубины и силы, что в них невозможно признаться самому себе, ибо с ними невозможно жить. Он ощущал силу общей беды, ужас и скорбь до того всеобъемлющие, что они оттесняли личные людские беды и невзгоды в иную сферу бытия и в то же время усугубляли их — усугубляли необъятностью, которую вокруг них создавали: так великая пустыня, окружающая одинокую могилу, делает ее еще более скорбной. Он с почти отвлеченной жалостью смотрел на печальный маленький брачный ритуал и был странно растроган пассивной, безразличной красотой дочернего лица и сумрачным отчаянием на лице жениха.

После церемонии молодожены безрадостно погрузились в маленький "родстер" Фрая и уехали в Сент-Луис, где их ждали его родители и где им предстояло жить. Глядя, как машина отъезжает от дома, Стоунер мог думать о дочери только как о маленькой девочке, сидевшей некогда подле него в некой дальней комнате и смотревшей на него серьезно-восторженными глазами; как о прелестном ребенке, которого давно нет в живых.

Через два месяца после женитьбы Эдвард Фрай пошел в армию; Грейс решила оставаться в Сент-Луисе до рождения ребенка. Через полгода Фрай погиб на берегу островка в Тихом океане, куда его, как и других необстрелянных новобранцев, кинули в отчаянной попытке сдержать наступление японцев. В июне 1942 года Грейс родила сына; она назвала его в честь отца, которого мальчику не суждено было ни увидеть, ни полюбить.

Хотя Эдит, которая в июне поехала в Сент-Луис помогать, уговаривала дочь вернуться в Колумбию, Грейс отказалась; у нее была в Сент-Луисе небольшая квартира, был скромный доход от страховки после гибели Фрая, были свекор и свекровь, и она выглядела довольной.

— Она изменилась, — рассеянно сказала Эдит Стоунеру. — Совсем не похожа на нашу маленькую Грейси. Она так много пережила и, мне кажется, не хочет напоминаний... Передала тебе привет, говорит, что помнит, любит.

Глава XVI

оды войны слились в единое целое; Стоунер прожил их, словно идя сквозь неистовую и почти невыносимую бурю: голова наклонена вперед, челюсти стиснуты, ум сосредоточен на следующем шаге, потом на следующем, потом на следующем. Но, при всей своей стоической выдержке, при всей внешней бесстрастности, с какой он преодолевал дни и недели, внутренне он был резко разделен надвое. Одна его часть в ужасе инстинктивно отшатывалась от повседневности утрат, от лавины разрушений и смертей, неумолимо подвергавшей ум и сердце жестокому насилию; вновь на его глазах преподавательский состав поредел, вновь он увидел полупустые аудитории, вновь стал замечать затравленные взгляды тех, кто не пошел воевать, взгляды, где читалось медленное умирание сердца, горькое истощение живого чувства и заботы.

Но была в нем и другая часть; ее мощно влекла к себе та самая бойня, от которой он отшатывался. Он обнаружил в себе тягу к насилию, о которой и не подозревал: ему хотелось участвовать, он желал попробовать смерть на вкус, испытать мучительную радость разрушения, увидеть кровь. Он испытывал и стыд, и гордость, а поверх всего — горькое разочарование; он испытывал их в отношении себя самого, времени, в которое жил, и обстоятельств, сотворивших его, Стоунера, таким.

Из недели в неделю, из месяца в месяц перед ним одно за другим возникали имена убитых. Иногда это было только имя, на которое смутно откликалась память; иногда он мог извлечь из нее лицо; иногда — услышать голос, слово.

При всем том он продолжал учить и узнавать новое, хотя порой у него появлялось чувство, будто он тщетно горбит спину, стараясь защититься от бешеной бури, и без всякой пользы пытается загородить ладонями тусклый огонек своей последней жалкой спички.

Время от времени в Колумбию навестить родителей приезжала Грейс. В первый раз она привезла сына, которому едва исполнился год, но его присутствие, похоже, нервировало Эдит, поэтому в дальнейшем Грейс оставляла его в Сент-Луисе у свекра и свекрови. Стоунер хотел бы видеть внука чаще, но он не говорил Грейс о своем желании; в какой-то момент он понял, что ее отъезд из Колумбии — а может быть, и беременность — это на самом деле побег из тюрьмы, куда она теперь изредка наведывалась из своего неискоренимого мягкого добросердечия.

В отличие от Эдит, которая ничего не подозревала или закрывала глаза на происходящее, Стоунер знал, что Грейс начала пить — втихую, но серьезно. Ему стало об этом известно первым послевоенным летом. Грейс приехала на несколько дней погостить, и выглядела она неважно: под глазами круги, лицо бледное, напряженное. В один из вечеров Эдит рано легла спать, и Грейс с отцом, оставшись на кухне вдвоем, пили кофе. Стоунер попытался завязать разговор, но Грейс была беспокойна и рассеянна. Довольно долго они сидели молча; потом Грейс пристально на него посмотрела, дернула плечами и резко вздохнула.

— Скажи, пожалуйста, — спросила она, — есть у вас в доме спиртное?

— Нет, — ответил он, — боюсь, что нет. Кажется, в буфете стоит бутылка хереса, но…

— Мне срочно необходимо выпить. Ты не против, если я позвоню в магазин и попрошу прислать бутылку?

— Звони, конечно, — сказал Стоунер. — Просто мы с мамой никогда спиртного не…

Но она уже встала и пошла в гостиную. Там судорожно принялась листать телефонную книгу и яростно набрала номер. Вернувшись на кухню, сразу двинулась к буфету и достала полбутылки хереса. Взяла с сушильной доски стакан и почти до краев наполнила светло-коричневым напитком. Так и не сев, осушила стакан и вытерла губы; ее слегка передернуло.

— Прокис, — сказала она. — И я терпеть не могу херес.

С бутылкой и стаканом вернулась к столу, села и поставила их прямо перед собой. Налила полстакана и улыбнулась отцу странноватой полуулыбкой.

— Я пью немножко больше, чем следует, — призналась она. — Бедный папа. Ты не знал, да?

— Нет, — ответил он.

— Каждую неделю говорю себе: на следующей неделе не буду так много пить; но всякий раз пью не меньше, а еще чуть побольше. Сама не знаю почему.

— Ты несчастлива? — спросил Стоунер.

— Нет, — сказала она. — По-моему, я счастлива. Или почти. Дело не в этом. Дело... — Она не договорила.

К тому времени, как она допила херес, явился посыльный из магазина с бутылкой виски. Она принесла бутылку на кухню, привычным движением открыла и налила себе в стакан из-под хереса хорошую порцию.

Они просидели очень долго — до тех пор, пока за окнами не начало сереть. Грейс пила и пила маленькими глоточками; и постепенно складки на ее лице разглаживались, она становилась спокойнее и моложе, и они со Стоунером разговаривали так, как не разговаривали долгие годы.

— Я думаю, я забеременела намеренно, — сказала она, — хотя тогда я этого не сознавала; я думаю, я не понимала даже, как сильно мне хочется отсюда выбраться, не понимала, что мне это *позарез* необходимо. Ей-богу, я прекрасно знала, как не забеременеть, если не хочешь. Все эти встречи с мальчиками в старших классах... — Она криво улыбнулась отцу. — А вы с мамой, вы даже и не догадывались, да?

— Не догадывались, — подтвердил он.

— Мама хотела, чтобы я была популярна, ну так... я была *очень* популярна. Но для меня это ничего не значило, ровно ничего.

— Я знал, что тебе тут плохо, — через силу проговорил Стоунер. — Но я не понимал... понятия не имел...

— Я думаю, я тоже не имела понятия, — сказала она. — Да и не могла иметь. Бедный Эд. Вот кому выпала плохая карта. Ты знаешь, ведь я его использовала; нет, он настоящий отец, никаких сомнений — но я его использовала. Он был милый мальчик и всегда так стеснялся — просто ужас. Он потому и пошел в армию за полгода до срока, что хотел уйти от этого подальше. Я думаю, это я его убила; он был очень милый мальчик, а мы друг другу даже особенно и не нравились.

Они заговорились той ночью, как старые друзья. И Стоунеру мало-помалу стало ясно, что она сказала правду, что она почти счастлива в своем отчаянии; что она будет и дальше тихо проживать дни, понемножку увеличивая дозы, что год за годом она будет постепенно притуплять свои чувства, чтобы не ощущать небытия, которым стала ее жизнь. Он был рад, что у нее есть хотя бы это; он был рад, что она пьет.

Первые послевоенные годы стали лучшими его годами как преподавателя; и в некотором смысле это были самые счастливые годы его жизни. Ветераны войны, придя в кампус, преобразили его, принесли в него жизнь, какой он прежде не знал, жизнь насыщенную и бурную. Стоунер работал больше, чем когда-либо; студенты, диковинно взрослые, были настроены очень серьезно, учились с азартом и презирали все пошлое. Не порабощенные ни модой, ни предрассудками, они относились к учебе так, как относились к ней хорошие студенты в его многолетних мечтах: так, словно учеба — это сама жизнь, а не средство, помогающее достичь некой житейской цели. Он понимал, что эти несколько лет — годы важных перемен в преподавании; и он отдавался труду, ища блаженного изнеможения, желая испытывать его вновь и вновь без конца. Он редко думал о прошлом или о будущем, о былых или грядущих разочарованиях и радостях; всю энергию он сосредоточивал на текущем моменте работы и льстил себя надеждой, что наконец-то полностью слился со своим делом.

Нечасто в те годы он отвлекался от работы, от дел текущей минуты. Иной раз, когда его дочь, словно переходя бесцельно из одной комнаты в другую, приезжала к ним в Колумбию, он переживал очень сильное, едва выносимое чувство утраты. В свои двадцать пять она выглядела на все тридцать пять; она постоянно и безнадежно пила, как пьют люди, разуверившиеся во всем; и было очевидно, что сына она все чаще оставляет на попечение свекра и свекрови.

Только однажды ему довелось кое-что узнать о Кэтрин Дрисколл. Ранней весной 1949 года он получил издательский анонс из крупного университета на востоке страны; там говорилось о публикации книги Кэтрин и были приведены скупые сведения об авторе. Она преподавала в хорошем гуманитарном колледже в Массачусетсе; она была не замужем. Как только смог, он раздобыл экземпляр книги. Когда он взял ее в руки, ему показалось, что пальцы сделались живыми; они задрожали так, что он едва смог открыть книгу. Он перевернул страницу, другую и прочел: "Посвящается У. С.".

В глазах стало мутно, и он долго сидел не двигаясь. Потом тряхнул головой, снова опустил взгляд в книгу и не отрывался от нее, пока не прочел до конца.

Она не обманула его ожиданий. Слог был легкий, изящный, и под прохладной ясностью суждений чувствовался скрытый жар. За словами, которые читал, он видел всю Кэтрин; осознав это, он подивился тому, как отчетливо может ее видеть даже сейчас. Вдруг оказалось, что она рядом, словно он считаные секунды назад оставил ее в соседней комнате; в ладонях было ощущение, будто он только что притрагивался к ее коже. И переживание утраты, которому он очень долго не давал воли, прорвало плотину, затопило его, и он, не желая спасаться, позволил потоку чувств нести себя куда угодно. А потом, опомнившись, он нежно улыбнулся, как улыбаются воспоминанию; ему подумалось, что ему почти шестьдесят, не самый подходящий возраст для такой страсти, для такой любви.

Но возраст, он знал, не помеха и никогда не будет помехой. Под онемением, под безразличием, под последствиями разлуки он чувствовал эту страсть, она всегда в горела в нем жарко и неугасимо. В молодости он расточал ее свободно, не задумываясь; он расточал ее, служа тому, на что ему открыл глаза — сколько лет прошло с тех пор? — Арчер Слоун; он расточал ее в слепые, глупые дни ухаживаний за Эдит и в первые недели их брака; полюбив Кэтрин, он расточал ее так, словно никогда прежде ему не доводилось ее расточать. Странным образом он наполнял этой страстью каждую секунду своей жизни и, пожалуй, расточал ее всего щедрей, когда делал это бессознательно. Это была страсть не умственная и не телесная; это была сила, включающая в себя и сознание и плоть, которые вместе образуют некую особую субстанцию любви. Эта страсть могла быть обращена на женщину, могла на стихотворение, и всякий раз она говорила от его имени: "Смотри! Я здесь, я живой".

Он не мог думать о себе как о старом человеке. Бреясь по утрам, он смотрел на свое отражение, и, бывало, ему тогда казалось, что у него нет ничего общего с этой диковинной маской, сквозь прорези которой на него удивленно глядят серые глаза. Словно он, непонятно зачем, решил по-идиотски изменить внешность, словно он мог, если ему захочется, в любой момент избавиться от седых кустистых бровей, от всклокоченной сивой шевелюры, от обвислых щек под острыми скулами, от глубоких складок, имитирующих возраст.

Но он знал, что его возраст — не имитация. Он видел, каким больным вступил мир и какой больной вступила страна в послевоенные годы; он видел, что ненависть и подозрительность приобрели характер безумия, которое стремительно, как чума, распространялось по городам и весям; он видел, как молодые люди пошли на новую войну, бодро маршируя к бессмысленной гибели, точно их настигло эхо минувшего кошмара. И жалость и печаль, которые он чувствовал, были такими старыми, присущими его возрасту в такой большой мере, что он сам как неповторимая личность был, казалось ему, почти ни при чем.

Годы текли быстро, и он едва сознавал их течение. Весной 1954 года ему было шестьдесят три, и внезапно он понял, что ему осталось преподавать самое большее четыре года. Он попытался заглянуть за эту черту, но не смог ничего увидеть, да и большого желания не было.

Осенью он получил от секретарши Гордона Финча записку с просьбой зайти к декану, когда ему будет удобно. Он был очень занят, и свободное время у него нашлось только через несколько дней.

Всякий раз при виде Гордона Финча Стоунер дивился тому, как мало он меняется. Гордон был моложе Стоунера всего на год, но выглядел самое большее на пятьдесят. Он был совершенно лыс, его крупное лицо без единой морщинки светилось чуть ли не ангельским здоровьем; походка оставалась упругой, и в последние годы он начал одеваться менее официально: яркие рубашки, необычные пиджаки.

Разговаривая с Финчем в тот день, Стоунер чувствовал, что декан смущен. Несколько минут поговорили на малозначащие темы; Финч спросил, как здоровье Эдит; его жена Кэролайн, заметил он, буквально на днях сказала, что хорошо бы как-нибудь опять посидеть вчетвером. Потом он сказал:

— Боже мой, как время летит, как летит!

Стоунер кивнул. Финч, коротко вздохнув, перешел к делу:

— Собственно, об этом я и хотел побеседовать. Тебе… в следующем году стукнет шестьдесят пять. В связи с этим нам бы понять, какие у нас планы.

Стоунер покачал головой:

— Пока никаких планов. У меня есть право на два дополнительных года, и я им воспользуюсь.

— Я знал, что ты так ответишь. — Финч откинулся в кресле. — Ну, а вот я — мне три года осталось, я их отработаю и уйду. Как подумаю, сколько я всего пропустил, сколько есть мест, где я не был... Черт возьми, Билл, жизнь такая короткая. Может, уйдешь пораньше? Столько времени сразу...

— Я не буду знать, что делать с этим временем, — сказал Стоунер. — Я так и не научился проводить досуг.

— Ерунда, — возразил Финч. — В наше время шестьдесят пять — далеко еще не старость. Вот как раз теперь и научишься...

— Это Ломакс, вероятно. Это он на тебя давит?

Финч ухмыльнулся:

— Конечно. А чего ты ждал?

Немного помолчав, Стоунер сказал:

— Передай Ломаксу, что я отказался говорить с тобой на эту тему. Передай ему, что я стал таким сварливым и вздорным стариканом, что ты ничего не смог со мной поделать. Передай, что ему придется разбираться со мной самому.

Финч засмеялся и покачал головой:

— Передам, передам. Но не пора ли вам, двум упрямым старым баранам, немного смягчиться после стольких лет?

До прямого противостояния дело, однако, дошло не сразу, и, когда дошло — в середине второго семестра, в марте, — противостояние приняло неожиданную для Стоунера форму. Его опять пригласили к декану, но на этот раз было указано время, и можно было понять, что разговор предстоит серьезный.

Стоунер на несколько минут опоздал. Ломакс уже был на месте; он чопорно сидел перед столом Финча, и рядом с ним был пустой стул. Стоунер не спеша подошел к стулу и сел. Потом повернул голову и поглядел на Ломакса; тот невозмутимо смотрел прямо перед собой, презрительно подняв одну бровь.

Финч, слегка забавляясь, некоторое время смотрел на обоих с еле заметной улыбкой.

— Ну что ж, — начал он, — мы все понимаем, какой вопрос предстоит обсудить. Вопрос об уходе профессора Стоунера на пенсию.

Он коротко напомнил правила. Добровольный выход на пенсию возможен в шестьдесят пять лет; при этом Стоунер может уволиться либо в конце текущего учебного года, либо в конце любого семестра следующего года. И есть другой вариант: преподаватель имеет право, если заведующий кафедрой и декан колледжа не возражают, работать до шестидесяти семи лет, и в этом возрасте выход на пенсию обязателен. Если, конечно, преподавателю не присвоено звание заслуженного профессора; в этом случае…

— В случае, мы все должны признать, крайне маловероятном, — сухо промолвил Ломакс.

— Крайне маловероятном, — кивнув Финчу, подтвердил Стоунер.

— Я искренне полагаю, — сказал Ломакс Финчу, — что если профессор Стоунер воспользуется возможностью уйти в шестьдесят пять лет, это будет в интересах и кафедры, и колледжа. Эта отставка даст мне возможность осуществить некоторые давно задуманные перемены в расписании и преподавательском штате.

— У меня нет желания, — сказал Стоунер, обращаясь опять-таки к Финчу, — уходить на пенсию раньше, чем я обязан, ради того, чтобы исполнить прихоть профессора Ломакса.

Финч посмотрел на Ломакса.

— Я более чем уверен, — сказал Ломакс, — что есть весьма важные обстоятельства, которых профессор Стоунер не принял во внимание. Он получит свободное время для написания трудов, работе над которыми доселе мешала его… — он сделал деликатную паузу, — преданность преподавательскому делу. Несомненно, плоды его долгого опыта принесут неоценимую пользу научному…

— У меня нет намерения, — перебил его Стоунер, — начинать в этом возрасте литературную карьеру.

Не сводя глаз с Финча, Ломакс учтиво кивнул.

— Наш коллега, безусловно, чересчур скромен. Я сам через два года, как требуют правила, уйду с должности заведующего кафедрой. И конечно же постараюсь с толком использовать свои преклонные годы; признаться, я с нетерпением жду отставки и досуга, который она принесет.

— Я надеюсь, — сказал Стоунер, — что проработаю на кафедре как минимум до этого знаменательного события.

Ломакс помолчал. Потом, обращаясь к Финчу, задумчиво проговорил:

— За последние годы мне не раз приходило в голову, что заслуги профессора Стоунера перед университетом, пожалуй, не оценены в полной мере. Мне думается, что достойным венцом его карьеры может стать в завершающий год повышение до профессорской должности. А достойной церемонией — торжественный обед в его честь. Это будет в высшей степени справедливо. Хотя не за горами конец учебного года и о большинстве повышений уже объявлено, я уверен, что по случаю его знаменательного выхода на пенсию смогу добиться этого повышения на предстоящий год.

Вдруг игра, в которую Стоунер играл с Ломаксом — и от которой диковинным образом получал удовольствие, — показалась ему плоской и мелочной. Его охватила усталость. Он посмотрел Ломаксу прямо в глаза и утомленно произнес:

— Холли, за столько лет вы могли бы узнать меня и получше. Вам давно следовало бы понять, что я плевать хотел на все, чем вы думаете на меня воздействовать, на все, чем вы думаете меня купить. — Он умолк; он почувствовал, что устал сильнее, чем ему казалось. С усилием он продолжил: — Но дело не в этом; оно всегда было не в этом. Вы, я думаю, неплохой человек; и, безусловно, вы хороший преподаватель. Но в некоторых отношениях вы тупой и злобный невежда. — Он вновь помолчал. — Не знаю, на что вы сейчас рассчитывали. Нет, я не выйду на пенсию ни в конце этого года, ни в конце следующего. — Он медленно поднялся и немного постоял, собираясь с силами. — Коллеги, прошу меня извинить, я чуточку устал. Предоставляю вам обсуждать все, что вы хотите, без меня.

Он знал, что этим дело не кончится, но ему было безразлично. Когда Ломакс, выступая на последнем в учебном году общем собрании преподавательского состава, объявил, что профессор Уильям Стоунер в конце следующего года уходит на пенсию, Стоунер встал и сказал во всеуслышание, что профессор Ломакс ошибся, что он уйдет только через два года после названного Ломаксом срока. В начале осеннего семестра новый президент университета пригласил Стоунера к себе домой на чай и пространно говорил о долгих годах добросовестной работы, о заслуженном отдыхе, о благодарности, которую все как один испытывают; Стоунер в ответ надел маску брюзгливого старика, называл президента "молодым человеком" и притворялся, что не слышит; под конец "молодой человек" кричал ему в ухо самым умиротворяющим тоном, на какой был способен.

Это сопротивление, сколь бы ограниченным оно ни было, утомило Стоунера больше, чем он ожидал, и к рождественским каникулам он был почти обессилен. Он признался себе, что и правда стареет, и решил, что надо притормозить ради того, чтобы достойно доработать год. Все десять дней рождественских каникул он отдыхал, накапливал силы, и, когда каникулы кончились, когда пошли последние недели семестра, он сам удивился энергии, с которой работал. Спор из-за его ухода на пенсию, судя по всему, был улажен, и он больше не думал на эту тему.

Но в конце февраля на него опять навалилась усталость, и он не мог ее стряхнуть; он много времени проводил дома и большую часть бумажной работы выполнял полулежа на кушетке в своей задней комнатке. В марте он почувствовал тупую разлитую боль в конечностях; он сказал себе, что это переутомление, что с наступлением теплых весенних дней ему станет лучше, что ему нужен отдых. К апрелю боль сосредоточилась в нижней части туловища; время от времени ему приходилось пропускать занятия, и даже для того, чтобы перейти из аудитории в аудиторию, порой надо было собрать все силы. В начале мая боль стала сильной, и он больше не мог отмахиваться от нее как от незначительной помехи. Он договорился о визите к врачу в университетскую больницу.

Там были анализы, рентген, осмотр и вопросы, смысл которых Стоунер понимал довольно смутно. Ему назначили особую диету, прописали таблетки от боли и велели прийти в начале следующей недели, когда будут готовы все результаты. Он почувствовал себя лучше, хотя усталость сохранялась.

С ним имел дело молодой врач по фамилии Джеймисон; он сказал Стоунеру, что нанялся в университетскую больницу на несколько лет, а потом займется частной практикой. У него было круглое розовое лицо, он носил очки без оправы, и нервная застенчивость, которая была ему присуща, внушала Стоунеру доверие.

Хотя Стоунер в назначенный день явился чуть раньше указанного времени, в регистратуре ему сказали, чтобы он сразу шел к врачу. Он двинулся по длинному и узкому больничному коридору к маленькому кабинету Джеймисона.

Врач его ждал, и Стоунер понял, что он подготовился к его приходу заблаговременно; на столе были аккуратно разложены папки, бумаги и рентгеновские снимки. Джеймисон встал, быстро и нервно улыбнулся и показал Стоунеру на стул перед столом.

— Здравствуйте, профессор Стоунер. Садитесь, садитесь.

Стоунер сел.

Джеймисон, нахмурив брови, посмотрел на лежащие на столе материалы, разгладил лист бумаги и опустился на стул.

— Итак, — сказал он, — есть некое образование
в нижней части кишечника, это можно утверждать
с несомненностью. На снимках много не увидишь,
но так обычно и бывает. Имеется затемнение; но это
может и не означать ничего серьезного. — Он повернул свой стул, вставил снимок в рамку, включил подсветку и показал на что-то рукой. Стоунер посмотрел,
но не смог ничего разобрать. Джеймисон выключил
подсветку и опять повернулся к столу. Он заговорил
очень деловитым тоном: — В крови есть отклонения
от нормы, но признаков инфекции не видно; скорость
оседания эритроцитов повышена, кровяное давле-
ние понижено. Имеется некая внутренняя опухоль,
которая внушает определенные опасения; вы изрядно
потеряли в весе, и, принимая во внимание симптомы
и все это, — он показал на стол, — я могу посовето-
вать только одно. — Он натянуто улыбнулся и с не-
уклюжей шутливостью объяснил: — Мы туда войдем
и посмотрим, что у вас там такое.

Стоунер понимающе кивнул:

— Значит, рак.

— Видите ли, — сказал Джеймисон, — это очень
многозначное слово. Оно может означать массу всего
разного. Я более или менее уверен, что там опухоль,
но… ни в чем остальном абсолютной уверенности
быть не может, пока мы не вошли и не посмотрели.

— Давно она у меня?

— На этот вопрос мне трудно ответить. Но созда-
ется впечатление… видите ли, она довольно большая.
Значит, не вчера появилась.

Немного помолчав, Стоунер спросил:

— И как вы считаете, сколько мне времени осталось?

— Ну, постойте, мистер Стоунер, — смущенно сказал Джеймисон. Он попытался усмехнуться. — Давайте не будем торопиться с выводами. Всегда есть вероятность… есть шанс, что это безобидная опухоль, доброкачественная. Или… да много чего еще может быть. Мы ничего не можем знать наверняка, пока мы…

— Понятно, — перебил его Стоунер. — Когда вы хотите меня оперировать?

— Чем раньше, тем лучше, — с облегчением ответил Джеймисон. — Больше чем на два-три дня я бы не откладывал.

— Так скоро, — задумчиво, почти рассеянно проговорил Стоунер. Потом посмотрел на Джеймисона в упор. — У меня к вам пара вопросов, доктор. И я настоятельно вас прошу ответить на них откровенно.

Джеймисон кивнул.

— Предположим, опухоль доброкачественная. Тогда составит ли большую разницу, если мы отложим на пару недель?

— Ну… — неохотно сказал Джеймисон. — Будут боли; а в остальном — нет, *очень* большой разницы не составит, я думаю.

— Хорошо, — продолжил Стоунер. — Теперь предположим, у меня то, чего вы опасаетесь. В *этом* случае две недели составят большую разницу?

После долгой паузы Джеймисон ответил почти сердито:

— Нет, думаю, не составят.

— Тогда, — рассудительно сказал Стоунер, — я пару недель подожду. Мне надо закончить кое-какие рабочие дела.

— Я этого не советую, как вы понимаете, — сказал Джеймисон. — Никоим образом не советую.

— Понимаю, — отозвался Стоунер. — И последнее, доктор. Прошу вас никому об этом не говорить.

— Не буду, — пообещал Джеймисон и с ноткой теплоты добавил: — Разумеется, не буду.

Он слегка изменил диету, которую назначил раньше, прописал новые таблетки и назвал Стоунеру дату, когда он должен явиться в больницу.

Стоунер ничего не чувствовал; казалось, врач сообщил ему всего-навсего о мелкой неприятности, о небольшом затруднении, с которым ему, Стоунеру, надо будет справиться, чтобы как следует сделать все, что от него требуется. Ему подумалось, что очень уж близко к концу учебного года это происходит; Ломаксу вряд ли легко будет найти ему замену.

От таблетки, которую он принял у врача, у него началось легкое головокружение, довольно приятное, как ни странно. Чувство времени слегка нарушилось; вдруг он обнаружил, что стоит на паркетном полу длинного коридора на первом этаже Джесси-Холла. В ушах негромко, неровно шумело, точно какая-то птица вдали махала крыльями; в сумрачном коридоре свет из невидимого источника становился, казалось, то ярче, то тусклее в такт с биением сердца; он аккуратно, контролируя себя, двинулся в полусвет-полутьму, и на каждый шаг его чуткая плоть отзывалась покалыванием.

Теперь он стоял перед лестницей на второй этаж; ступени были мраморные, с вытоптанными за десятилетия плавными углублениями по самой середине. А в тот день — сколько лет прошло с тех пор? —

лестница была ровная, почти новая. В день, когда он стоял здесь в первый раз, глядя, как сейчас, вверх на череду ступеней и задаваясь вопросом, куда они его приведут. Он подумал о времени, о его плавном течении. Аккуратно поставил ногу в первое гладкое углубление и начал подниматься.

И вот он уже в приемной перед кабинетом Гордона Финча. "Вы знаете, декан Финч уже собрался уходить", — сказала секретарша. Он рассеянно кивнул, улыбнулся ей и вошел в кабинет.

— Гордон, — приветливо проговорил он, все еще улыбаясь. — Не бойся, я тебя надолго не задержу.

Финч рефлекторно улыбнулся в ответ; глаза у него были усталые.

— Садись, Билл, садись, очень рад.

— Я тебя надолго не задержу, — повторил Стоунер; он почувствовал, что голос странно крепнет. — Дело в том, что я передумал насчет ухода на пенсию. Знаю, что причиняю неудобство; извини, что так поздно, но... я все же считаю, так будет лучше. В конце этого семестра я заканчиваю.

Лицо Финча плавало перед ним, круглое, изумленное.

— Какого черта? — сказал он. — Что, кто-то на тебя давит?

— Никто не давит, — ответил Стоунер. — Это мое решение. Просто... я понял, что мне *и правда* нужен досуг кое для каких занятий. И отдых мне тоже не помешает, — рассудительно добавил он.

Финч был раздосадован, и Стоунер понимал, что он раздосадован не без причины. Он смутно услышал, что бормочет еще одно извинение; он чувствовал, что с лица до сих пор не сошла глупая улыбка.

— Ладно, — сказал Финч. — Я думаю, сейчас еще не поздно. Завтра же начну готовить бумаги. Надеюсь, ты все, что надо, знаешь о размере пенсии, о страховке и прочем?

— Да, конечно, — подтвердил Стоунер. — Об этом я подумал. Тут все в порядке.

Финч посмотрел на часы:

— Ты знаешь, Билл, я опаздываю. Загляни завтра-послезавтра, и мы обсудим все детали. А пока… я считаю, надо поставить в известность Ломакса. Я позвоню ему вечером. — Он ухмыльнулся. — Боюсь, тебе удалось сделать ему приятное.

— Да, — согласился Стоунер. — Боюсь, удалось.

За две недели до больницы надо было очень много успеть, но он посчитал, что справится. Он отменил занятия на два последующих дня и пригласил на консультации всех студентов и аспирантов, которые под его руководством вели независимые исследования, писали дипломные работы и диссертации. Он написал для них подробные указания, которые должны были помочь им довести работу до конца, и оставил копии указаний в почтовом ящике Ломакса. Он успокоил тех, кто запаниковал, считая себя брошенным на произвол судьбы, и ободрил тех, кто боялся перейти к другому руководителю. Он обнаружил, что таблетки, прописанные врачом, уменьшают боль, но при этом снижают ясность мышления; поэтому днем, когда он имел дело с учащимися, и вечером, когда в огромном количестве читал их неоконченные работы, он принимал таблетки лишь в тех случаях, когда боль была сильной и отвлекала от работы.

Через два дня после того, как он объявил об уходе, в самый разгар рабочего дня ему позвонил Гордон Финч:

— Билл, это Гордон. Послушай, тут есть маленькая проблема, я хочу ее с тобой обсудить.

— Что такое? — недовольно спросил Стоунер.

— Ломакс. Он не в силах уразуметь, что ты не из-за него это делаешь.

— Не важно, — сказал Стоунер. — Пусть думает что хочет.

— Погоди, это еще не все. Он планирует торжественный обед и все такое. Говорит, дал слово.

— Ты знаешь, Гордон, я очень занят сейчас. Ты не мог бы как-нибудь это пресечь?

— Я пытался, но он делает все через кафедру. Если ты хочешь, чтобы я пригласил его на разговор, я приглашу; но тогда и ты должен здесь быть. Когда он такой, мне очень трудно иметь с ним дело.

— Ладно. На какой день намечена эта глупость?

После паузы Финч ответил:

— На пятницу через пятницу. Это будет последний день перед экзаменационной неделей.

— Хорошо, — устало сказал Стоунер. — К тому времени я, вероятно, разберусь с насущными делами, и мне, честно говоря, легче согласиться, чем затевать спор. Пусть делает, что считает нужным.

— И еще одно. Он хочет, чтобы я объявил о присуждении тебе звания почетного профессора, хотя официально его можно будет присудить только в следующем году.

Стоунер почувствовал, что подступает смех.

— Да какая мне разница, — сказал он. — Черт с ним, пусть будет так.

Всю неделю он работал, забывая о времени. В пятницу, как и в предыдущие дни, он работал с восьми утра до десяти вечера. Прочитав последнюю страницу и сделав последнюю пометку, он откинулся на спинку стула; свет настольной лампы ударил ему в глаза, и на мгновение он перестал понимать, где находится. Оглядевшись, увидел, что находится у себя в университетском кабинете. Книги на полках стояли кое-как, отдельные корешки выпирали; в углах стопками громоздились бумаги; ящики шкафов были выдвинуты, в них царил беспорядок. Нехорошо, подумал он, надо прибраться.

"На следующей неделе, — сказал он себе. — На следующей неделе".

Хватит ли сил дойти до дому? Даже дыхание давалось с трудом. Он вымел из головы лишние мысли, сосредоточился на руках и ногах, заставил их шевелиться. Встал и не дал себе покачнуться. Погасил настольную лампу и не двигался, пока глазам не стало довольно лунного света из-за окна. После этого пошел, медленно и аккуратно, сначала по темным коридорам, потом по тихим улицам к своему дому.

Окна в нем горели; Эдит не спала. Он собрал последние силы, поднялся на крыльцо и вошел в гостиную. Тут он понял, что дальше идти не сможет; доковылял до дивана и сел. Немного отдохнув, смог поднять руку, сунуть ее в жилетный карман и вынуть таблетки. Взял одну в рот и проглотил без воды; за ней вторую. Таблетки были горькие, но какой-то почти приятной горечью.

Вдруг до него дошло, что Эдит в комнате, что она уже некоторое время по ней расхаживает; он очень надеялся, что она не пыталась начать с ним разговор. Когда боль отступила и сил стало чуть больше, он понял, что не пыталась; ее лицо было неподвижной маской, ноздри сужены, рот поджат, походка деревянная, злая. Он заговорил было с ней, но побоялся, что подведет голос. Почему она злится? Он не знал, он давно ее такой не видел.

Наконец она перестала ходить туда-сюда и повернулась к нему; ее руки были опущены и сжаты в кулаки. Она спросила:

— Ну? Так и будешь молчать?

Он откашлялся и заставил зрение сфокусироваться.

— Извини, Эдит. — Он слышал свой голос, он был тихий, но твердый. — Я немного устал, вот и все.

— Так ты и сейчас не собирался ничего говорить? Какая черствость! Тебе не приходило в голову, что я имею право знать?

Несколько секунд он сидел озадаченный. Потом кивнул. Будь у него больше сил, он рассердился бы.

— Как ты узнала?

— Какая разница! Похоже, я узнала последняя. Ох, Уилли, ну как же так!

— Эдит, прости меня, ради бога. Я не хотел тебя расстраивать. Собирался сказать на следующей неделе, перед тем как ложиться. Ничего серьезного, не волнуйся.

— Ничего серьезного! — Она горько усмехнулась. — Подозревают рак. Ты знаешь, что это такое?

Он вдруг почувствовал какую-то невесомость, захотелось схватиться за что-нибудь, но он себе не позволил.

— Эдит, — сказал он глухим голосом, — поговорим лучше завтра. Пожалуйста. Сегодня я устал.

Она пристально посмотрела на него.

— Давай доведу тебя до твоей комнаты, — раздраженным тоном предложила она. — Не похоже, что сам сумеешь дойти.

— Ничего, дойду, — сказал он.

Но еще до того, как он добрался до своей комнаты, он пожалел, что не принял ее помощь, и пожалел не только потому, что встать и идти оказалось труднее, чем он думал.

Отдохнув в субботу и воскресенье, он смог в понедельник провести занятия. Домой вернулся рано, лег в гостиной на диван и стал с интересом рассматривать потолок, но тут в дверь позвонили. Он сел и начал было вставать, но дверь открылась. В ней стоял Гордон Финч. Он был бледный, и у него подрагивали руки.

— Входи, Гордон, — сказал Стоунер.

— Боже мой, Билл, — сказал Финч. — Почему ты от меня скрывал?

Стоунер хмыкнул.

— Я, видимо, с таким же успехом мог бы в газетах дать объявление, — проговорил он. — Хотел сделать все тихо, никого не волновать.

— Понимаю, но... господи, если бы я раньше узнал.

— Да не переживай ты так. Пока ничего определенного — просто операция. Эксплоративная — так, кажется, они это называют. С целью диагностики. А все же от кого ты узнал?

— От Джеймисона, — ответил Финч. — Он ведь и мой врач. Он сказал, он понимает, что это неэтично, и тем не менее считает, что я должен знать. И он был прав, Билл.

— Понятно, — сказал Стоунер. — Прав или не прав — не имеет значения. В университете знают?

Финч покачал головой:

— Пока нет.

— Тогда держи язык за зубами. Очень тебя прошу.

— Конечно, Билл. А как быть с этим торжественным обедом в пятницу? Имей в виду, ты можешь его отменить.

— Но не отменю, — сказал Стоунер. Он улыбнулся. — Я думаю, это мой долг перед Ломаксом.

Лицо Финча посетил призрак улыбки.

— Я вижу, ты и впрямь стал сварливым и вздорным стариканом.

— Наверно, стал, — согласился Стоунер.

Обед прошел в небольшом банкетном зале Студенческого союза. Эдит в последнюю минуту решила, что не сможет высидеть, поэтому он отправился один. Он вышел из дому рано и медленно двинулся через кампус, как будто просто прогуливался весенним днем. В зале, как он и думал, никого еще не было; он попросил официанта убрать карточку Эдит и сделать так, чтобы за главным столом не оставалось пустого места. Потом сел и стал ждать гостей.

Его место было между Гордоном Финчем и президентом университета; Ломакс, которому предстояло руководить торжеством, сел за три стула от него. Ломакс улыбался и беседовал с соседями по столу; на Стоунера он не глядел.

Зал наполнялся быстро; преподаватели кафедры, которые уже не один год как не разговаривали с ним толком, махали ему с другого конца; Стоунер кивал в ответ. Финч больше помалкивал и внимательно поглядывал на Стоунера; новый молодой президент, чьего имени Стоунер так и не запомнил, обращался к нему, виновнику торжества, непринужденно-почтительным тоном.

Еду подавали молодые студенты в белых пиджаках; некоторых из них Стоунер узнал; он кивал им и заговаривал с ними. Гости опустили серьезные взгляды в свои тарелки и начали есть. В пульсирующем гуле голосов, в веселом постукивании ножей и вилок по фарфору слышалось облегчение; Стоунер понял, что о его присутствии почти позабыли, и смог поковыряться в пище, проглотить что-то для приличия и оглядеться. Если прищурить глаза, лица расплывались; перед ним, точно в рамке, перемещались цветные пятна и нечетко очерченные формы, образуя все новые текучие узоры. Зрелище было из приятных и позволяло, если настроить внимание должным образом, забыть о боли.

Вдруг наступила тишина; он мотнул головой, словно стряхивая сон. У торца узкого стола стоял Ломакс и постукивал ножом по стакану с водой. Красивое лицо, отстраненно подумал Стоунер; до сих пор красивое. Годы сделали это длинное узкое лицо еще более узким, складки казались признаками не столько возраста, сколько повышенной чувствительности. Улыбка была, как всегда, обаятельно-сардонической, голос — как всегда, звучным и уверенным.

То, что он говорил, доходило до Стоунера частично, как будто голос оратора то мощно наплывал из тишины, то снова в нее прятался:

— …долгие годы преданного труда… более чем заслуженный отдых… высокая оценка коллег…

Он слышал иронию и понимал, что так Ломакс на свой лад — после всех этих лет — обращается к нему.

Короткий, сосредоточенный взрыв аплодисментов вывел его из полузабытья. Теперь, стоя рядом с ним, говорил Гордон Финч. Хотя Стоунер поднял на него глаза и напряг слух, он ничего не слышал; губы Гордона шевелились, он смотрел вперед неподвижным взором, потом раздались аплодисменты, и он сел. Встал президент, сидевший по другую руку от Стоунера, и заговорил со стремительно меняющимися интонациями: от лести к угрозе, от юмора к печали, от сожаления к радости. Я надеюсь, сказал президент, что отставка будет для профессора Стоунера не концом, а началом. Он заявил, что университет с уходом Стоунера многое потеряет; подчеркнул важность традиций и необходимость перемен; выразил убежденность, что благодарность навсегда останется в сердцах тех, кого Стоунер учил. Смысла всех этих слов Стоунер не улавливал; когда президент кончил, зал разразился громкой овацией и на лицах появились улыбки. Когда аплодисменты утихли, кто-то крикнул Стоунеру тонким голосом: "Вам слово!" Кто-то другой подхватил, и с разных сторон послышались побуждающие голоса.

Финч шепнул ему на ухо:

— Хочешь, я избавлю тебя?

— Нет, — сказал Стоунер. — Все нормально.

Встав, он понял, что ему нечего сказать. Он долго молчал, переводя взгляд с одного лица на другое. Потом услышал свой невыразительный голос:

— Я преподавал… — Он умолк. И начал сызнова: — Я учил студентов в этом университете почти сорок лет. Не знаю, что бы я делал, не будь я преподавателем. Не имей я такой возможности, я бы… — Он запнулся, как будто его что-то отвлекло. Потом произнес с ноткой окончательности: — Я благодарен вам всем за то, что позволили мне преподавать.

Он сел. Раздались аплодисменты, дружелюбный смех. Люди начали вставать с мест и прохаживаться по залу. Стоунер чувствовал, что ему то и дело трясут руку, сознавал, что улыбается, что кивает в ответ на добрые слова. Президент пожал ему руку, сердечно улыбнулся, сказал, что в любой день будет рад, если он придет, поглядел на часы и заторопился к выходу. Зал стал пустеть, и Стоунер, стоя в одиночестве там, где поднялся, собирался с силами, чтобы его пересечь. Он дождался, чтобы внутри что-то окрепло, обогнул стол и двинулся к выходу мимо оставшихся гостей, которые стояли маленькими группами и бросали на него странные взгляды, точно он уже был чужой. В одной из групп был Ломакс, но он не повернулся к Стоунеру, когда тот проходил; и Стоунер был рад, что ему не пришлось после всего, что было, вступать с ним в разговор.

На следующий день Стоунер пришел в больницу, и до утра понедельника, на которое была назначена операция, он отдыхал. Большую часть времени он спал, и его не особенно интересовало, что с ним будет. Утром в понедельник кто-то ввел ему в руку иглу; в полубессознательном состоянии его по коридорам провезли на каталке в странную комнату, где, казалось, ничего не было, кроме потолка и света. Он увидел, как что-то опускается к его лицу, и закрыл глаза.

Очнувшись, он почувствовал, что его подташнивает; болела голова; и была новая боль в нижней части туловища, острая, но не неприятная. Он рыгнул, и ему стало лучше. Провел рукой по плотно забинтованному животу. Потом уснул; ночью проснулся, выпил стакан воды и забылся до утра.

Когда он пробудился, у койки стоял Джеймисон и держал пальцы на его левом запястье.

— Ну, — спросил Джеймисон, — как мы себя чувствуем?

— Кажется, неплохо.

Во рту было сухо; он протянул руку, и Джеймисон дал ему стакан с водой. Он выпил и вопросительно посмотрел на врача.

— Ну что ж, дело сделано, — неохотно проговорил наконец Джеймисон. — Вырезали мы ее. Здоровенная была штука. Через пару дней вам станет намного лучше.

— И я смогу выписаться? — спросил Стоунер.

— Вы сможете встать на ноги дня через два-три, — пообещал Джеймисон. — Но все же разумнее будет вам еще тут побыть какое-то время. Мы не сумели... все удалить, что там есть. Понадобится лучевая терапия. Конечно, вы могли бы приходить и уходить, но...

— Нет, — сказал Стоунер и откинулся на подушку. Он опять почувствовал усталость. — Чем скорее, тем лучше. Я хочу вернуться домой.

Глава XVII

—**О**х, Уилли, — сказала она. — У тебя живого места нет внутри.

Он лежал на кушетке в своей задней комнатке и смотрел в открытое окно; вечернее солнце, опускаясь к горизонту, подсвечивало красным нижнюю кромку длинного волнистого облака, висевшего на западе над деревьями и домами. В сетку, которой было затянуто окно, с жужжанием билась муха; неподвижный воздух отдавал дымком от сжигаемого на соседских дворах мусора.

— Что? — рассеянно переспросил Стоунер и повернулся к жене.

— Живого места нет, — повторила Эдит. — Доктор говорит, он распространился повсюду. Ох, Уилли, бедный Уилли.

— Да, — сказал Стоунер. Он при всем желании не мог сильно этим заинтересоваться. — Но ты не волнуйся. Самое лучшее — не думать об этом.

Она не ответила; он опять повернул голову к открытому окну и смотрел на темнеющее небо, пока не осталась только тусклая багровая полоска на дальнем облаке.

Проведя дома неделю с небольшим, он сегодня побывал в больнице, где подвергся тому, что Джеймисон, улыбаясь своей натянутой улыбкой, называл "терапией". Врач сказал, что восхищен быстротой, с которой заживает шов, и что по телосложению Стоунеру можно дать самое большее лет сорок; после этого он резко умолк. Стоунер дал себя потыкать и пощупать, покорно лег на стол, позволил притянуть себя ремнями и лежал неподвижно, пока над ним беззвучно висел громоздкий аппарат. Он знал, что это полнейшая глупость, но не противился, чтобы никого не огорчать. Можно немного потерпеть, чтобы они смогли отвлечься от правды, которую не хочется признать.

Он понимал, что маленькая комната, где он сейчас лежит, глядя в окно, постепенно станет его миром; и он уже ощущал первые слабые позывные возвращающейся боли, похожие на дальний оклик старого друга. Он сомневался, что его еще раз пригласят в больницу; в голосе Джеймисона была слышна сегодня некая окончательность, и Джеймисон дал ему таблетки на случай "неприятных ощущений".

— Ты бы написала Грейс, — услышал он свои слова, обращенные к Эдит. — Она давно у нас не была.

Он повернулся к ней и увидел, что она рассеянно кивнула; она, как и он все это время, задумчиво смотрела в густеющую темноту за окном.

В последующие две недели он чувствовал, что слабеет — вначале понемногу, потом быстро. Боль вернулась с такой силой, какой он не ждал; он глотал таблетки, и боль пряталась в темноту, как пугливое, но злобное животное.

Приехала Грейс; и вдруг оказалось, что ему почти нечего ей сказать. Ее долго не было в Сент-Луисе, где ее ждало письмо Эдит, она вернулась туда только вчера. Она была уставшая и напряженная, под глазами — темные круги; он хотел как-нибудь облегчить ее состояние, но знал, что не может.

— Ты очень хорошо выглядишь, папа, — сказала она. — Очень хорошо. У тебя все будет в порядке.

— Конечно. — Он улыбнулся ей. — Ну, как поживает наш юный Эд? И как ты сама поживаешь?

Она ответила, что у нее все хорошо, у Эда тоже, осенью он пойдет в седьмой класс. Он посмотрел на нее с недоумением.

— В седьмой? — переспросил он. Потом понял, что да, так оно и есть. — Ну разумеется, — сказал он. — Я и забыл, что он такой большой уже.

— Он живет большей частью у... у мистера и миссис Фрай, — сказала она. — Так ему лучше.

Она еще что-то говорила, но он отвлекся. Все чаще и чаще оказывалось, что ему трудно сосредоточиться на чем-то одном; мысли уходили бог знает куда, и порой он вдруг произносил неизвестно откуда взявшиеся слова.

— Бедный папа, — прозвучал голос Грейс, и он вспомнил, где находится. — Бедный папа, трудно тебе пришлось.

Немного поразмыслив, он ответил:

— Да. Но я думаю, я и не хотел, чтобы мне было легко.

— Мама и я... мы обе причинили тебе много огорчений.

Он поднял руку, словно желая дотронуться до Грейс.

— О нет, нет, — сказал он с приглушенной горячностью. — Ты не должна...

Он хотел продолжить, объяснить ей; но дальше говорить не мог. Он закрыл глаза и почувствовал, что сознание плывет. Образы теснились и сменяли друг друга, как на экране. Он увидел Эдит, какой она была в тот первый вечер в доме старого Клэрмонта: голубое платье, тонкие пальцы, мягкая улыбка на красивом нежном лице, бледные глаза, смотрящие на все с радостным изумлением, как на милый сюрприз.

— Твоя мама... — промолвил он. — Она не всегда была...

Да, она не всегда была такой; и он подумал сейчас, что может разглядеть под той, кем она стала, ту, прежнюю; он подумал, что всегда мог ее разглядеть.

— Ты была красивым ребенком, — услышал он себя и на секунду перестал понимать, к кому обращается. Перед глазами колыхался свет, потом обрел очертания и стал лицом дочери, сумрачным, усталым, со складками заботы. Он снова закрыл глаза. — В кабинете. Помнишь? Ты часто там сидела, когда я работал. Ты так тихо сидела, и свет... свет...

Свет настольной лампы (он видел ее сейчас, эту лампу) падал на склоненное личико девочки, по-детски забывшей обо всем на свете над книжкой или картинкой, и гладкая кожа, вбирая в себя этот свет, посылала его обратно, в полутьму комнаты. Откуда-то издалека до него донесся смеющийся голосок.

— Ну конечно, — сказал он и посмотрел на теперешнее лицо этой девочки. — Ну конечно, — повторил он, — ты никуда отсюда не пропадала.

— Тс-с, — тихо произнесла она. — Тебе надо от-
дыхать.

И это было их прощанием. На следующий день
она пришла к нему и сказала, что ей надо на несколько
дней вернуться в Сент-Луис, потом ровным буднич-
ным тоном что-то прибавила, чего он не расслышал;
лицо у нее было осунувшееся, глаза красные и влаж-
ные. Их взгляды встретились; она долго не отводила
глаз, точно не верила; потом отвернулась. Он знал,
что больше ее не увидит.

Желания умирать он не испытывал; но после
отъезда Грейс случались минуты, когда он смотрел
вперед с нетерпением, как если бы ему предстояло
не особенно желанное, но необходимое путешествие.
И, как у всякого перед дальней поездкой, у него было
чувство, что надо успеть до нее многое сделать; но он
не мог сообразить, что именно.

Он так ослабел, что не мог ходить; все дни и ночи проводил в своей задней комнатке. Эдит при-
носила ему книги, какие он просил, и клала на столик у его узкой кровати, чтобы ему легко было до-
тянуться.

Но читал он мало, хотя присутствие книг давало
ощущение уюта. Он попросил Эдит отодвинуть занавески на всех окнах и не разрешал ей их задерги-
вать, хотя во второй половине дня от опускающего-
ся солнца становилось очень жарко.

Иногда Эдит приходила к нему, садилась на край
кровати и они беседовали. Говорили о мелочах:
о знакомых и полузнакомых людях, о старом здании
в кампусе, которое хотели сносить, о новом, которое собирались строить; но содержание разговоров

не имело большого значения. Между ними возникло какое-то новое спокойствие. Тишина, похожая на начало любви; и почти без размышлений Стоунер понял, почему эта тишина настала. Они простили друг другу вред, который нанесли, и созерцали то, чем могла бы быть их совместная жизнь.

Почти без сожалений смотрел он сейчас на Эдит; при мягком свете вечернего солнца, скрадывавшем морщины, ее лицо казалось молодым. Ему думалось: если бы я был сильней… если бы больше знал… больше понимал… И последнее, безжалостное: если бы я больше ее любил… Словно проходя долгий путь, его ладонь двигалась по одеялу и касалась ее ладони. Эдит сидела неподвижно; и спустя какое-то время он впадал в забытье.

Несмотря на таблетки, вызывающие сонливость, ум, казалось ему, сохранял ясность, и он был этому рад. Но теперь его умом как будто управляла чья-то посторонняя воля, обращая то в одну, то в другую сторону; время шло, а Стоунер не чувствовал, что оно проходит.

Гордон Финч бывал у него почти каждый день, но череда его визитов расплывалась в сознании Стоунера; порой он заговаривал с Гордоном, когда его не было, и удивлялся своему голосу в пустой комнате; порой посреди беседы с Финчем он умолкал, а затем моргал, точно вдруг вспоминал о его присутствии. Однажды, когда Гордон на цыпочках вошел в комнату, Стоунер повернул к нему голову и удивленно спросил: "А где Дэйв?" Увидев на лице Гордона изумление и испуг, он слегка покачал головой на подушке:

— Прости, Гордон. Я был в полусне; мне пригрезился Дэйв Мастерс, и я… иногда я произношу что-то вслух, сам не сознавая того. Это все от таблеток.

Гордон улыбнулся, кивнул и обратил все в шутку; но Стоунер знал, что в эту минуту Гордон Финч отдалился от него безвозвратно. Он остро пожалел, что заговорил о Дэйве Мастерсе — о дерзком юноше, которого они оба любили, о юноше, чей призрак все эти годы соединял их дружбой такой глубины, о какой они и не подозревали.

Гордон передал ему приветы от коллег и, перескакивая с одного на другое, стал рассказывать об университетских делах, какие могли заинтересовать Стоунера; но глаза гостя беспокойно бегали, на губах мелькала нервная улыбка.

В комнату вошла Эдит, и Гордон Финч, экспансивный и сердечный, грузно поднялся, испытывая облегчение от того, что их разговор наедине прервали.

— Эдит, — сказал он, — посиди с нами.

Эдит покачала головой и, прищуря глаза, посмотрела на Стоунера.

— Старина Билл сегодня выглядит получше, — сказал Финч. — Ей-богу, он куда лучше выглядит, чем на прошлой неделе.

Эдит повернулась к нему, как будто только заметила его присутствие.

— Ох, Гордон, — сказала она. — Он выглядит ужасно. Бедный Уилли. Ему недолго быть с нами.

Гордон побледнел и отступил на шаг, как будто его ударили.

— Ну что ты, Эдит!

— Недолго, — повторила Эдит, задумчиво глядя на мужа, который слегка улыбался. — Что я буду делать, Гордон? Что я буду без него делать?

Он закрыл глаза, и Эдит с Гордоном исчезли; он услышал, как Гордон что-то шепчет, потом услышал их удаляющиеся шаги.

Замечательна была легкость всего, что происходило. Чуть раньше он хотел объяснить Гордону, до чего это просто, хотел сказать ему, что спокойно может и думать об этом, и говорить; хотел — но был не в состоянии. А сейчас это казалось маловажным; с кухни смутно долетали их голоса: низкий и настоятельный — Гордона, суховатый и четкий — Эдит. О чем это они?

…Боль схватила его так цепко и внезапно, что он едва не закричал. Усилием воли он заставил стиснутые кулаки разжаться и направил руки к ночному столику. Взял несколько таблеток, положил в рот и запил водой. На лбу выступил холодный пот, и он лежал очень тихо, пока боль не ослабла.

Опять голоса; он не открывал глаз. Гордон? Его слух, казалось, покинул телесную оболочку и висел над ним, как облако, передавая ему все оттенки звука. Но ум плохо разбирал слова.

Голос — Гордона или еще чей-то — что-то говорил о его жизни. И хотя слов было не разобрать, хотя даже уверенности не было, что они произносятся, ум накинулся на эту тему с яростью раненого зверя. Стоунер увидел свою жизнь в безжалостном свете, увидел точно со стороны.

Бесстрастно, объективно он вгляделся в свою жизнь, и она показалась ему неудачной во всем. Он хотел дружбы, близкой дружбы, способной сделать его частью рода человеческого; у него было двое друзей, из которых один бессмысленно погиб, ничего не успев, а другой так отдалился сейчас, так глубоко погрузился в мир живых, что… Он хотел брака с его определенностью выбора, с его тихой связующей страстностью; он получил и это, но, получив, не знал, что с этим делать, и все погибло. Он хотел любви; и у него была любовь, но он ее не удержал, позволил ей кануть в хаос житейских случайностей. Кэтрин, подумал он. Кэтрин.

И он хотел быть преподавателем, хотел и стал; но он знал, всегда знал, что большую часть жизни слишком мало вкладывал в это дело огня. Он мечтал о некой цельности, о некой беспримесной чистоте — а обрел компромисс и тысячи изматывающих мелочей обыденщины. Он уповал на мудрость — а обрел за все эти годы лишь невежество. "И что еще? — думал он. — Что еще?"

"А чего ты ждал?" — спросил он себя.

Он открыл глаза. Было темно. Потом он увидел небо за окном, иссиня-черную бездонную глубь с легкой примесью серебра от луны, закрытой облаком. Видимо, очень поздно, подумал он; а казалось, лишь секунду назад рядом при ярком дневном свете стояли Гордон и Эдит. Или это было давно? Он не мог определить.

Он знал, что ум в чахнущем теле должен слабеть, но не был готов к такой внезапности. А плоть сильна, подумалось ему; сильней, чем мы воображаем. Она хочет длиться бесконечно.

Он слышал голоса, видел свет и темноту, чувствовал, как боль приходит и уходит. К нему склонялось

лицо Эдит; он ощущал улыбку на своем собственном лице. Иногда он слышал свой голос и надеялся,
хоть и не мог быть уверен, что этот голос произносит что-то разумное. Он осязал руки Эдит, она пере-
мещала его, мыла его. Вот и опять у нее есть ребенок,
подумал он; наконец-то новый ребенок, о котором
можно заботиться. Он жалел, что не получается с ней
поговорить; ему есть, он чувствовал, что ей сказать.

"А чего ты ждал?" — думал он.

Что-то тяжелое давило ему на веки. Он ощутил
в них дрожь, а затем смог открыть глаза. Это был свет,
яркий дневной свет, он-то его и потревожил. Он
моргнул и бесстрастно посмотрел в окно на голубое
небо и сияющее солнце. Он решил, что и то и другое реально. Поднял руку, и от этого движения в нем,
точно влившись из воздуха, возникла странная сила.
Он сделал глубокий вдох; боли не было.

С каждым новым вдохом сил, казалось ему, при-
бавлялось; кожу покалывало, и он ощущал на лице
нежный перемежающийся вес света и тени. Он при-
поднялся в кровати и теперь полусидел, прислонясь
спиной к стене комнаты. Сейчас ему хорошо было
видно, что делается снаружи.

Он чувствовал, что пробудился от долгого сна
и пробудился освеженным. Был конец весны или начало лета — скорее, судя по всему, начало лета. Пыш-
ная, густая листва огромного вяза на заднем дворе давала знакомую ему прохладную, глубокую тень. Воздух был насыщен сладким смешанным запахом травы,
листьев и цветов. Он еще раз вдохнул всей грудью,
и под хрип затрудненного дыхания легкие наполнились летней сладостью.

А еще он почувствовал после этого вдоха какое-то смещение глубоко внутри, и что-то в нем из-за этого смещения остановилось, прекратилось, так что он не мог пошевелить головой. Потом все стало почти как прежде, и он подумал: "Вот, значит, как это происходит".

В голове мелькнуло, что стоит, может быть, позвать Эдит, но он знал, что не позовет. Умирающие эгоистичны, подумалось ему; они, как дети, не хотят ни с кем делиться дарами минуты.

Он снова дышал, но что-то, чего он не мог назвать, в нем изменилось. Появилось ощущение, что он ждет чего-то, какого-то знания; но ему казалось при этом, что времени у него предостаточно.

На отдалении послышался смех, и он повернул голову в ту сторону. Лужайку за домом пересекла группа студентов; они куда-то спешили. Он отчетливо их увидел — там было три пары. Три стройные грациозные девушки в легких летних платьях, с ними юноши, смотревшие на них радостно и завороженно. Они легко шли по траве, едва касаясь ее, не оставляя ни единого следа позади. Он смотрел на них, пока они не скрылись из виду; и долго еще после этого до него долетал их смех, дальний смех неведения посреди тишины летнего дня.

"А чего ты ждал?" — подумалось ему еще раз.

Некая радость пришла к нему, словно принесенная летним ветерком. Ему смутно вспомнились мысли о том, что жизнь не удалась, — но разве это имеет значение? Теперь подобные мысли казались ему мелкими, недостойными прожитой жизни. На краю сознания угадывались смутные фигуры; он их не ви-

дел, но знал об их присутствии, знал, что они на-
капливают силы для осязаемости, для доступности
помимо зрения и слуха. Он знал, что приближает-
ся к ним; но спешить не было нужды. Он мог, если
хотел, не обращать на них внимания; времени у него было вдоволь.

Его окутывала какая-то мягкость, по рукам и ногам разлилась ленивая истома. Вдруг с неожиданной
силой в нем окрепло ощущение собственной личности. Он был собой и знал, что он такое.

Его голова повернулась. На прикроватном столике громоздились книги, которых он давно не трогал. Он позволил руке погладить их, поиграть с ними; он подивился тому, какие тонкие у него пальцы,
как хитро они устроены, как изощренно сочленены
фаланги. Он почувствовал в пальцах силу и позволил
им вытянуть из стопки один томик. Это была книга,
написанная им, ее-то он и искал, и, взяв ее, он улыбнулся при виде знакомой красной обложки, которая
за долгие годы выцвела и истерлась.

Да, книга была позабыта и мало кому пригоди-
лась, но какая разница? Вопрос о ее былой или ны-
нешней значимости казался пустым. Он не питал ил-
люзии, что найдет здесь, в этих потускневших бук-
вах, всего себя; и все же он знал с несомненностью,
что некая малая часть его личности тут есть и что она
останется.

Он открыл книгу; и когда он это сделал, она перестала быть его книгой. Он позволил пальцам пробе-
жаться по страницам и ощутил в этих страницах трепет, словно они были живые. Этот трепет передался
его пальцам, а через них вошел в его плоть и кости; он

сознавал происходящее во всех подробностях и ждал, чтобы трепет охватил его целиком, чтобы былое волнение, которое сродни ужасу, приковало его к месту. Солнце светило через окно на страницу, и он не мог разобрать, что на ней напечатано.

Пальцы разжались, и книга сначала медленно, а потом быстро заскользила поперек неподвижного тела и канула в тишину комнаты.

CORPUS 325

литературно-художественное издание

Джон Уильямс

Стоунер

16+

Главный редактор ВАРВАРА ГОРНОСТАЕВА
Художник АНДРЕЙ БОНДАРЕНКО
Ведущий редактор ИРИНА КУЗНЕЦОВА
Ответственный за выпуск АННА САМОЙЛОВА
Технический редактор НАТАЛЬЯ ГЕРАСИМОВА
Корректор ОЛЬГА ИВАНОВА
Верстка МАРАТ ЗИНУЛЛИН

Общероссийский классификатор продукции
ОК-005–93, том 2; 953000 — книги, брошюры

Подписано в печать 12.01.16. Формат 84×108 1/32
Бумага офсетная. Гарнитура "OriginalGaramondC"
Печать офсетная. Усл. печ. л. 18,48
Доп. тираж II 3000 экз. Заказ № 8552.

Отпечатано в ОАО «Можайский полиграфический комбинат»
143200, г. Можайск, ул. Мира, 93.
www.oaompk.ru, www.оаомпк.рф тел.: (495) 745-84-28, (49638) 20-685

ООО "Издательство АСТ"
129085 г. Москва, Звездный бульвар, д. 21, строение 3, комната 5
Наш электронный адрес: www.ast.ru
E-mail: astpub@aha.ru

"Баспа Аста" деген ООО
129085 г. Мәскеу, Жұлдызды гүлзар, д. 21, 3 құрылым, 5 бөлме
Біздің электрондық мекенжайымыз: www.ast.ru
E — mail: astpub@aha.ru

По вопросам оптовой покупки книг обращаться по адресу:
123317, г. Москва, Пресненская наб., д. 6, стр. 2, БЦ "Империя", а/я №5
Тел.: (499) 951 6000, доб. 574

Қазақстан Республикасында дистрибьютор және өнім бойынша арыз-талаптарды
қабылдаушының өкілі "РДЦ-Алматы" ЖШС, Алматы қ., Домбровский көш., 3"а",
литер Б, офис 1
Тел.: 8 (727) 2 51 59 89,90,91,92, факс: 8 (727) 251 58 12 вн. 107
E-mail: RDC-Almaty@eksmo.kz
Өнімнің жарамдылық мерзімі шектелмеген

9 785170 908233